白羽

近代武俠經典復刻版

十二金錢鏢

(二) 夜脫秘窟

白羽 著

目錄

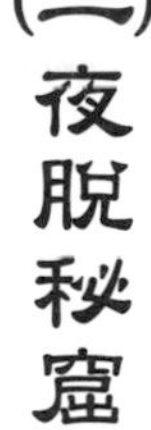

第七章　二探古刹

喬茂心想：「二十萬鹽款，如今全失，身家性命所關，非同小可。此時若容賊人遠揚，再想踩探，豈是易事？如今正是一個機會，我若在此時，緊綴下去，一定可將賊人的去向摸準；便是賊人的垛子窯，也可以探著。我雖無能，一得著鏢銀的下落，那時翻回來，邀請能人，下手討鏢，豈不是手到擒來？那時節，我豈止揚名江湖之上，更可以堵住了振通鏢局那些小子們的嘴。莫道我姓喬的無用，我姓喬的卻能抓住了稜縫，毫不放鬆。這一來鏢局三四十口子人，全栽在我姓喬的手裡。」

想到此，喬茂精神一振，不由挺起腰來。又想道：「胡老剛待我總算不錯，他們大夥奚落我，想把我擠出去，胡老剛總是不肯。這一來我姓喬的知恩報恩，到底還是偷雞毛、拔煙袋的不是？」

九股煙喬茂越想越有理，把剛才恐懼之念全行忘去；立刻抖擻精神，拔腿要跑。忽又想：「慢來，慢來！這要一緊跑，教賊人瞧見可就糟了。」遂鎮住心神，提起耳朵，一步一試，一步一瞧，繞著大彎，往那竹林後面斜抄過去。

臀部傷處還是一陣陣發疼，九股煙喬茂咬牙忍住；又敷了一遍藥，把腰帶撕下一條，好歹的齊著大腿根往上一兜，渾身也紮綁俐落。又回頭一望，只見大堤上火光忽然增多，料想是鏢行夥計們和緝私營巡丁們，在那裡忙著救死扶傷。

喬茂遠遠望見，暗歎了一聲：「可憐我振通鏢局，這一下可就一敗塗地了！胡老剛此番回去，勢必打官司，賠償鏢銀，要想挽回已敗之局，這全靠我姓喬的追蹤訪盜的結果了。」一面悄悄的走，一面凝神辨認路途；順著麥田小徑，一路探去。

這時候月暗星黑，竹林風吼，倍增蒼涼。喬茂疑心生暗鬼，唯恐賊人還沒走淨，要路口也許佈置下人，自己稍不小心，要受人家暗算。自己人單勢孤，況又戰乏負傷，並且本領又不濟，這非得加倍的留神不可。

那埋伏在竹林中的斷後群賊，收隊撤退之時，卻在胡孟剛一行大眾打著燈籠，離了范公堤的大堤，折向于家圩之後。直望見鏢行這邊燈光折回，人馬踐踏聲越行越遠，這群賊方才暗打招呼，出了埋伏之所；又向四面搜查了一遍，方才收隊回程。

這時候，九股煙喬茂已經繞著大圈，趕到他們前頭，相隔已在半里之外。九股煙喬茂一路探道，順著小徑曲折盤旋，實際上已繞了二里多地，猜想已離開范公堤。再辨眼前的景象，也不知到了什麼地方。有時覺著腳下踏的是細沙之地，疑心道路走錯了。

往前摸著走，約莫又走出二三里地，麥壟小徑，忽然斜顯著兩股通行之道。四望曠野，黑壓壓一片又一片，不知是村莊，還是叢林竹塘。側耳細聽，似乎偏東有夜犬吠影之聲，想必附近已有人家，也許就是群賊打那裡經過。卻是這兩股道，不知走哪一條方對。

喬茂細察近身處，似並無人；又望了望，取出火摺子來，晃亮了，仔細辨認那兩股道上的人蹤馬跡，以定趨捨。火光照處，似乎這兩條路都是深深印著車轍印；中間夾雜著馬蹄印，卻並不多，也沒有新遺下的馬糞。

喬茂不由迷惑起來，拿著火摺子，順著路照了又照。這一照，照出是非來了。那收隊歸來的把風群賊，恰在背後高堤望見；麥田小徑驟現火光，定有行人。農村人家素來早起早眠，在這荒郊忽有野火，不是他們的夥伴，便是鏢行派下來的追蹤之人。群賊立刻暗打招呼，派那騎著馬的，斜抄到前面堵截；那步下功夫好的，一齊亮兵刃，分道踏尋這火光而來。

九股煙喬茂找不出賊人蹤跡，正自焦灼。夜靜聲清，猛然聽見相隔數十丈處，傳來馬蹄聲音。九股煙驀地一驚，急將火摺子收起，側耳尋聽，覺得兆頭不對。嚇得他伏著腰，連滾帶爬，直向那麥田壟內鑽去。一面鑽，一面留神響聲，由這麥壟轉到那麥壟，急急的伏下身。忽又想不對，急急爬起來，蹲坐在地，只將半個腦袋，露出麥苗之外，悄悄的向四面探看。

只隔了不大工夫，便聽見馬蹄聲音走遠。喬茂想：「這一定是賊人！馬走得快，人走得慢，我這是已經綴著他們了。」心中又驚又喜，便要站起身來，猛然心中一驚，暗想道：「且慢！我還得再聽聽。」

這一聽，展眼間，聽見悄然人語之聲，似在近處，可也聽不出說什麼話來。這一來把個喬茂嚇得心驚肉跳，暗道：「慚愧，幸虧沒站起來！」

越聽越清楚，嗖嗖嗖，從麥田那邊小徑上，竄出好幾條黑影，竟向那兩股道的交叉點上走去。幾條黑影閃來閃去，忽有兩道黃光照出來。聽見一人道：「彷彿是在那裡，怎麼沒有了呢？」又一人道：「別是鬼火吧？」那人答道：「鬼火發綠，這分明發紅發黃。」

不一時，騎馬的也圈回來，繞著麥田來回一搜；嚇得喬茂縮下頭去，伏在地上，連大氣也不敢喘。那兩道黃光忽東忽西的亂晃，騎馬的人也將孔明燈撥亮，一前一後的探照，半晌尋不見可疑的蹤跡。只聽一人咕噥了幾句話，有一人大聲說道：「這一定是鬼火，再不然就是看花眼了。咱們快走吧！公事要緊，管他偷莊稼不偷呢！」說著，幾個人湊在一起，踐踏聲大起，這夥人們紛紛走了。

九股煙喬茂出身綠林，什麼詐語不懂得？他心中暗說：「你們想把我詐出來麼？我才不上當呢！」伏在麥田裡，寂然不動；仍從麥壟隙縫裡，探出半個頭來，偷向外窺。果然在相隔十數丈外，見有兩條黑影一閃不見了。喬茂知道這是藏在那裡等他的。喬茂暗道：「你不走，我不出來；只要天不亮，我才不怕呢！」

果然耗了不到半個時辰，就聽那兩人互語道：「去他娘的吧，七哥太小心了，咱們走吧！哪有人呢？」這兩人竟從麥田鑽出來，直奔通車大道而去。九股煙兩眼盯著，直候到相隔已遠，方才悄悄爬出麥田，溜到低坡處，在後面遠遠綴下去。

喬茂暗道：「吉人天相！若不點火摺子，我還引不來領道人呢。」兩條人影走得很快，喬茂不敢緊跟在後，只遠遠的瞟著；走出不遠，又是一條大道。喬茂不敢上正道，恐人看見他。他只彎著腰，在麥壟裡鑽，身已負傷，其苦難言。

只見道邊樹旁，黑忽忽有兩排橫影；那兩個賊走到影旁站住，只停得一停，忽然躥上去。喬茂方才曉得，那兩排橫影乃是兩匹馬。兩個賊上了馬，急駛而去。喬茂在後面很著急，只得冒險鑽出麥田，施展夜行功夫，在後面拚命追趕。

馬行甚疾，喬茂又有顧忌，只幾個轉彎，便已看不見馬影，耳畔卻還聽得見那「得得」的蹄聲。約摸綴了五六里地，喬茂竟被落後在半里以外。卻喜曠郊深夜，還能辨得出馬蹄奔駛的去向。

又跑了一會，忽有一村莊當前，那兩匹馬竟抹著村口馳過去，引起了一陣犬吠之聲。喬茂頭上汗出，跟蹤跑著，曲折轉彎，一陣亂繞之後，已辨不清東西南北。約又走了幾里路，迎面黑壓壓，東一片，西一片，好像又是村莊。

這馬距離喬茂更遠了，馬蹄聲似已沒入這當前的黑影之中。頓時又聽見一陣野犬狂吠，應聲四起。

九股煙喬茂努力追尋，發現一帶叢林，掩著一座村落，橫在前面。喬茂暗想：「打路劫的賊人，向來不肯穿過鄉村走的。」可是聽犬吠之聲，這強賊顯然投入村內去了。只是吠聲四起，斷不定賊人投到哪一方向。

喬茂放緩腳步，喘了一口氣，向四面望了望。農村人家睡得早，此時村口早已無人往來。喬茂看清形勢，略緩一緩，立刻飛身縱步，竄到村莊右首那條道上。這裡是村莊的背後，左首乃是疏疏落落的一帶叢林，有兩股道通入村內。村中東一片、西一片的茅舍，估計也有幾十戶人家；竟斷不定賊人是穿村而過，或是在村中有無存身歇腳之處。

喬茂到此更不遲疑，將身上收拾俐落，從村後搶到一家民宅後牆；「嗖」的躥上房舍，立即伏身下窺。只見那一片一片竹籬茅舍，曠曠落落，沒有一點別的聲息。喬茂復又翻身落地，將當年在綠林道上的本領，全盤施展出來。輕如狸貓，捷若猿猴，伏垣貼壁，躥房越脊，乍高忽低，很快的將村內街道，踏勘了一半。只是家家掩門，戶戶熄燈，寂然不聞人聲，黑忽忽不見一星火亮。

喬茂滿腹狐疑，暗道：「他們既已奔入這座村莊，必定有窩藏之地；若無窩藏之地，何苦從村中穿過，白白的給村中人留下跡象呢？」

喬茂無可奈何，掏出火摺子來，剛要竄到街心，意欲提火折照看路上的蹄跡；卻驀然心中一驚，急閃身藏躲。只見距離村口不遠，約有二十來丈的地方，「嗖」「嗖」的連竄出兩個夜行人來。喬茂抽身很快，嚇得他伏身蹲在黑影裡；偷看這兩個夜行人，似從一個籬笆門內出來的。這兩個夜行人在街心只一停，便奔後村口而去，那身法頗為輕捷。

喬茂暗道一聲：「慚愧！」容兩個夜行人轉過牆角，相去已遠；喬茂連忙躥上房去，向四外一瞥。然後攀垣躥房，走壁爬坡，如飛也似趕到籬笆門的鄰舍房上。不敢探險，且先找著藏身之所，然後挨到那兩個夜行人現身的所在，往下面一望：卻是一戶尋常的鄉農之家，一段竹籬，三間北房，兩間西房，很寬敞的大院落，院角有一道井欄。試窺看那幾間草舍的窗櫺，依然是黑沉沉，沒有一點燈光，並且也聽不見什麼聲息。這房舍如此的狹窄，又這麼悄靜，決不像有什麼事故發生的樣子；喬茂不由詫異起來。

九股煙喬茂久涉江湖，查勘盜蹤，足有十二分的把握；只要一入目，便可猜斷出十之八九來。看這個草舍，分明不像劫鏢強人潛蹤之所，更不像樑上君子作案之地，何故竟有兩個夜行人竄出呢？喬茂試用一塊碎磚，投了一下，也不見動靜。

當下喬茂提起精神，從鄰舍輕輕竄過來，來到院內，仔細查看。先傾耳伏窗，只聽得屋內鼾聲微作；更驗看門窗，的確不像有夜行人出沒。然後到院內各處一巡，這才來到井欄旁邊；發現井旁有只水桶，裡面水痕未乾，地上也有一片水跡，這分明是剛從井裡打完水的情形。

喬茂暗暗點頭道：「哦，這就是了。」看這鄉農人家，深睡正濃，何來半夜打水？打水的必是剛才那兩個夜行人，那麼賊人的落腳之處可想而知了。

九股煙喬茂將水桶提了，也向井中打出一些水，喝了一氣。隨又放下，立刻「嗖」的躥上房來，向村後急打一望。連忙重翻身，竄到街心；施展夜行術，鹿伏鶴行，膝碰胸口，腳尖點地面，如星馳也似，投向村後追將過去。那兩個夜行人已不知去向。

到得村後，正是一帶叢林，數畦麥田，通著兩條路。喬茂略一端詳，擇了一條大路，直追下去。轉身走出叢林，迎面又是縱橫列著一條丁字路口，正不知走哪條道才對。

喬茂向前面望了望，似乎對面黑綽綽的有兩片村舍，一個偏左，一個偏右。左邊的黑影大，一定人家多；右邊的相隔較遠，黑影小些，大概人家寥寥。喬茂便放慢腳步，曲曲折折的探過去。迫近那大些的黑影，才看出是一片叢林，夾雜著散漫的村舍，人家也並不多。

喬茂心想：「賊人如果潛蹤在此，須要留神他們的卡子。」提心吊膽的，往前湊一步，探一步，耗了很大工夫，才挨到近前。這裡不過十幾戶人家，聲音靜悄悄的，連個狗叫也沒有。

喬茂隱身在樹後，聽了又聽，然後爬上樹去，向內窺望。這錯錯落落的十幾戶人家，照舊是黯然並無燈火。喬茂爽然失望道：「白費事了，賊人一定不在這裡。」急忙溜下樹來，施夜行術，火速的退了出來；繞過一帶麥田，折向右邊那片村舍走去。

這一往返，喬茂枉走了二三里路，頭上不住的冒出虛汗來。原來他從失鏢之後，奔馳到今，已近三更，前後六七個時辰，卻是一物未食。雖然虛火上浮，並不覺餓，力氣上可有點不支了。

喬茂歇了歇，往四面看了看，不禁歎了一口氣，覺得自己好生冤枉。隨從身邊取出乾糧來，咬了幾口，站起來強打精神，再往前探，一面走，一面留神路旁莊稼地的動靜；恐怕要路口有賊人的埋伏。又走了半里多地，距那右側村落漸近；忽然一陣順風刮來，聽得一陣「唏唏」的馬嘶聲音。這聲音打入九股煙喬茂的耳鼓，不由全身一震，心中又驚又喜道：「哈！原來在這裡了，到底不枉我奔馳這一夜！」

這一陣馬嘶聲不亞如暗室明燈，把個負傷力疲的喬茂，已失去的精力全喚回來。九股煙喬茂一個箭步，竄進了道旁的田地；隱住了身形，鶴行鹿伏，往前挪動。一面走，一面探頭，不一刻到了這右側村舍之前。相距二三十丈，喬茂止步不前，側耳傾聽，定睛細看：迎面隱隱辨出屋宇層層，院牆高大，並不像村舍。

喬茂借著莊稼隱身，慢慢的往前蹭。相距數丈，方才看出這是一座廟宇。數行大樹和附近的看青的草棚掩映起來，遠望像是小村。喬茂心想：「這就對了！這裡可真像個賊黨潛蹤之所。」

喬茂知道但凡是廟，必定坐北朝南，他自己藏身之所恰在西北面，留神察看，黑影掩映處，並不見有賊人放哨。但也不敢大意，潛伏好久，又聽見一陣馬嘶；喬茂這才賈勇伏身一竄，竄到廟的側面一段土坡、一叢矮樹之後。

這些矮樹全是棗樹，乃是栽來堵那破牆角門的。相隔已近，喬茂細看廟宇的形勢，廟前空地非常寬敞，想必是附近村莊的廟集場子。圍著廟牆，掘著深溝，大抵是防備燒荒的，廟四周並無人家，只西面相隔二十多丈，有一道長垣，好像是附近的菜園子。

這廟蓋得很大，卻是西首頹垣斷磚，頗有幾處坍塌了。

九股煙喬茂未曾進身，先選好退路；然後躡手躡腳，溜到破牆底下。由打頹垣隙處，向內張望；偏生有偏殿擋住了視線，並不能窺見裡面情況。但從牆隅反射出淡淡一層微光來，料想裡面必點著燈火；而且裡面隱隱聽得人聲響動。

喬茂伏了好久，不敢貿然竄入，心內暗暗著急。有心等著裡面沒有動靜，再行進窺，又怕轉瞬天明，誤了大事，亦且難以脫身。想了想：「我附垣已久，始終未見賊人出來巡風，想是他們歇著了。我只好冒一冒險了！」主意打定，繞過偏殿；找到一個牆角極黑暗的地方，踩一踩，滿地生著荊棘。先用手試攀破牆，腳找磚縫，慢慢爬上牆去；牆頭長著一叢野草，剛好將他蔽住。

這才看出：此廟失修已久，哪裡還像廟宇？窗格門扇朽壞不堪，倒是前前後後殿宇很多，一時也看不清有幾層。喬茂所窺見的，只是後層偏西的一面；這東一面黑洞洞的，也不見人影。

喬茂便溜下牆隅，貼牆伏壁，往前面溜，東邊有一道角門。喬茂四面一看，「嗖」的竄過去，藏在黑影內，略一探頭，嚇了一跳，急忙縮步退回。原來這一層殿宇，正有幾個人，持刀把著甬路口。

喬茂不敢前闖，折回來，繞向另一角門。角門之前，有兩棵古槐，高有四五丈。他靈機一動，慌忙奔過去，立刻手攀足抱，爬到樹上；小心在意的，不令枝葉響動，真個比狸貓猿猴還輕靈。到了樹巔，分枝披葉，往下窺看：只見隔著一層院子，乃是正殿。正殿之前，鐵香爐上插著兩隻燈籠；燈籠上的紙已有幾處刮破，便攏不住風，被風吹得晃晃悠悠，發出搖曳不定的暈黃光焰來。

正殿內的情形全然看不見，只看見兩廡也有火光，殿前樹幹上拴著幾匹馬，數並不多，好像正啃吃地上的東西，也看不清吃的是什麼。東廡廊下，有幾個壯漢，手提著明晃晃的兵刃，在廊下走來走去；也有兩三個人坐在廊柱旁欄杆上。

九股煙喬茂驚喜異常：「皇天不負苦心人，這一下我可訪實了！這還錯了不成？」他心中盤算：「這個地方究竟是賊人暫時落腳之地，還是竟在此地附近設窯？這還得探探。看這地方並不像賊人的老巢，也許是他們線上的一道卡子。我必得綴住了他們，還要訪透了，才好回去報信。」想罷，便要爬下樹來。

他的意思是繞到東跨院探探，因為那一面燈光更亮。然後再繞到前面，便可窺見大殿正面的情形，然後再看看山門，認清廟名，辨清地勢，以便明日續在附近勘訪。再暗中綴他們幾天，監視幾天，認準了賊人出沒的確切地點和一切賊黨、賊巢、賊情，然後回去報信，弄一個全功。因為他這半夜亂走，竟已迷了方向；若不是發現這廟，知道廟門必然衝南，他真不知道東西南北了。

喬茂吁了一口氣，又向內瞥了一眼，然後往樹下一看，便要下樹；忽從角門射出一道燈光，有兩個夜行人，手持鋼刀短挺，走了過來。九股煙喬茂急忙縮住，連大氣也不敢喘；瞧那兩人竟也奔這角門而來。將到槐樹之前，忽然止步；那一個持鋼刀、拿燈籠的，竟將手中燈籠高高一舉道：「有麼？」持短梃的說道：「二師兄的話還有錯？」

這兩人一問一答，把喬茂幾乎嚇酥了。隱在樹枝葉中，仗著樹高天黑，他又穿著黑色衣服，緊貼著樹椏枝，連動也不敢動，喘也不敢喘，只側著眼注視下方。那兩個人卻也怪道，只是晃來晃去不走，盡在院內打旋。

喬茂也揣不出來意，賊人究竟看見他的形跡沒有？旋見那兩人又轉到那個角門邊上了；喬茂舒了一口氣，方才放下心。卻不料，忽然頭頂上簌簌的微響一下。喬茂急仰面一看，只聽陰幽幽的，從上面發出一聲忍俊不禁的冷笑。這一來，把個九股煙喬茂笑得毛骨悚然；還來不及打主意逃走，早有軟軟的一物，從上面拋下來，正拂著喬茂的肩頭。

九股煙喬茂一手攀樹，一手招架，急往樹下溜；那個軟套已然直套下來。被喬茂一把摘開，拚命的下躥；上面突然踹下一隻腳，正踢著喬茂的頭。這一腳很重，又是踹，又是砸；喬茂哼的一聲，雙手一鬆，「撲登」掉下樹來。僥倖還好，沒被那腰帶臨時做成的殺豬套，套上頭頸。

喬茂身才墜地，地上巡風之人將燈籠一拋，已餓狼撲食趕到。刀梃齊舉，大喝：「好東西，真個膽量不小！」樹巔埋伏的人也縱下樹來。這人背插一把利劍，手捏著一條腰帶，正是要吊喬茂用的。

九股煙喬茂一挺身跳起來，連竄帶迸，搶向來路。到得破牆頭，一躍上去；急側身，抖手發出兩石子，照那追趕的人打去。不管打著打不著，喬茂一伏腰便往下躥；猛然腳下一軟，栽倒在地。

真個是賊起飛智，喬茂拿出他那神偷的本領，一個懶驢打滾，直翻出數步，將身一伏，蜷臥在叢草中。也不管荊棘刺肉生疼，他只動也不動的爬伏著；兩眼注視牆頭，猜想廟中人必然跟踵追出。卻不道廟中人也是行家，黑暗中並不追踵趕來；卻繞過廟後的北牆上，飛身躥出，四面一望，復又縮身回去。

喬茂心想不好，急急的爬起來，鶴行鹿伏，繞向廟東，逃藏過去。果然他剛剛覓好隱暗地方，將身蔽住，已有數道燈光，從廟前照出。燈影中竄出十幾個人，圍著廟橫搜亂照。直亂過一陣，忽又全數收回去。

喬茂捏了一把冷汗，心中好生為難；賊人的底細並未探明，卻落得打草驚蛇，但又不能捨此而去。不得已，狠了狠心，將腳下薄底鞋登了登，運足氣力，隔過頓飯時，二次探廟。

這一次不比前番，更得加倍小心。他繞到靠東邊偏殿的後房坡，施展輕身功夫，飛身一躍，已到房頭，連一點聲息也沒有。將身隱住，往左一晃步，從偏殿溜下；忽爬忽竄，且行且探，曲折溜來，已到東南面。通過一道月亮門，往北有好大一片地方；院落寬展，一排北房似是禪房，但又前出廊，後出廈，那殘破的廊子也已多半沒有欄杆了。

試望庭心，那情形已非比剛才所見的地方，這裡是數隻燈籠插在院中，角門甬路都有人把守。北面房前另有四個少年壯漢，立在廊下，全都衣裝整齊俐落，各抱兵刃；燈光暗淡，看不清面貌。

喬茂心知已到重地，隱住身形，提心吊膽的偷窺。窺見北房、西房、東房，破窗格七穿八漏，都透出爍爍的燈光，燈影搖曳，有人影過來過去的，遮住燈亮，夾雜著悶沉沉的語聲；喬茂連一個字也聽不出來，猜想屋中人很忙碌。

忽然間，聽見一聲馬嘶，喬茂循聲看去：只見西面房前停著十幾輛馬車，牲口沒有套上，馬嘶的聲音似在禪房之內。那已失的五十個鏢馱子和那夥騾夫，前後都沒有尋見。喬茂疑惑道：「這裡勢派森嚴，一定是劫鏢之賊；難道他們已把鏢銀運走，竟不在廟中麼？」

喬茂按照夜行人的規矩，先不敢窺探正房，爬在南面迴廊上，蛇行而前，繞向西房。隱身在後山坡，施倒捲簾的功夫，偷向破窗內一望。怪不得屋內聞得馬嘶，這一座破敝的禪房，原來已做了賊人的馬號！內中有三四十匹馬，拴在窗櫺上屋柱間，滿地撒著草料，任聽牲口啃嚼；只門口有幾個人閑閑的守著，鏢馱子依然未見。

喬茂只瞥了一眼，便已看清屋中的情形；腰上一使勁，仍翻上後坡。這房太老了，稍一著力，灰片脫落，沙沙的往簷下掉去。喬茂吃了一驚，急急逃走，料想屋中人必已驚動。誰知看馬的幾個人連頭也不回，還在喁喁對談，似乎群馬嚼草頓蹄的聲音，把房上的動靜壓住了。

喬茂伏在後簷，略等了等，這才挪身要繞向正房；忽見側面一座偏廡，從後面圓窗透出微光。喬茂溜下來，躡足走到後窗；手攀窗台，足蹬磚縫，略向內一張望：只見空曠曠三間房，似是偏殿，又無神像；似是禪房，又無禪榻。門口上只插著一隻破燈籠，昏昏的略辨出人影來。屋心磚地上橫躺豎臥，倒著四五十個人；身下並沒有鋪著臥具，甚至連乾草也都沒有。這四五十個人竟全睡在塵土滿積的地上，連動也不動。

在門口和屋心，另有幾個人手持利刃；有的站著，來來往往的走，有的坐在馬褥子上。看了一會兒，見這臥著的人依然一聲不響，一點不動；喬茂便有些瞧愣了。其中有一個人好像呻吟了一聲，立刻見那立在屋心的人，過來踢了一腳：「哼什麼，不要找死！」喬茂恍然醒悟，這幾十個人一定是被擄的騾夫了。

機密已算探實，只是劫鏢的年老盜魁，和他手下的主要黨羽，一個也沒有窺見，鏢馱子又沒尋著，還覺得差了一著。喬茂遂又繞奔正房，曲折爬來，還沒有繞到，只見從西角門出來兩個人，登上台階，走到正房門前。正房門掛著一個破草簾子，門口插著一對燈籠。這兩個人撩簾進去。

喬茂在房頂望見，略避一避，急忙繞到房後。這正房之後，又是一層院落，黑沉沉的並無燈光。喬茂暗想：「自己連看了幾處，都有燈火，為何此處單單沒有？」傾耳聽了聽，並沒有響動；便從房頂溜到牆頭，由牆頭躥上正房後山坡，仍施展倒捲簾的功夫，要探窗下望。

只聽屋中有人說道：「你聽，屈死鬼戀戀不捨的，還沒有走呢！依我說，把他料理了。」這說話的聲音很耳熟，卻並不是那年老的盜魁。喬茂覺得不好，急待退走；猛聽屋中斷喝一聲道：「呔，滾下來吧！」「咯噔」一聲響，一道寒光破窗打出來。喬茂身子倒懸著，極力往旁邊一閃，暗器刮脖頸穿過去。

喬茂嚇了一身冷汗，手攀房簷，腳一挺勁，身子往前一悠，剛要飛身躍起，不意房頂上有一人冷笑道：「下去吧！」

喬茂掛在房上的一隻腳，竟被人踩住，只一蹴，把他整個身子踢下房來。九股煙喬茂腳上頭下，倒栽下地，仗他飛躍功夫很不壞，懸空一翻，腳先沾地，只一挺已跳起來，抹頭便跑。只聽房上人喊道：「小子，看夠了麼？你也該歇歇了！」

喬茂顧不得答言，立刻搶奔角門。角門人影一閃，一個使雙懷杖的，一個掄鋸齒刀的，亮兵刃迎面截住。這兩人全是劫鏢時在場的強徒。喬茂揮刀奪路，那使雙懷杖的大喝一聲，已一杖打到。喬茂用刀一磕，打算伏身竄過去。豈知雙懷杖力量很猛，「錚」的一聲響，火星亂射；喬茂震得手腕發麻。那使鋸齒刀的已從側面，横刀斜攻過來。喬茂急撤步翻身，看見西北角有一排矮房，急運足氣力，一躥上去；登房越脊，一抹的逃走。

這時候，已從四面竄出好幾個夜行人物，各仗兵刃，分路追來。喬茂剛由矮屋，翻到一座偏殿頂上。由這偏殿逃出廟外，必須先躍下平地；可是地面上已有兩個人堵住門，又有兩個人站在牆頭，四個人站在當地，另有一個人也躍上偏殿，直奔喬茂。

喬茂道：「我命休矣！」急回頭一看，偏殿東邊好像沒有人。喬茂慌不擇路，竟從兩三丈高的偏殿上，一躍下地。他才一跳下，殿上、牆上的人立刻也躍過來，從四面一擠，單留下北面一道角門。喬茂如籠中的老鼠一樣，繞著圈子逃走，並不敢還手，也不敢走角門，怕有埋伏。群賊一陣亂趕，被喬茂抓一隙路，急忙飛身躥上角門的牆，順著牆往外飛逃。群賊一聲不響，只顧堵截。

忽聽房上有一人吆喝道：「當家的有話，這個鼠輩不值興師動眾，只叫老六、老七追擒他；別的人趕快回來，辦正事要緊。」群賊聞言，全都止步；另有兩個少年賊人，從後面追趕過來。只這一耽誤，喬茂不禁大喜；立刻縱躍如飛，展眼間奪路而逃，翻出後牆，一溜煙的往北跑去。回頭一看，果然只有兩個賊，一先一後追了出來。九股煙咬緊牙根，拚命狂奔，不一刻早已逃出二里多地。再回頭一看，已將賊人落後很遠，看不見影子了。

喬茂大喜道：「我姓喬的真有幾分福命！這賊人一窩蜂圍上來，焉有我的命在？想是賊人昏了心，教兩個笨賊追我，如何能截得住我！我如今已逃出虎口，又已探得機密，我就此返回去送信。再不然，在近處找個藏身地點，我在暗處綴著他們，看看他們的老窩究竟離此多遠？」心裡想著，便四面尋看。這一陣捨命狂奔，有路便走，又不知此刻存身何處了？只見黑沉沉，天尚未亮。

喬茂蹲在路旁麥田邊，略略喘息了一陣，精神稍緩。望見路前似有一帶叢林，便站起來，直奔叢林。一面走，一面東張西望，一面心裡盤算：「看這時還許不到五更，近處想必有人家。我如今只穿著一身短打，又帶血跡，白天走路，真走不開！莫如抄到近處村莊，偷一兩件長衣服，再偷一些散碎銀子，我就在附近隱避地方一忍。白天再改頭換面，往附近踩探，這倒是很妙的法子。只是我來時那個小村已不在面前，想必還在後邊，有那廟擋著，我實在不敢尋回去，莫如另尋吧！」

且想且走，已到林邊。夜行人的習慣，慣好鑽樹林。喬茂便想到林中，先躺一躺養神。看了看，尋著小道，直走進去。忽然，林內閃出一條人影；喬茂嚇得一哆嗦，剛要抹頭逃跑。

只聽那人也「哎呀」的一聲道：「我是走道的，身上沒帶著錢！」喬茂立刻站住。只見那人藏在樹後，不敢出來。

喬茂靈機一動，暗道：「我何不剝他的衣服？這小子也必不是好人。」喬茂回手抽出刀來，向前威喝道：「什麼人，滾出來！」那人只叫：「饒命！」不敢出來。

九股煙喬茂雄心一抖，邁步搶過去。他這才一過去，那人竟藏在樹後，也不跑，只是打圈繞。林密天黑，看不清面貌，只看出那人似穿著一身青。喬茂暗道：「這不像鄉下人。」等到相離切近，忽見那人揮刀竄出，一陣狂笑，刀如長蛇直攻過來。喬茂大吃一驚，到此力盡筋疲，抹頭待跑；被那人趕來，鋼刀一晃，「登」的一腳，把喬茂踢倒在地；解腰帶便捆，往肋下一挾便走。

喬茂忙道：「朋友，我也是道上同源，何處不交朋友，你放了我，我必有一番人心。」

那人「嗤」的笑了，說道：「朋友，你貴姓？」

喬茂忙答道：「我姓喬。」

那人道：「你是哪條道上的？」

喬茂衝口說道：「我是海州來的，咱們是同行。」

那人道：「只你一個人麼？」

喬茂眼珠一轉道：「不，我還有五個同伴哩，我們一共是六個人。」

那人道：「那五位現在哪裡，都姓什麼？」

喬茂信口謅道：「有姓胡的，姓沈的，姓張的，姓趙的，姓孫的，他們都在後頭呢！」

那人道：「你們當家的姓什麼？你們在哪裡安窯設櫃？」

喬茂信口編造著答覆了。那人聽完一笑，把喬茂丟在地上。

喬茂心想：「他這就放我吧？」不料那人掏出一塊手巾、一個麻核桃；把喬茂一掐脖頸，將麻核桃塞入口內，將手巾繫在臉上，蒙住了雙眼；重新挾起，如飛的跑去。不一時，到一地點，登高竄低，連轉了幾個彎，把喬茂「撲噔」一聲，扔在地上。

只聽一人問道：「捉住了麼？」

那林中人答道：「手到擒拿，那還費得了事麼？」

又有一人問道：「他可有同伴？」

林中人答道：「沒有看見，他自己卻說有五個同伴，恐怕未必。我原說不必費事，當場抓住他完了。老二一定要看看這小子有沒有同黨，果然依了我的話，教我白跑了一里多地。」

又一人說道：「也許有同黨被嚇跑了，你快去回當家的去吧！當家的教咱們趁早吃點東西，還有好些事要辦呢。」林中人應聲出去了。又過來一個人，另拿繩子，把喬茂手腳重新加綁上一道。

喬茂被摔在地上，口不能言，目不能睹，也不知置身何處。過了好一會，才覺得眼前一亮，有兩個人挑著燈籠進來。內中一人，把喬茂臉上蒙著的手巾扯下來，用燈一照，立刻踢了一腳，道：「喝，原來是這麼一塊料！」

喬茂睜眼一看，在他周圍，橫躺豎臥著四五十個人，全都是被擄的騾夫；捆在那裡，一動也不敢動。喬茂才知自己又被捉回廟來；一場掙命，原來是白費事。面前站定兩個人，正俯身察看自己；內中的一個，就是劫鏢時在場的賊人，那個使青鋼劍的。

喬茂一陣難過，心想：「完了，十成占八成活不了嘍！」

只見那使劍的少年強賊，用腳蹴著喬茂道：「喂，朋友，別裝死！我問問你，你們綴下來的，一共有幾個人？」連問數聲，喬茂不答。那少年勃然大怒，照著喬茂狠狠踢了幾腳，喬茂扭了扭，只是不答。

旁邊那個打燈籠的賊人說道：「咳咳，你先別踢他，他得說得出話來呀！」過來把喬茂口中之物掏出。那少年笑道：「原來他正吃核桃呢！」遂說道：「朋友，對不住，不知者不怪罪，恕我無禮！朋友，你們倒是綴下來幾位呀？」

喬茂乾嘔了一陣，心說：「這臭賊太已狠毒。事已到此，有死沒活，我焉能輸了嘴！」喘息一陣道：「朋友，我們可是栽了，我們可是栽在光棍手裡了。有話好問好答，你們可別作踐我。你問我們綴下來幾個人麼？不多，連我只六個。」

少年強賊道：「那五個人呢？」

喬茂道：「那我可就不知道了。我們六個人原分兩撥，三個人一撥。我已遭擒，我們的夥計大概還在附近藏著呢。」

原來喬茂這一番答話，自有他的用意。那少年聽了，半信半疑的說道：「朋友，你可實話實說，有你的好處。你不要信口亂說，那是害你自己。我們斷後的人，眼睜睜把你們那邊的兩個人擋回去了，怎麼又綴過來這許多人呢？」

這少年反覆的盤問喬茂，喬茂咬定前言，不再更改。後來這賊人又威嚇喬茂道：「你有話可趁早實說，回頭我們當家的還要問你，你可等著受了刑，再說實話，那就晚了。你怕熱通條不怕？」

喬茂打了一個冷戰，幾乎急得要哭。可是既已貪功遭擒，落在賊人手中，死固不怕，毒刑更是難熬。喬茂只得說道：「朋友，咱們都是道上同源，我還能有話不說，自找苦吃麼？我說的全是真情實話，你們只管掃聽，只管查看；就怕他們五個人都嚇跑了。」

那少年又打聽十二金錢俞劍平和安平鏢局的情形，喬茂都據實說了。那少年便不再問，挑著燈籠，匆匆的走了。

這少年剛才走開，喬茂的磨難已至。從外面闖進幾個壯漢，未進屋便叫道：「捉住的奸細在哪裡啦？」且說且奔到喬茂面前，用腳踢著說：「原來是這小子，你們一共來了幾個？你們那胡孟剛老傢伙上哪裡去了？你好大的膽子，你真敢綴下來！」

幾個壯漢七言八語的亂問，有的拿刀背單敲打喬茂的迎面骨；痛得喬茂欲避無從，不住說：「朋友留面子，朋友留面子！」

又有一壯漢，挑著燈，低頭看了看喬茂的臉，信手打了一個嘴巴，道：「哈，原來是這小子！就是他把謝老四和王老茂給砍傷了的，人家本來是客情。我也給他一刀！」從裹腿上拔出匕首來，照喬茂便刺。旁邊一人攔道：「別殺他，當家的還要問他話呢。」

多虧這一攔，這匕首挪了挪，把喬茂肋部劃了一道，鮮血流出來。那人還是不依不饒的說：「就不宰他，我也得刺他幾下。」

正在亂得不可開交，陡聽後面一個深沉的聲音道：「哼，駱三，你好放肆，誰教你動手來！」只聽「啪」的一下，走來一個五十多歲的男子，把那刺喬茂的人，照臉打了一掌，喝道：「滾開吧！」

這時喬茂前胸，已被劃破縱橫好幾道口子。那五旬男子斥道：「你們這些人就看著駱三胡鬧麼？咱們當家的跟俞劍平有樑子，跟他手下的人沒有過節呀？你們竟敢私自動刑，太已沒王法了！還不快拿刀傷藥，給他敷上。」

喬茂呻吟道：「這位舵主，我也是江湖道上的一條漢子，我可不怕死，我得死在明處。我姓喬，我是振通鏢局的夥計。我和俞劍平素不相識，我只是跟著我們總鏢頭鐵牌手胡孟剛，來保這筆鹽鏢。姓俞的是姓俞的事，與我無干。」

喬茂解說著，那五旬男子冷笑了一聲道：「也信你不得！你們幹鏢行的沒有好玩藝，回頭自然教你舒服。」

喬茂聽了末句話，不禁又是一驚。那男子吩咐手下人，給喬茂敷上藥；又囑咐不准凌辱他，便自走了。喬茂仰在地上，新舊創傷陣陣發疼；兩手兩腳全縛得很緊，暗地用縮骨法試褪了褪，竟褪不開。耳邊聽得外面人馬踐騰，言語嘈雜，彷彿很忙亂。忽又聽見腳步聲音走進屋來，吆喝道：「把鏢行那個奸細帶上來，老當家的要審問他哩！」

立刻有兩個人過來，把喬茂腳下的繩索解開，抄雙臂架起，腳不沾地似的，將他帶到一個所在；似是一座偏殿，殿中神像已無，神座猶存。靠殿門插著紙燈，供桌上鋪著稻草和馬褥子，下面放著一條長凳子。

只見那年老的盜魁，側身坐在馬褥子上，一隻腳踩著長凳，一隻腳盤著，口銜煙袋，緩緩噴吐。兩邊站著坐著六七個賊人，氣勢虎虎，都拿著兵刃。把喬茂帶到神座前，人們就勢一按，喝道：「跪下，跪下！」

喬茂面色一變。欲待不跪，又怕受毒刑；欲要跪下，又恐賊人鄙視他，反倒招來凌辱。只得半蹲半坐的對盜魁說：「老舵主，我也是食人之祿，忠人之事。你一定要我跪，我已束手遭擒，還能抗拒麼？都是道上人，何不稍留面子呢？」

年老盜魁先看了看喬茂，暗暗點頭：「這麼一個其貌不揚的人，想不到還有這份膽量，敢來跟蹤訪下來！不過既是俞劍平手下的走狗，我豈肯饒了他？」大聲說道：「你是姓喬麼？」

喬茂道：「我姓喬。」

盜魁道：「你在安平鏢局幾年了？俞劍平可是你的師父？」

喬茂道：「我可是在鏢局做事，我卻沒在江寧安平鏢局混過。我是在咱們海州振通鏢局胡孟剛胡老鏢頭手下做事，當一名夥計。老舵主自然有踩盤子的，我姓喬的說一句是一句，從來不撒謊；我和俞劍平是素不相識。」

旁邊一人冷笑道：「久仰久仰，你可叫九股煙麼？」

喬茂吃了一驚，臉上一紅道：「那是我的匪號。」

那人道：「原來是喬鏢頭，不是鏢行小夥計呀！」喬茂閉口不能答。

那盜魁卻並不理會，又問道：「你叫九股煙，你自然是黑道出身的了。」

喬茂道：「我吃鏢行的飯，也不過幾年。」

盜魁道：「你說你在振通鏢局做事，大概不假。我聽說你們安平、振通兩家，本是雙保鹽鏢，為何不見俞某人露面呢？既然這票鏢擔很沉重，俞某人焉有不親自出馬之理？這卻是何故？你要從實說，不得隱瞞。」

喬茂已聽出盜魁的心意，忙答道：「俞劍平俞老鏢頭，一向有重鏢，也常親自出馬；可也有時只靠他那杆金錢鏢旗，由他弟子押著出去。這幾年未遇風險，他的膽子就大了，這也是沒遇見綠林道高手的緣故。又加上他新近有事纏身，所以這回他只派出一個大弟子，和他手下幾個夥計跟著出來，他自己並沒親到。想不到遇見能人，栽到老舵主手下了。老舵主武功出奇，在下起心眼裡欽佩；只可惜眼拙，有眼不識泰山，你老是什麼萬兒？在哪裡安窯……」

話還沒說完，旁邊突然發出幾聲桀桀的狂笑道：「好東西，你還想拿話舔我們的細底麼？別裝渾蛋了！」一腳把喬茂踢得臉朝下，栽倒在地。

盜魁哼了一聲道：「姓喬的朋友，你看我豈是尋常的綠林道，劫了鏢一溜就走，埋頭不見麼？我不用你們費心摸底，我自然會找姓俞的去。不過我不能趁了他的願，老早的教他得了準信。告訴你說，我要憋他幾天。你要套問我的姓名麼？自然在你臨死前，教你知道。」

喬茂側臉說道：「不是的，不是的，我沒這個心。我只是奉命差遣，身不由己。」

盜魁不答，教手下人：「把他揪起來。」

喬茂雖然倒剪二臂，功夫還在，本可以躥起來；只在眾目睽睽、刀矛如林之下，他不敢轉側，恐被加害。當下過來一人，把喬茂揪起來，仍任他坐在地上，他的鼻臉都搶破了。

盜魁把煙袋鍋磕了磕，又裝上一袋，仰臉想了想道：「喂，那個使藤蛇棒的，三十來歲，姓程的，想必就是俞劍平的大弟子了。……喂，姓喬的，這俞劍平聞說他太極劍，江南無敵手，他又善點穴，善打十二金錢鏢，江湖上說他能打出六七丈遠，可是真的麼？」

喬茂道：「這也是江湖上的傳言，剛才說過了，我和他素不相識，倒不知底細。他的太極劍是很有名的，也聽人說過，他善點三十六穴。」

盜魁又問：「這次跟著押鏢的，除了俞某的大弟子程岳以外，安平鏢局還有誰呢？」

喬茂道：「還有姓沈的，姓趙的，姓張的……」

盜魁把手一指道：「呔，你休要信口胡謅！那姓沈的沈明誼，不是振通鏢局的鏢師麼？你打諒我一點也不知道麼？」

喬茂忙道：「不是他，不是他；他也姓沈，安平鏢局也有一位姓沈的呢。」

那個使劍的少年笑道：「朋友，你就實話實說吧！不要順著嘴胡謅亂編。你拿我們當瞎子聾子，可就自討苦吃了。」說著就有一個賊，翻刀背把喬茂連敲了數下；疼得喬茂咬牙切齒，強忍住不哼。

另外一個賊人道：「你還不說實話麼？」

喬茂道：「我沒有瞎說呀，可教我說什麼呢！」

盜魁道：「你們不要亂來。姓喬的，我也不問你廢話。我只問你：那個姓俞的現在何處？我聽說他忽然將鏢局收市，又聽說他在……」說到這裡，雙目一瞪道：「你說他住家在何處？」

喬茂忙道：「在雲台山，海州東北，我沒有說謊。」

盜魁點頭道：「雲台山的什麼地方？」

喬茂道：「清流港，海州鏢行都知道。」

盜魁道：「他現時呢？」

喬茂道：「現時還在清流港，並沒有出門。」

盜魁道：「沒有在海州麼？」

喬茂道：「沒有。」又忙找補一句道：「在我們鏢馱子出發時，他還在清流港呢。現在可不知道了。」

盜魁將俞劍平的事，詳細盤問了一回，又問俞劍平之妻是不是姓丁？現時還在不在？有幾個兒子？都多大歲數？又問他安平鏢局因何忽然收市？胡孟剛和俞劍平交情如何？喬茂和胡孟剛是什麼交情？喬茂被捆在地上，忍痛一一據實說了。這豹頭虎目的盜首一一聽了，覺得沒什麼虛假。又問喬茂：「綴下來的究有幾人？」喬茂不改口，依然說：「綴下來的共六個人，共分兩撥，自己是第一撥。」

那盜魁有意無意的聽著，只對手下人信口說道：「你們也留點神，咱們雖不怕綴，可也不能放鬆了，教他們瞧不起。」然後打一個呵欠，把鐵煙袋一揮道：「把他拉出去！」

這「拉出去」三個字，打入九股煙耳內，不亞如催命符！喬茂倏地面目變色，知道這是要殺他了；啞著嗓子叫道：「老舵主，我可沒有含糊；我跟你老沒仇，我是吃鏢局飯的，我是……」

群賊聽了，哄然笑起來，說道：「真不含糊，光棍臨死也是光棍，準給你個痛快的就是了。」立刻七手八腳，把喬茂又架起來，連推帶搡，推到外面。

內中一個賊人說道：「朋友不含糊，別哆嗦呀！」推到院心，喬茂從五衷裡吁出一口氣來：「想不到我喬茂死在此地！」回顧架他的人道：「相好的，咱結個下世緣，你可給我一個痛快的。」

那人道：「你放心，決不教你零受。」

喬茂越聽越覺得兆頭不好，情知求饒喊救，一概無效；心中一陣難過，耳畔轟的一響，迷糊起來。顫抖抖的說：「朋友，這是哪裡？這是什麼廟？你們也教我死個明白。」

一人答道：「放著天堂你不走，這小地方就叫鬼門關，這廟就叫閻王廟！這院子不是你的死地，還在前邊呢！」

曲折走來，通過一道很黑的院落，群賊猛然止步；迎面過來一個人，手拿明晃晃的鋼刀，說道：「站住！」

喬茂渾身一軟，竟往地上溜去，已被人架住；喬茂把眼一閉，靜等刀下。

迎面過來的那人說道：「你們也太馬虎了，閃招子怎麼也不扣上點？」隨手掏出一物，展開來，把手一拍喬茂道：「這小子倒美了！」用手中之物，立刻把喬茂連鼻帶眼蒙上。蒙好了，卻又往前架著走。忽然「咕咚」一聲，喬茂被人提起來，擲在一個地方上，地上似鋪著板。喬茂此時哼了一聲，知覺全失。

過了好久，喬茂才覺得渾身處處疼痛，腰下顫抖得厲害。眼睛固然蒙上，連嘴和耳朵也被人堵塞了。棗核般的小腦袋，只給他留下一對鼻孔，任他緩緩出氣。卻時有清風，夾著綠草氣息，撲入鼻孔。

喬茂昏昏沉沉，過了好久，才覺出自己並沒有被殺；這時候大概是被群賊裝在什麼車上，正走著呢。喬茂在車上蠕蠕的動了動，立刻有一把尖刀，在胸口上劃了劃。喬茂動一動，那刀劃一下。喬茂不敢掙扎了。

又經過很久的時候，喬茂忽被人提起來，挾在肋下；似乎是走出了十幾丈遠，又被人擲在一個地方，這地方較車上寬展。喬茂暗想：「他們把我弄到什麼地方才殺呢？這地方又不像是山寨。」

原來賊人並沒有打算當時殺害他，把喬茂五官封住之後，立刻擰胳臂，扯大腿，重捆成粽子樣，裝上口袋，先載在車上，旋又運到船上。一路駛行，直過了一個整天零半夜，喬茂才被人將口中的麻核桃、耳朵中的棉絮掏出來，眼睛卻照舊蒙著。立刻有一人在耳畔說道：「朋友，我教你暢快暢快，你可別嚷！你只哼一聲，我就是一刀。」說著，把刀向喬茂胸口觸一觸，剛刺得肉疼便住。

這個賊並不狠毒，喬茂低聲央告道：「我已一天一夜滴水沒有沾唇了，勞駕給我點水喝。我決不嚷，我也不跑。」

那人嗤然笑道：「你可跑得了啊！咱爺們有緣，我就給你口水喝，你可別咬人，你若咬我，我可對不住你。」

喬茂忙道：「我決不咬人。」那人竟拿了一把水壺，放在喬茂口邊。喬茂如飲甘露似的，喝了一飽。

那人又拍著喬茂的頭頸說道：「我再給你點吃的。」於是又餵了喬茂幾口。

喬茂道：「我決不跑，你鬆開我，讓我自己吃。」

那人道：「你別忙，先湊合一兩天。到了地方，自然不綁你的手。」

當下直走了兩天兩夜，喬茂眼雖看不見，耳朵卻能聽，鼻子也能嗅，漸漸覺出自己是身在船上。因為那船每逢轉彎，便聽得水響。白晝行船，這賊船撐篙拉縴，雖不吆喝，卻難免在上下游遇見別的民船。故此喬茂耳鼻一露，便已聽察出來。傾耳細聽船中的動靜，好像被囚的人並不多。監視的賊人，聽說話的語調，好像人數也有限。喬茂試著和賊人攀談，立刻便有尖鋒刺胸。決計不許他說一句話；要想打聽什麼，更是不行了。

忽一夜，船行到達地頭。喬茂又被人蒙上耳朵，堵上了嘴，教人挾在肋下，搬下船來，走著忽高忽低的路。約莫有一頓飯的工夫，隱隱聽見對面似有人聲，耳朵堵著，只能聞聲，不能辨語。

喬茂覺得又換了一個人扛著他，到了另一個地方，被人丟在炕床上；把堵耳塞嘴之物全給除去，只兩眼照舊用一個青布套蒙著。兩手兩腳捆著的繩子也被鬆開，另換上一種捆法，使他自己可以用手吃飯。喬茂到此，才將畏死的心放下一半，曉得自己這是被賊人幽囚起來了。

第八章　夜脫秘窟

當天夜晚，臨睡之前，賊人進來，把喬茂拴在木板床上；床上釘著鐵環，繩索的一頭就釘在環子上。到了夜深人靜，喬茂慢慢的轉動，慢慢的仰臥著，倒背雙手，摸那木床，摸著一邊有牆。自己設法將頭挨到牆邊，慢慢蹭自己的臉，漸漸將眼套蹭開一點隙縫。凝神四顧；小屋昏沉沉的，內中並無同囚之人，也無監守之盜。喬茂暗想：「賊人也許在屋外監視著呢，我且不要魯莽。」只在黑影中注目辨視屋中的情形。

這小屋好像並非強賊預造的囚牢；只不過是很平常的小屋。在門窗上現裝了一層鐵柱子，一道小門緊緊鎖定，門扇上開著一個小洞，用來傳送飲食。看這局面，必定是匪人用以囚禁肉票的所在。

喬茂曉得陷身於盜窟老窯一定無疑了。若能從此逃出，不但性命保全，鏢銀也便得著下落。喬茂心血沸騰，翻來覆去的想。無奈渾身傷痛，滿胸口被賊人縱一道、橫一道，劃得許多處創傷；更加教賊人塞裝口袋的一番整治，裝車裝船的一番撥弄，又受過生死呼吸的威嚇，早已弄得力盡筋疲。況且賊人知他多少會些功夫，不比尋常肉票，把他捆得很結實；要想褪繩逃去，煞非容易。喬茂試行掙扎了一下，覺得不行；只好躺著歇息，一面籌算脫身之計。

喬茂深恐夜長夢多，或生變故。此刻雖被囚禁，似乎不礙，安知賊人終不殺害自己？一想到此，又不勝焦心起來；仰望屋椽，好生難過。忽聽外面似有賊人經過，嚇得喬茂仍將眼套蹭得蓋著眼皮，慢慢爬回原臥處，假裝睡著。果然聽見鐵窗上，有人拍了一下道：「相好的，老老實實的躺著吧，不要胡思亂想，你還能跑的了麼？」

原來九股煙喬茂儘管有一肚子智計，儘管深懂江湖上一切譎詐，終不免當局者迷。當他挨著牆，蹭眼套的時候，只顧著身子用力，便忘了假睡打鼾。睡熟的人呼吸總是重濁，他在屋內一味鼓搗，行家在外面自然聽得出來。這一拍窗鎮唬，又把喬茂嚇了不輕，這一夜竟沒敢再動地方。

當下喬茂一連囚了好幾天，更沒有賊人再來盤問他，也無人提訊他。監視他的人，雖看不見，聽語音知道共有三四個人。每日給他兩頓饅頭鹹菜、一壺涼水，喬茂看監視的人日久生懈，逃走之心復萌；每天夜間，設法磨蹭捆手的繩子。漸漸將繩子快要磨斷，只連著半股兒，便不敢再磨；露出眼角來，算計破門逃走之法。

不意監守的賊雖是笨漢，每隔一兩天，必有頭目前來察看他。喬茂眼被蒙著，他看不見人家，人家卻仔細察看他。這日突被賊人看破，哈哈的一陣狂笑道：「相好的，真有兩下子麼！」說罷出去，過了一會回來，便帶來一根生了鏽的舊鐵鍊；用手一拍喬茂道：「相好的，戴上這個吧，這個結實。」

賊人把喬茂身上的繩子解開，立刻換上鐵鍊，套在脖頸上，加上一道鎖；這一頭仍舊穿在床頭鐵環子上面。又對喬茂說：「其實這鎖是怕你不長命，才給你戴上的。若說怕你跑，那才不對呢。你瞧瞧，你跑得出去麼？外面好幾道卡子呢！這個小屋也怕你衝不出去。我告訴你，你這裡一動門窗，立刻就鈴鐺響了。小夥子，老老實實待著吧，又有吃的，又有喝的，多好！」說著又奚落了一陣，方才走了。

喬茂嗒然若喪，用手暗摸這段鐵鍊，正把他像鎖狗熊似的，套住了脖頸。這鎖鏈很有幾分斤兩；卻有一節，上鎖之後，就到夜間，也不再捆他了。

九股煙喬茂拖著這鐵鍊子，白天在床上一坐；夜晚聽外面人聲漸寂，便悄悄溜下來，摘去眼套，四面窺探。可惜這鐵鍊子很短，不過六七尺長，被釘在木床上，剛剛容得喬茂能下地解溲。喬茂便如獸圈中的猴兒一樣，一到夜間，就拖著鐵鍊子，東摸摸，西探探，用盡方法，要試將鏈子褪下來。

起初賊人察看得很嚴，喬茂尚不敢妄動。後來賊人頭目隔數日方才進來察看一次。喬茂容他察看以後，便放心大膽的鼓搗起來。無奈這鐵鍊既短，他又沒有折鐵的腕力；用盡伎倆，想把鐵鍊折斷，或將鐵鎖打開，結果是枉費了氣力。

喬茂心想：「只要我尋著一根鐵絲，我便能設法把鎖打開。」但這小小的監房，四壁懸磬，空空的一物無有。喬茂倒是窺見對面牆上，釘著一根大鐵釘子；無奈脖頸鎖著，乾看著，湊不過去，也就不能到手。他身上本來倒也有些小刀小鋸等物，又早被賊人洗去了；連腰帶也被解去。這鐵鍊既很笨重，決難弄斷，這鐵鎖簧也很緊固；喬茂兩手空空，無從下手。

喬茂也曾試著要將鎖砸開，可是稍有響動，又怕被監守賊人聽出來。在囚牢中，倍覺光陰悠長，喬茂被監禁了十幾天，直好像過了一兩個月似的。

人急計生。這一夜，竟被喬茂翻動竹席，尋著了一段鏽釘。喬茂大喜，就試著用這鏽釘，夜夜偷挖那鐵鎖；這當然捅不開簧的。喬茂不由自己暗罵自己渾蛋：「鐵鍊、鐵鎖不能設法，還有那鐵環，豈不較易起下來麼？」

那鐵鍊本來這一頭拴在喬茂脖頸上，那一頭卻拴在木床的鐵環上。喬茂只想掙開鐵鎖，逃出囚籠；卻忘了抉開鐵環，也可以帶著鐵鍊子逃跑。如今既已想到，立刻精神一振；爬到鐵環子旁邊，用手一摸。

這鐵環子本是一個半尺多長的帶環大鐵釘，直釘入木床邊沿之內。喬茂就用這鏽釘，慢慢的挖那木床。釘鈍木堅，鼓搗了半夜，才僅僅挖出一點小凹坑。唯恐被賊人窺破，第二天夜間不敢再挖，只躺在炕上打主意。盤算了一會，第三天仍不動手。一日，恰有賊頭進來察看，喬茂容他去後，挨到夜晚，立刻動起手來。

喬茂決定在賊黨頭目下次再來察看之前，要盡力把這鐵環起下來。這一夜喬茂用這鏽釘，直忙了一通宵；容到天快亮，方才住手，躺在床上養神。到了次夜，喬茂拚命的挖，拿出了鐵杵磨繡針的耐性，居然兩通夜的工夫，把這半尺多長、鏽在木頭中的鐵環釘，挖得能夠搖動了；喬茂兩隻手，卻被那三寸來長的鏽釘磨得生疼。

這樣不住手的做下去，每逢外面有動靜，便嚇得喬茂立刻住手，躺在床上裝睡。他唯恐功虧一簣時，被賊人撞見；所以一舉一動，格外小心。將那挖碎的木屑都收在手內，細細的揉碎了，撒在床席底下。

到得第五天夜裡，竟被喬茂挖下三四寸深，面積卻很小，以免萬一被人看出。

喬茂這才試著用力拔那鐵環，可恨那鐵鍊繞著脖子，很礙事；他又太沒勁，還是拔不出來。

喬茂料想查監的賊頭明後天必到，事情不容再緩。這一夜努力的挖。希望越近，焦灼越甚；便顧不得面積大小，只狠命往下掘去。只這幾天工夫，把那只鏽釘使得光澤如新；那鐵環已漸漸鬆動。

喬茂一面挖，一面提防著鐵鍊，不令它發響。直過了三更以後，喬茂越挖越深，將二指伸入鐵環內，左手扶著環圈，用力往四周一晃，往外一拔，漸漸鬆動，漸漸拔起。更一努力，這半尺多長的環頭長釘，已被他隨手拔將起來。

喬茂微吁了一口氣，心中大喜，忽然又一驚；忙向四面看看，黑洞洞的，似乎並沒有人監防。

喬茂又側耳聽了聽，外面沒有動靜。略微放了心，急急的擦去頭上熱汗，將鐵環釘和鐵鍊子，輕輕托在手中，喬茂隨即脫下小褂，把底襟撕下一片來，撕成數條，結成一根粗繩，當作腰帶，把褲腰先紮緊了。又用短小褂，把六七尺長的鐵鍊子包纏起來。因還有那一頭套著脖頸，只好把鏈子纏在腰部。赤著膊，手按項鍊腰環，慢慢的站起來；腳走輕靈，挨到窗邊；忙側耳細聽，覷目外窺。

外面黑暗暗，一無所睹；遠處聽得風鳴犬吠，近處微聞鼾聲。喬茂用手摸那窗格，微微撼了撼，立刻發出微聲。喬茂不敢再動，急溜下床來，伸一手輕輕推門，試了又試。他本是積年慣竊，挖門開戶，素為拿手。如今雖沒有應手器具，卻是開門扇比拔鐵鍊容易多了；只是那鏈子還有一頭套著脖子，自然不容易使力氣、用手法。

喬茂將門戶摸清，急切沒有工具，立即退回兩步，將盤在腰間的鐵鍊解開，那一頭上的鐵鍊釘，恰好可以利用。忙用小衫墊好鐵鍊，左手托鏈條，右手持環釘，挨著門縫，用力一端，將鏈釘插入門縫；順勢一挑，挑著門閂，試了試，知道已經上鎖。這頭不好設法，還有那頭。喬茂仍循門縫，用環釘抵住了，撬開一道縫；然後俯身蹲下。雙手托定門扇的下方，只輕輕往上一端，立刻被他端下來。又輕輕往下一撤，一扇門已被他托落。手法輕快已極，一點聲音也沒有。

這門扇一落，喬茂早將環釘收回；疾如電光似的，將鐵鍊仍用小衫包住，纏在腰間。那半尺多長的環釘，便倒垂在左胯之旁，好像佩著一把匕首；只可惜脖頸上的鐵鍊仍有點不雅。喬茂輕輕一推門扇，從門縫飛竄出來；已看清這小小牢房，乃是一明兩暗的房舍。明間有一個床鋪，似是監守的賊人的宿處，床頭恰好沒有人。喬茂喜道：「上天保佑！」急搶到堂屋門旁，這門也是倒鎖著。

這時候，天將四鼓，已非奪路逃亡之時。但喬茂好容易掙出牢籠，如今是有進無退，有去無留！且顧不得一切顧忌，九股煙喬茂疾將堂屋門撬開。也就是剛把門扇端下來，猛聽「啪」的一聲響；喬茂正蹲在門前，急避不及，就勢仰面一躺。又「啪」的一聲響，似是一件暗器打在牆上。

喬茂一滾身，逃到一邊；這堂屋卻有陳設什物。喬茂信手抄起床鋪上的一個褥子，捲在手中；又提起一隻圓凳，黑影中向外一拋，跟著縱步竄出。

果見對面人影一掠，厲聲大喝道：「好大膽，往哪裡逃走？」倏地一刀剁過來，喬茂急將褥子迎頭拋去。那人閃身，用刀挑開，一隻手向口唇一捏，立刻發出連聲的呼哨。

突然房外竄過來兩人，大嚷道：「好混帳！竟讓這小子跑了，姚老三你是管幹什麼的！」立刻擺兵刃，截殺過來。

九股煙喬茂本被蒙著眼，監在此地。此地的形勢，他一點也不知道，欲想奪路逃走，竟不知哪條路是活道，哪條道去不得。眼看賊人追來，急忙繞圈逃走。張眼一瞥這被囚處，是孤零零五間小屋，空落落的一所大院子；除囚舍三間而外，只左首還有兩間矮屋。喬茂連東西南北都不知道，見對面一道牆，開著月亮門，略透微光，猜是賊人的住處；不敢過去，忙折向小屋後邊牆根。

喬茂一挫身，縱上牆頭，向牆那邊一望，立刻吃了一驚。牆這邊竟是一片房舍，有好些房間點著燈光，並有好幾個人跑出來，想是聽見了動靜。

喬茂撥轉頭，踏牆飛跑，竟有幾件暗器掠身飛過。喬茂驚慌，復又躥下地面，眾人紛紛圍上來；並不喧嚷，有的登牆扼守，有的在平地截堵。

喬茂不敢抵擋，只找沒人處逃去；抄個隙縫，躥離平地，登房越脊，哪裡黑，便往那裡逃。似乎追逐他的賊人，並沒有驚人的武技；喬茂一路亂竄，早被他逃出院外。一到院外，方才看出自己是陷身被囚在一個土圍子之內，好像村堡，又好像賊寨。喬茂頸拖鎖鏈，一手提著，亡命狂奔；並沒有一定方向，只尋隱僻地方疾逃。後面竟有幾條黑影，如箭似的追來。

可惜這土圍子外面，一望空曠，只有疏疏幾行樹，又不成林，竟沒有蔽目障身之處。喬茂的頭，像撥浪鼓似的，且跑且尋。望見迎面偏右，黑忽忽一片濃影，不是村莊，必是荒林；若跑到那裡，便算有命。喬茂奮力緊跑，回頭．望，後面黑影越追越近，夾著狺狺犬吠之聲。暗說：「不好，惡狗追來了，比人還難纏！」

果然在這一望坦曠的野地上，只跑出半里多地，已有兩條凶猛的狗嗥著撲過來。喬茂俯腰拾起一塊磚石，抖手投去。當前的狗「汪」的一聲叫，往斜處一撲，略停一停，復又趕來。

喬茂拔腿緊跑，眼望那迎面黑壓壓的暗影，相隔已近，不勝大喜。誰知跑到近處，才看出黑影前面，還橫著一窪積水泥潭。喬茂輕提一口氣，強行幾步，兩腳陷入很深。急得他兩眼如燈，拔腿退出來，兩條惡狗已跟蹤撲到。

急切間沒有摸著磚石，喬茂忙將腰間鎖鏈扯開，也有六七尺長，一頭又拖著半尺多的長釘；喬茂左手揑著脖頸上的那一截，右手掄起下截鐵鍊來打狗，且打且沿泥潭逃走。到底他手下有些功夫，鐵鍊一抖，那根長釘如甩頭似的掄開了；近身處那條惡狗被他打中頭部，「嗥」的一聲叫，兩狗全嚇得號叫著往回跑。

喬茂得空又逃，那狗卻又抖起了狗威風；不逃不追，一逃便立刻跟上來。後面人影也已遠遠望見，只聽「嗚嗚」的一陣唆叫，狗仗人勢，公然往喬茂身上撲來。喬茂恨得什麼似的，恰跑上旱地，忙摸起幾塊磚石，「啪啪啪」，一陣亂投，打退了狗，大寬轉撲奔前面黑影。

身臨切近，果見前面一帶斜坡，映著叢林。喬茂大喜，如慶更生，立刻精神一振，如脫了弓弦的彈丸似的，直投向林中。

忽然，斜坡上一條黑影往上一冒，橫截在前面。喬茂驚叫了一聲，調轉頭來待跑。那黑影比蝙蝠還快，只橫身一縱，已擋住喬茂。喝問道：「什麼人？」南方口音，語聲清脆。

喬茂到此，只有拚命；掄鐵鍊便打。那人叱吒一聲，身形只一閃，回身抽出利劍。喬茂細辨來人，似穿著一身深色夜行衣，腰繫白巾，青綢子包頭，身法來得很是輕快。喬茂只當是賊人的埋伏，左手捏項前鐵鍊，右手舞起來，向這人亂打；一面打，一面尋路要逃。

來人的劍法很緊，只三兩個照面，被來人閃身一讓，左手奪住喬茂項上的鐵鍊。喬茂拚命一掙；那人略一側身，往懷內一帶，右手劍一揚，照喬茂頭項一指，道：「呔，撒手！」原來此人只疑這鐵鍊是喬茂的兵刃，既被奪住，便該撒手；再想不到喬茂倒想撒手，只可惜有點撒不開。儘管劍影在面前直晃，喬茂雙手緊抓住鐵鍊，戀戀不捨，一味往後死掙。

這一來招惱那人，怒喝道：「好不要臉的賊，教你撒手，還敢硬奪！」利劍一揮，斜刺下來。喬茂鐵鍊纏頸，如何避得開？「哎呀」一聲，栽倒在地，肩頭冒出鮮血來。

那人也被扯得塹了一步，用手猛一掣鐵鍊；喬茂在地上被扯得一起一落。

這時候，那人方才看清鐵鍊子是套在喬茂脖子上的，不禁「嗤」的笑了，說道：「原來是個逃犯，怨不得不肯撒手呢！」抬腳輕輕蹴了一下，道：「你是從哪個獄裡跑出來的？」

喬茂躺在地上，已聽出來人的口氣；哀叫道：「這位英雄，我不是逃犯，我是剛從匪窟跑出來的肉票！……」那人愕然，手一鬆道：「真的麼？」

喬茂道：「你老請想，這裡可有衙門麼？你老快放手救命吧，後面已有好幾個賊人，放出惡狗追來了！……」

那人略一遲疑，說道：「這也信你不得，我先審審虛實。」過來使個拿法，把喬茂輕輕提起來，方要躥下斜坡；驟聽見「嗚」的一聲叫，竄過來一條狗，照那人脛腿就咬。那人一回身，倏地掄劍一掃，將狗劈為兩斷。口發詫聲道：「喂，我說你這男子，莫非真是被綁的肉票麼？你是教誰綁架的？這裡有強人潛伏麼？」喬茂正待答話，倏地又撲來兩條狗，一陣狂吠，竄前繞後，直奔過來。

那人掄手中劍便剁，這狗好像聞到血腥，有些害怕，竟躲在一邊，不敢上前，只不住聲的狂吠。後面又有幾條狗追來，打圈亂撲亂叫。那人怒笑道：「狗竟能咬人？」伸手探囊，舉腕連甩；立刻聽那一群狗變成哀嗥，向後面亂竄。後面追趕的人卻已經循聲趕到。

那人將九股煙一提，嗖嗖嗖，如燕子掠空，躥下斜坡，投入林中；把喬茂放下道：「你在這裡避一避，我上去答話。如果他們真是綁票的賊，我一定將他們捉住，搭救你們。你們被綁架的共有幾個人？」

喬茂眼珠一轉道：「我不知道他們綁了多少人，和我一塊被綁的，都教他們給殺害了，只逃出我一個來。」

那人大怒道：「好萬惡的賊！你在此等我，我一定救人救徹，你千萬不要再亂跑了。像你這樣，一步跑不開，人家還拿你當賊呢。我必定把你安插好了，你等著吧！」那人說完匆匆欲走。

喬茂連忙稱謝道：「恩公救我一命，我一輩子感激。我遍體鱗傷，實在走不動了。你老人家行行好，把我脖子上的鐵鍊給弄開吧！」

那人道：「哎呀，可不是，還教我誤傷了你一劍！不要緊，我這裡有好藥，開鎖也容易。等我先把他們打發走了，回頭一定給你治傷開鎖。你不要害怕，幾個臭賊，還不夠我一殺的呢！」

喬茂道：「我不怕，我決不走，淨等你老救命呢！」

那人囑罷，恰巧賊人追趕已到，唆嗾群犬，尋蹤探林。群賊緊守著綠林之戒，不敢直入林中，恐遭暗算；約莫有十來個人，各持利刃，當前大叫：「好東西，你鑽在林子裡，就躲得了麼？早看見你了！」依照群狗衝著狂吠的方向，各拿暗器亂打，口中不住的亂罵。

那使劍的綠衣英雄伏在樹後，未曾動手，先察看對面的動靜。見群賊中間，有兩人穿著一身夜行衣靠，暗道：「是了，果然是綁票的惡賊。」扭頭向喬茂問話。喬茂已然站了起來，雙手拖著鐵鍊，肩頭上涔涔出血，那人道：「你說的話不假，你姓什麼？」

喬茂道：「我麼？姓喬，叫喬老剛，是做小買賣的。」說完了，又後悔失言。那人並沒留意，只不過信口偶問一句，全副精神注視著林外賊人，自言自語道：「既是綁票的惡賊，就下毒手，也不為過。」人未出林，手先揚，但聽「嗤」的破空一響，對面賊人「哎呀」一聲，內中一賊身軀一側，幾乎跌倒。賊人大罵道：「好東西，敢使暗器傷人！這就天亮了，我看你這小子還能跑得出去不成？」

那深衣人微微冷笑，替喬茂答道：「跑不出去，還殺不出去麼？」

群賊互相詫異道：「你聽這腔口，林子裡是什麼人呀？不像姓喬的呢。」

那深衣人道：「什麼人麼？教你們看看！」倏然一竄出林，右手握利劍，左手插腰，當中一站。群賊往兩邊一分，一齊注視，朦朧影裡，約略看出來人細腰紮背，墨綠綢衣，腰繫巾，左挎鹿皮囊，頭罩包頭，足登淺腰軟底窄鞋。看身段，聽語聲，料似是個女子。

那個負傷的賊人首先叫罵道：「哪裡來的狐狸精，竟敢拿鐵蓮子打人！先吃我一刀，先吃我一刀，捉回去給我陪宿吧！」

那綠衣人驀地面泛紅雲，勃然大怒，用手一指道：「該死的臭賊，我先挖掉你的舌頭！」左手一掐劍訣，向前一指，「唰」的一劍砍去。這一場戰，那女子又不比截堵喬茂之時；那時並沒有殺人之心，這時卻劍走輕靈，專攻要害。只三五個照面，便將這賊刺通一劍，右肩血流如注。群賊大為驚怒，一齊圍攻上前。

綠衣人一聲長笑，揮劍進搏。這一個人仗著輕捷的身法，那一群賊仗著勢眾人多，就在林前，穿花也似大鬥。九股煙喬茂藏在林中，慢慢溜動起來。

那女子劍法犀利，雖被十來個賊人圍攻，但聽得一片叮噹之聲，夾著呼痛喊罵之聲，已有兩個賊人續被刺倒。群賊呼嘯一聲，立刻說：「好娘兒們，你等著吧！

是好婆娘不要走！」打夥的逃向來路而去。

那女子將劍一甩，伏身便追，約追出半里多地，忽然猛省道：「糟了，我不要受他們調虎離山之計呀？萬一賊人從別路抄轉過來，將那個肉票擒去，或者給宰了，那我可就輸給他們了。」急忙止步，用劍一指道：「殺不盡的賊人，姑娘只在林邊等著你！你們有家裡大人，趁早教他們出來見我。」說罷，翻身重回樹林；哪裡還有喬茂的影子？

她不禁發怒，仗劍叫道：「喂，姓喬的，你藏在哪裡了？我已將賊人殺退了，你快出來引路，找他們巢穴去。」前前後後叫了一遍，並不見喬茂答應。

那女子不禁著急起來，連連說道：「糟了，糟了！一定是教賊人又捉回去了。」氣得她舉劍照著大樹連削數下，拭去了血跡，重奔到鏖戰之處，晃火折照看；果見兩窪血痕猶存，受傷倒地之賊已然不見。

這女子呆立在林前，東張西望，扼腕無計可施。忽然想起一招，急躥上大樹，登高向四面望；朦朧中似見東邊有幾條黑影，又隱隱聽見犬吠之聲。綠衣女子連忙躥下樹來，更不思忖，一伏身便奔黑影追去。

這綠衣女子才追出去，另有一條黑影從斜坡大樹上，飄身躥下來；笑道：「巧姑姑沒有招了，防前不顧後，就是傻打的能耐！」這人影立刻也一伏身，箭似的跟蹤追趕過去。

但是九股煙喬茂並沒有再被賊人擒去。九股煙喬茂藏在林中，略歇過一口氣，驗看肩頭的新傷。血仍未止，涔涔的流著。他身邊原帶有刀創藥，但遭擒時，早被賊人洗去。只得撕開小衫，纏住傷口；雖然疼痛，還能掙扎。

喬茂暗罵道：「倒楣偏遇掃帚星！這一定是個江湖上的女俠客，憑白挨她這一劍，還算是恩公！」心裡鬼念著，慢慢溜到林邊，向外一看，見群賊已將此女圍住。喬茂眉頭一皺，心說：「不好，勝敗不可知；萬一此女戰敗，我一定二番被賊人擒獲。那一來，有死沒活！就是此女戰勝，也還有我的麻煩，誰知道她是個什麼樣人物？我是說實話不說呢？」

喬茂略略伸動肢體，覺得氣力足可支持，暗說道：「咳，我不如溜了吧！三十六計，走為上策。趁著她替我做擋刀牌，我莫如趕回去送信，省卻多少枝節。」只有一點差事，那個女子沒有先給喬茂開鎖。他只得仍拖著鐵鍊，慢慢後退，慢慢繞出樹林；趁天色未明，覓路便逃。且喜那邊撲鬥正烈，沒人覺察；一任那女子替他拚命拒賊，他果然一股煙也似的，一冒不見了。

喬茂一陣亂鑽，相距凶毆之地已遠。回頭一望，並沒有人綴著他，便放緩腳步徐行。估摸天色，早過四更，自己拖著項鍊，一到白晝，真個寸步難行，這須要早打主意。一路尋著，見前面隱隱有一片村落，連忙投奔過去。他暗想：「如今之計，第一要想法子，弄開這脖鎖。第二要換去身上漬血的衣服。第三要覓個棲身之所，歇一歇氣力，以便天明打聽此處的地名，暗訪匪窯舵主的萬兒。」無奈喬茂此時身邊寸鐵不帶，分文無有，饑疲傷痛，悔不該說謊逃走，倒還不如隨那女俠去了。

喬茂潛行到村前，要找尋一個銅鐵鋪，先弄開這個鎖鏈。但是遍尋此村，疏疏落落幾十戶人家，只看見似是雜貨小鋪的一二家鋪面，後面還帶著住家。喬茂將項上鐵鍊盤好，赤手空拳，要撬門行竊。也虧他身體靈便，又是個慣家，先圍著房子繞看明白，竟從後牆竄入院內，撥開屋門，掩入房內。

屋內睡著一個男子、一個女子和一個小孩；床邊堆著幾件隨身衣服，房內並沒有什麼東西。喬茂溜到櫃檯後，只見貨架上堆著不多一些鄉間日用的貨色。翻箱倒櫃搜了一遍，並無可以開鎖之具。又搜了一回，才尋出一根鐵絲、一把小刀、一柄劈柴用的斧頭。

撬開大木櫃，想偷取一兩件衣服；不想櫃中只盛著些破衣敗絮，一件長衣服也沒有。喬茂信手將床邊衣堆掠來，取了一件短衫、一條布褲；又偷了一塊包袱、一塊搭包、一塊毛巾。在錢櫃中搜出幾吊銅錢；喬茂拿了兩吊錢，帶在身邊。再找乾糧，這一家只有些粗米鍋巴，並無別物；即將鍋巴包入手巾內，退出小鋪，縱上牆頭。

他見後邊鄰院較為闊大，或許有可用的衣物；喬茂飄身下去，從後院溜到前院正房，先側耳聽了聽，隨用小刀輕輕撥開門；剛要探身進去，屋中人忽然咳嗽起來。喬茂不敢貿入，悄悄退出；一路尋來，卻尋著一根鐵通條。又折到後院小小一座柴棚前面，將門弄開，走進去，將門倒帶，往窗台下一蹲；先吃了幾口鍋巴，遂拿那鐵絲、小刀，試著要開脖頸上的鐵鎖鏈。

喬茂本有神偷之名，篋開鎖，確有手法。無論什麼鎖簧，只要他捫一捫鎖門，看一看鎖孔，不用百寶鑰匙，也能用一根鐵絲捅開。現在既有鐵絲在手，喬茂心想：「這一定手到鎖開。」他卻忽略了這鐵鎖在脖頸之下，他只摸得著，卻看不見鎖孔，而且也不好用力。鼓搗了一會，鎖還沒開；心越急，越覺不投簧，覺得這根鐵絲似乎太粗了。

喬茂抓耳搔腮，一時無法可施；只可先將鐵鍊那一頭的鐵環釘，設法先除下去。隨後站起身來，打算再偷一家，好歹找個趁手的傢俱。他便用手輕輕拉門，竟沒有拉開。喬茂吃了一驚，忙一用力，那門「吱吱」的發響，依然拉不開；原來門門被人掛上了。

喬茂忙向外一張，外面並沒有人。看本宅各房門，也沒有開。喬茂驚惶已極，急將斧頭拿在手中，將門扇往上一托，幸而應聲托開。他急急竄身出來，向四面一望，慌不迭的跳牆跑去。喬茂情知暗中有人綴著他，逃出村外實在更險；藏伏村內，項上這根萬惡的鎖鏈，真真累人不淺。仗他頗有急智，急急的翻牆循壁，遁入人家院後。從這家溜到那家，避了一會，幸而沒人尋來。

喬茂看見院隅有一個糞筐、一把糞叉。喬茂忙將偷來的褲衫，穿在身上，項上的鐵鍊掩在衣內。脖頸上搭著那塊包袱，腰間繫著那條搭包，將那條布手巾包上髮辮。又將餘物和通條、斧頭，放在糞筐內，抓一把碎草蓋上。樣樣打扮俐落，就把糞筐一背，糞叉一扛，公然開了街門出來；回身將門倒帶，徑向村巷走去。黎明時分，但看外表，倒也像個起五更拾糞的鄉下人。

喬茂且走且側目四顧，此時太陽尚沒出來，朦朦朧朧，並無行人。喬茂暫為放心，走出村一看；西南面地勢高低起伏，恰可隱身。喬茂徑投西南，約走出一里多地，找到舊年莊稼人看青的一間草棚；四顧無人，忙走進去。他不敢往高鋪上坐，蹲伏在地上，取出應手的傢俱，便來開鎖。被他用那小刀、鐵絲、通條、斧頭，沉下心慢慢的擺佈。直經過了小半個時辰，居然將鎖打開，他的脖頸也被鏈子磨擦紅了。

鐵鍊離開脖頸，真個如釋重負。喬茂深深呼吸了一口氣道：「我這就可白晝見人了。我現在衣服也有了，錢也有了，我可以公然投店了。先在附近借宿一夜，探準了地名，訪實了盜窟；就連夜折回海州，報信請功，查鏢捕盜，報仇雪恨……」

喬茂真個是越想越高興。身上的零整傷痕，雖沒忘掉疼痛，眼前的隱患，他卻丟在腦後了。喜極倦生，餓也來了，渴也來了；喬茂站起身來，暗道：「我先找口水喝，吃點鍋巴，再找個地方一睡。只是還得小心，剛才在柴棚，門閂忽然倒掛，大是可慮，我還得留神！……我這樣打扮，就遇見他們，也未必認得出來。」

喬茂隨將全身仔細看了看，自己衣褲上頗有血跡，穿在裡面雖然不顯，究竟不甚妥當。他便全身衣裳脫下來，把褲子撕成碎條，光著身子，將傷口重新紮好；然後將血跡之衣，捲作一團，用通條掘地，連鐵鍊都埋了；外面重穿上偷來的衣服。只可惜他人太瘦小了，這衣服雖是平常身量，在他穿著，仍覺肥大。好在用搭包一紮腰，再將袖子挽上，也不很顯。收拾定當，他仍背起糞筐出來。

曉風習習，晨光曦曦。喬茂精神一爽，方舉目擇路；忽從草棚後面轉過一個人來，說道：「相好的，別走！」喬茂不禁一哆嗦，回頭一瞥，拔腿便跑。那人比喬茂身法更快，頓足一躍，早已阻住去路。喬茂把糞筐一放，說道：「你幹什麼追我？」

那人冷笑道：「你幹什麼跑，相好的不用裝傻，跟我走吧。」喬茂將那人渾身上下看了一遍，是一個二十來歲的少年男子，內穿短裝緊褲，外罩綢長衫，看不透是做什麼的；只是雙目炯炯，頗露英光，看樣子手下必有功夫。

喬茂心裡慌張，表面鎮靜著說：「我沒有為非犯歹呀。你教我跟你上哪裡去？」

那人冷冷說道：「沒有為非犯歹？你一個人大清早鑽到看青棚子裡做什麼？你是幹什麼的？」

喬茂忙說：「我拾糞，我是拾糞的！我到草棚裡麼？……這個，我的褲子屁股後面破了，我要掉換到前邊來，這也不算是歹事呀，我又沒偷你的莊稼。」

那人哼了一聲道：「你就少說廢話，但凡穿著靴子拾糞的，就得跟我走。來吧！別麻煩！」

喬茂聞言，低頭一看：「可不是糟了！」他滿以為自己改裝得很好，匆忙中忘了自己穿著一身老藍布褲衫，腳下卻穿著薄底燕雲快靴。這穿著靴子拾糞，真真豈有此理！喬茂忙掩飾道：「這靴子是我揀人家的，又不是偷的。」

那人哈哈大笑，往前進了一步，說道：「你不用支吾，靴子不是偷來的，衣服可是偷來的。趁早跟我走，前邊有人等著你呢。」

喬茂往旁一閃身道：「你別動手！跟你走就跟你走，我又沒犯罪，怕什麼！你可是鷹爪麼？」

那人道：「拾糞的還懂提鷹爪，什麼叫鷹爪？」

喬茂口中還是對付著，冷不防從糞筐取出斧頭、通條來，掄糞筐照那人便砸。那人略一閃身讓開，喬茂撥轉頭便跑。那人喝道：「好東西，哪裡跑！」伏身一竄，已到喬茂背後，飛起一腿，「登」的一聲響，將喬茂蹴躺在地上。

喬茂懶驢打滾，一翻身爬起，亮斧頭便砍。那人略略一挪身，又飛起一腿，正踢中喬茂手腕，斧頭凌空而起。喬茂甩手待跑，早被那人趕到前面，使個拿法，把喬茂掀翻在地，照腰眼踩住。立刻奪去通條，將雙腕一拿，倒剪二臂捆上；隨往肋下一挾，奔向面前樹林而去。

到得林之深處，只聽林中有人問道：「怎麼樣了？」

這少年男子答道：「抓來了。」把喬茂往地上一扔，喝道：「不許動，動一動要你的命！」

那個林中人說道：「等我看看，是他不是？」過來俯身一看，道：「不錯，是他！」伸手便給喬茂幾個嘴巴道：「好奴才，你敢愚弄我；今天姑娘非打死你不可！」打得喬茂「哎哎」的叫喚；那少年男子忙攔道：「不用打他，先審審他到底幹什麼的？」

林中人恨恨的住了手，又踢了一腳道：「你這小子太可惡了。我問你，你到底姓什麼？你是哪一門子的賊人？從實說來，姑娘教你死個痛快。你若再搗鬼，我活剝了你的皮！」

喬茂左半邊臉被打得通紅，齒齦也破了，順口角流血。仰面看這林中人，是個男裝的少年；生得細腰紮背，手腕白嫩，團圓臉，柳葉眉，直鼻小口，兩隻大眼皂白分明；語音清脆，江南口音。喬茂看出是個改裝的少年女子；身穿著深青綢長衫，墨綠綢褲，腳登窄靴，馬蘭坡的草帽沒戴在頭上，由左手捏著；露出頭頂，綠鬢如雲，結成雙辮，盤在頭頂上。看年紀二十二三歲，頗顯著英姿剛健而婀娜；兩耳沒垂耳環，也沒有扎耳朵眼。

喬茂心說：「糟了！冤家路窄，又遇見那個刺他一劍的女恩公了！」

這女子眉橫殺氣，面含嗔怒。喬茂心知昨夜說謊潛逃，大觸女俠之怒；此時一定難逃公道。轉念一想，這究比陷落賊手強甚，總還可以情求。喬茂便低聲訴告：「這位女俠客，恕小人無禮。我實在有偌大難心的事，方才從虎口中逃脫出來。我不敢愚弄人，我委實有萬不得已的難處。」

那男子請這女子坐在小樹根下，他自己坐在另一邊，看住了喬茂；也教喬茂坐下，但不釋縛，催喬茂趕快實說。喬茂再不敢掩飾，從實供道：「我不叫喬老剛，我實是海州振通鏢局的一個保鏢的。」

少年女子道：「什麼，你是振通鏢局的鏢師？別不要臉了，振通有你這樣的鏢師，真真丟透人了。我問你，振通的總鏢頭是誰？」

喬茂道：「是鐵牌手胡孟剛，我們是患難的弟兄。」

女子道：「呸，你還敢胡吹！我問你，胡孟剛今年多大歲數，什麼長相，他師父是誰？」

喬茂正待回答，那少年男子勸道：「姑娘不要著急，您教他說完，再審他的虛實。」轉對喬茂說：「你只老老實實的講，你要睜開眼睛，不要拿我們當秧子。」

喬茂道：「我再不敢。只因我們振通鏢局和江寧的安平鏢局，雙保鹽課，由海州解往江寧。不幸在范公堤遇見綠林勁敵，我們鏢師全數負傷，鏢銀二十萬被劫。

是我感念胡孟剛多年相待之情，雖然受傷，我仍從小道繞綴下去，以致犯險覓鏢，遭擒被囚……」

那女子杏眼圓睜道：「胡說八道！你們是在范公堤失的鏢，還是在高良澗失的鏢？你這東西一虛百虛，滿嘴說謊。你說你是被綁票，教我替你拚的半夜的命，你反倒溜了！」說著站起來，又要過來打，並且說道：「你們這些男人，沒有一個好東西，我算恨透你們了。」這一句話，說的那少年男子嘻嘻直笑。

喬茂忙說：「姑娘不要生氣，我有下情。我們實在是在范公堤中段、鹽城前站丟的鏢銀。我夜間被擒，教他們給擄走，我只知道他們把我裝在車上，又搬在船上，走了三四天的路，把我囚在這裡。我直到現在，還不知我存身何地呢，我實在連這裡的地名都說不清。」

少年女子還是氣忿不出。少年男子道：「姑娘請坐，且聽他往下說。」

喬茂說：「我兩眼被蒙，被運到此地，直囚了好些天，我已記不清準日數了，大概足有二十幾天了。我被他們鎖在一間囚室內，日夜有人看守。近來稍微鬆緩，想是他們日久生厭了，所以被我拔起綰鐵鍊的釘子，乘夜逃出。當時就被監守的賊人發覺，他們許多人縱狗追捕我。我本負傷，又迭受毒刑，又被囚多日，我實在支持不住了。

「路遇恩公見救，我本當實話實說，無奈我倉促被你老傷了一劍，我實不知你老是江湖上的女俠。唯恐或與劫鏢的綠林有些瓜葛，所以我只好說是被綁出逃的肉票，這也真是實情。況且我頭髮長，很像逃犯，我若不說是肉票，你老必定動疑。後見你老與賊交手，我本不該袖手旁觀；再不，也當候命。但又因恩公要教我領路尋賊，我自顧無能，又負重傷，我實不敢再探虎穴。」

喬茂接著說道：「我所以乘隙溜走，不是忘恩負義，實在我本領太不濟了。並且我們鏢銀被劫，便是傾家蕩產，一敗塗地。我既好容易冒死犯險，受盡毒刑，得著準信；我恨不得一步飛回海州，好回去報信，搭救我們胡鏢頭，以免他陷入重罪。小人是有這一片私心，所以捨下恩公，昧良逃走。我又見恩公武藝出眾，必能戰勝那夥賊人。我就出去，也是白饒；所以我就對不住，先行一步了。」

那女子瞪著眼聽著，那男子在旁暗暗點頭，覺得這些話尚近情理。那女子復又厲聲喝問：「你小子的話，十句有八句信不得。我問你，你逃走了以後，又上哪裡去了？」

喬茂心說：「這回更得說實話。」他低頭答道：「實不瞞二位俠客，我因項帶鎖鏈，白晝難行，所以我摸到那邊小村裡，打算找個應手的傢俱，把這鎖弄開……」

女子道：「以後呢？」

喬茂道：「以後，因為衣裳上有許多血跡，我信手拿了人家兩件衣服……」

那男子道：「往下說呀！」

喬茂道：「我又拿了人家兩串錢，為的是做盤川，我好趕回海州。此外，取了一把小刀、一根鐵絲。我費了好大工夫，才弄開了鎖，摘去鐵鍊。」

男子道：「你在什麼地方開的鎖？」

喬茂道：「就在那個看青的茅棚裡。」

男子哼了一聲道：「不只在那裡吧？」

喬茂忙道：「我還藏在一戶人家的柴棚內，鼓搗了半天，沒有弄開。後來門閂被人倒掛上了，就把我嚇跑了。」

男子笑道：「這還不假。」

喬茂也心知這門閂定是這一男一女所掛的。他還不知當他假裝拾糞的，掩入茅棚，設法破鎖時，這男女雙俠已然跟蹤追到。他在棚內擺佈，人家就在旁邊偷窺。

後來喬茂脫得上下赤條條的，脫血衣、綁傷口、換衣服時；那女子啐了一口，連忙閃開。她自己不便捉赤身的男子，便竄入林中，命這少年男子截住喬茂：「務必拿來見我。」於是喬茂重遭這一番挫辱。

當下男女雙俠反覆的盤詰喬茂；喬茂更不敢搪塞，一一如實的答對。女子漸漸息下怒火，可是一雙星眼仍睃著喬茂。看喬茂的貌相，實在猥鄙，不帶一點人緣。振通鏢局竟會有這樣一個鏢師？想了想，問道：「你到底姓什麼？」

喬茂道：「我是姓喬，我叫喬茂。」

少年男子忽然插言道：「振通鏢局有一位姓沈的鏢頭，你可曉得麼？」

喬茂道：「那是沈明誼沈師傅，我們相處也六七年了，他外號叫金槍沈明誼。」

少年男子點點頭道：「你的外號呢？」

喬茂最怕人問他的外號，到此又不敢不答，囁嚅道：「他們管我叫九股煙，其實我沒有外號。」

少年女子把手一拍道：「哦，九股煙就是你呀！你不是還叫『瞧不見』麼？」

喬茂臉一紅道：「是他們這麼嘲弄我。」

少年女子忽然嘻笑起來，對少年男子道：「鄭捷，你聽聽，原來他就是大名鼎鼎的九股煙！久仰，久仰！我聽說振通鏢局的人，沒一個不跟他拌嘴吵架的。真是聞名不如見面；這一見面，我可就明白了。好啦，喬茂喬大師傅，這可真是冒犯虎威，多多得罪，我先給你賠個罪吧！」

喬茂臊得無地自容，口頭上還得謙遜著回答道：「不敢當，多謝姑娘搭救，姑娘貴姓？」這女子只顧嘻笑，並不回答。

少年鄭捷見狀，便道：「既然是熟人，就解了縛吧！」站起來，要動手給喬茂鬆綁。女子把杏眼一張道：「住手！鄭捷你可不知道，久聞這九股煙馳名江湖，善能開關脫鎖；你不用解扣，人家自己就有縮骨法。喬師傅，露一手給我看看！」

喬茂不知是為免死驚喜，還是為被辱而恚怒，那臉上神氣十分難看，不住央告道：「姑娘不要取笑了，你老既知賤名，想是同道；就請你恕過我，開了綁吧！」

鄭捷轉身說：「姑娘算了吧！喬師傅人家只賠不是，咱們快給人家解開吧！」說著鬆開了綁。喬茂含愧拜謝，隨後請問二人姓名。

女子道：「九股煙喬師傅，你不用問我，你回去打聽；有一個叫柳葉青的，那和我不是外人。我們也很忙，你不是要趕回去，送信訪鏢麼？你就請吧，我犯不上多事，不耽誤你的工夫了。」

女子且說且站起來，對少年說：「鄭捷，咱們走咱們的。」

這女子很難說話，喬茂深深打了一躬，又謝少年。鄭捷道：「喬師傅不要過意，我們這位姑娘向來是這種衝脾氣。見了沈師傅，請你替我問好，就說白鶴鄭捷致意了。如果有用我們之處，請他賞個信，寄到鎮江城內大東街路南第五大門，交魯鎮雄魯大爺代轉。我們現在還有點瑣事，咱們改日再會。」說罷抱拳行禮，將右手一伸道：「喬師傅請吧！」

喬茂重復施禮，轉身要走。只聽那女子說：「鄭捷，拿出十兩銀子來。」

鄭捷道：「做什麼？」

女子不耐煩道：「送給這位喬師傅，好做盤川呀。省得他在路上，偷偷摸摸，再生枝節。」

鄭捷含笑答應，果然拿出一錠銀子，追出樹林，送給喬茂。喬茂接了，揣在懷內，又謝過了，低聲問鄭捷道：「鄭爺，這位姑娘貴姓？」

鄭捷道：「你不用問，沈師傅自然知道。」

喬茂又歉聲說道：「鄭爺，不瞞你說，我真不知道此處是什麼地方，也不知我被囚之所，是哪家綠林道的垛子窯。你老如果知道，還請費心指示一條明路。」

鄭捷道：「此地是洪澤湖東畔高良澗的一個小村。我們也是打這裡路過，也不知道近處有何強人潛伏，你自己打聽吧。」說完，轉身走入林中。

喬茂這才知道，自己竟被賊人擄出二三百里以外。當下將蒙頭手巾，往下扯了扯，約莫方向，向北走去。找到一處村鎮，叫做苦水鋪的地方，尋著一家旅舍，入店投宿。把附近地名打聽明白，方知被囚之處，大概是在李家集附近一帶。又訪問了一些情形；恐被賊人碰見，喬茂立即取道北上，給胡孟剛送信去了。

那白鶴鄭捷隱身在林後，直望著喬茂低頭疾行，投北去遠；這才轉身，走到那少年女俠的面前，說道：「姑娘，咱們走吧。」

女俠把頭一扭道：「哪裡走呀？你回去你的，我決計不回去了。」

白鶴鄭捷央告道：「姑娘不要嘔氣了，你老只顧跟楊姑爺生氣，豈不教師祖為難？況且這裡面很有些個情節，不盡是楊姑爺貪戀女色。」

女俠臉一紅道：「啐！我才是傻子呢，就是你們精明！你們信他這些屁話，我才不信呢！你回去告訴你師祖，我這一輩子反正不嫁人了，我也犯不上為他姓楊的當尼姑去。我只仗著我這一柄劍，闖蕩到哪裡，就是哪裡。多咱遇見能手，把我宰了，我這一生也就完結了，你去吧！」

白鶴鄭捷搓著手說道：「姑娘，姑娘！你老消消氣！你老請想，楊姑爺如果真是荒唐人，憑我師祖豈肯輕饒了他？這裡面實在真有別情。那李家的女子，實在是個難女，被楊姑爺搭救出來的。她已無家可歸，她自願為婢為妾。楊姑爺他那樣氣傲，現在也很覺理虧，再三向師祖賠罪。他如今很願面見姑娘，訴一訴衷情；姑娘怎麼說怎麼好，他一定照辦。就是那李家女子，也跪在師祖面前，再三訴說楊姑爺本不欲娶她；是她不願失身於他人，所以才有這事。

「她說姑娘如果憐惜她，就留下她，給你老做個侍婢。如不願見她，她情願投到尼姑庵去；決不肯恩將仇報，破壞了楊姑爺和你老的美滿姻緣。那話說得至情至理，很是可憐。現在楊姑爺已然追來了，李家女子也來了，師祖和我師父也都來了。你老一回去，滿天風雨全完。你老總不回去，那可教我怎樣交代？姑娘再不回去，我可就給你老磕頭了。」

這女俠把身子一扭道：「磕頭就磕頭，姑娘還受得住你幾個頭。告訴你吧，就教姓楊的一步磕一個頭，來請我回去，我也不回去了。我今夜就去探莊殺賊，遇見武藝高強的賊人，給我一刀，我就一了百了，不管他什麼李家張家的女子了。再教我看她們的眉眼，我至死也不幹了。」說著站起來便走，道：「你回去吧！」

白鶴鄭捷急得滿頭冒汗，又不敢攔阻，只好搶行一步，跪下道：「姑娘可憐可憐我吧！楊姑爺得罪你老，我可沒有啊！你老回去一趟怕什麼？你老願意聽他們的話就聽，不願聽就不聽。你老請想，師祖偌大年紀了，你老這一走，他老人家如何受得住？況且這門親又是他老人家給您定的，您這麼傷心，豈不教他老人家懊悔難堪麼？您還念在師祖他老人家年逾六旬，並沒有子嗣，只有您一個。你老一天不回去，他老一天不安心。這幾天他老人家唉聲歎氣，連飯都吃不下去。不是心疼你老，又心疼楊姑爺麼？」

女俠淒然歎息，眼含淚點；聽到末一句，忽又怫然道：「他老人家越老越悖晦了，讓他心疼姓楊的去吧！」

鄭捷咳道：「姑娘，您還教我說什麼？他老心疼楊姑爺，也是推女及婿呀！現在師祖和楊姑爺跟那李家女子，都等著你老哩。人家說得好，一切由您主持，願意怎樣就怎樣。臨來時，楊姑爺私自告訴我們幾個人，從前他少年氣盛，言語之間常與姑娘拌嘴，其實一顆心全在姑娘身上。教我們尋見姑娘時，務必請回來。他說對於這李家女子，只是一種孽障；當時為情勢所拘，擺脫不開，搭救了她，她就賴上了。其實這也是李氏女子貞烈之處；如今她已經剪斷頭髮，決計出家修行。只要姑娘回去，一切都可迎刃而解。」

女俠低頭說道：「他可捨得麼？」

鄭捷道：「唉，姑娘！你老一回去就知道了。楊姑爺對你老，實在是念念在心，哪能和李家女子相比呢？」

女俠長歎一聲，把鄭捷掖起道：「你這孩子真是我的一塊魔！這麼辦吧，我先同你回寶應縣；你若教我再回淮安府，你就宰了我，我也不去。我豈能跑出來，反又跑回去，給他們賠不是不成？」

白鶴鄭捷還是再三央告。這女俠眉峰一皺，面含怒氣道：「鄭捷，你還敢囉嗦麼？」一雙星眼直注著鄭捷，嚇得鄭捷把沒說完的話咽回去了，低聲說道：「姑娘，咱們就先回寶應，可是咱們住在哪裡呢？」

女俠不耐煩道：「寶應縣沒有店是不是？」

鄭捷忙道：「是，是，咱們住店，咱們住店。」立刻兩人啟程，徑投寶應而去。

這個女俠，便是那威鎮兩湖、聲名赫赫的大俠鐵蓮子柳兆鴻的愛女，有名喚做江東女俠「柳葉青」的柳研青。

第九章　巧識玉郎

柳研青今年已經二十三歲了。她實是兩湖大俠鐵蓮子柳兆鴻的侄女兒。她的父親柳兆鵬，乃是鐵蓮子的堂弟，本是一個書生，在故鄉安徽宿州，守著一份家業，務農為生。柳兆鴻卻是身懷絕技、威鎮兩湖的大俠。

鐵蓮子之父，本是南明抗清義軍的一個首領，夫妻都死於清軍屠刀之下。他少年時，北走冀魯，從師習武。技成後本欲報家仇雪國恨，但見清朝統一天下，根勢已固，他只得浪跡江湖，殺貪官汙吏，誅大豪惡紳，又多與殘害百姓的盜賊作對。兩湖一帶的官、匪，被他殺戮的尤多。

有一年，岳陽幾個酷吏土豪結成死黨，自稱岳陽十兄弟；因作惡多端，被鐵蓮子柳兆鴻狠狠教訓了一頓，名聲大敗，又破了財。這群惡賊糾結一夥大盜，尋著鐵蓮子的根底，到柳兆鴻的故鄉安徽宿州尋仇。夜襲柳宅，把鐵蓮子之族弟殺死，柳兆鵬之妻同時遇害。只有女兒柳研青，那時年方八歲，因在舅母家，才倖免一難。兇信傳到鐵蓮子耳中，把他痛悔得似瘋如狂，惱恨得鬚眉皆張。他奔回故鄉來，將喪事料理完畢，便亮雁翎刀，誓尋岳陽十兄弟拚命。

這時節，柳研青的舅父卻滿面怨痛，將柳兆鴻攔住，說道：「我的妹夫生平與物無忤，生受你柳大爺的連累，以致突遭橫禍，全家殞命。現只留下柳研青這一株根苗，養在我家。我並不是養不起，可是撫養她的本分，乃是你柳大爺的事，我外姓人怎好越俎代庖？況且你既結怨惡霸大豪，若被他們訪知柳研青寄養在我家，他們似這等搜根剔齒的尋仇，抓不住茄子抱葫蘆，我一個老百姓，無勢無勇，可是救護不來！甚至於連我家也跟著受害！」他一定要柳兆鴻把柳研青領走。

柳兆鴻一生沒有娶妻，現在把一個八歲的小姑娘交給他，真教他作難。但是骨肉關情，眼見這八歲小侄女，穿一身重孝，哭哭啼啼，哀咽欲絕。他空有凌雲浩氣，也只擺佈不開。他一生性傲，從來裂眥必報，耳邊何嘗聽過閒話？現在聽這位舅爺幾句抱怨話，早已怒火滿腔，並且他也想到柳家近支骨肉，如今只剩此女，萬一真被仇人害了，他更無面目見地下的族弟。他遂將痛淚拭了拭，說道：「好，我當然把我侄女兒接走。我們柳家骨肉豈能寄食在外姓人家？你不用說，我柳某也要接走。」遂叫過柳研青來，說道：「侄女兒，跟伯伯走！伯伯憑這口刀，一定把害你父母的仇人活捉，零刀寸割，挖他的心肝，給你爹娘祭靈洩恨！」一字一句，斬釘截鐵，聲如裂帛，他圓睜著血紅的眼珠，滿面殺氣騰騰。

柳研青是個八歲的小女孩子，戀著表姐，本不願跟柳兆鴻走，一見這凶猛之狀，很是害怕，「哇」的哭起來了。

柳兆鴻臨到此時，心如刀割，這才感覺到天下真有受窄為難的事情。他只得收拾起英雄氣概，另換了兒女情腸，打起精神，來哄小孩。買玩具，買果餌，看戲，逛廟，說笑話，講故事，天天抱著小侄女玩耍。也難為他一個練武的漢子，百煉鋼居然化為繞指柔，把報仇的事暫丟在一邊，專心照顧侄女。

究竟小孩子心性貪玩，只不多一些日子，這伯父、侄女便相依相戀，如親父女一樣。所以鐵蓮子在江湖上轟轟烈烈，鬧得聲聞大江南北；近十年忽然銷聲匿跡，聲息不聞了。有許多人以為他已下世，又有人以為他遇見勁敵，折了銳氣，賭氣退隱了。其實都不是，他實是為了這個侄女兒，放下利刃，做起保姆來了。

鐵蓮子柳兆鴻到底按納不住滿腔的憤怒，族弟遇難的半年後，他將這撫孤之責，拜託了一個摯友；自己徑赴岳陽，尋著仇人十兄弟。灑血復仇，了卻一段誓願。

鐵蓮子報仇之後，便隱居起來，將自己的技業悉數傳授給柳研青，省得再受外人欺負。柳兆鴻武功驚人，向不收徒，他這侄女兒便是他的愛徒。至於外姓弟子，獨有鎮江大東街的魯鎮雄，是他唯一的男弟子。原來這魯鎮雄的父親魯松喬是柳兆鴻的摯友。從前心羨鐵蓮子的絕技，曾經再三懇求，將他兒子收列門牆。柳兆鴻總沒答應，他說：「高興時，隨時指撥令郎一些武功則可，拜師則恕難從命。因為我的師伯，就因誤收了一個不肖徒弟，以致於橫招怨尤，較技中傷，到後來銜忿殞命。」其實這乃是他的託辭。

但經族弟那番慘變之後，柳兆鴻以一個獨身男子，攜帶一個嬌弱小女，可就大感累贅，再不能像從前那樣來去自如了。魯鎮雄的父親魯松喬就說：「柳大哥不必為難，可以把賢侄女留在我家，決不會教仇人尋找到的。我賤內只生鎮雄一個，並無女兒，正盼望有一個乾女兒呢！」

柳兆鴻大喜，遂命柳研青拜了義父、義母。魯松喬之妻劉氏頗愛惜這個義女。畢竟婦人家心細，照顧柳研青，比柳兆鴻周到得多。柳研青欣得母愛，依依膝下，也和親生一樣。柳兆鴻趁此機會，才得抽出身子來，千里尋仇，把岳陽十兄弟殺死了八個。以後每逢柳兆鴻出遊，不便攜帶柳研青，就將她留在鎮江魯家。

魯松喬在後園收拾了三間精舍，又闢出練武的空場子來，專供柳兆鴻使用。柳兆鴻在心在意地把武技傳授侄女時，魯鎮雄自然也跟著習練。這樣一來，順水推舟，柳兆鴻終於不能不收魯鎮雄為徒弟了。魯鎮雄遂成了柳兆鴻的開山門大弟子，柳研青就稱他為大師兄。柳研青到了十二歲的時候，雖然發育未足，氣力不夠，卻於武技略得門徑。這時候魯鎮雄年已二十三歲，武功到了升堂入室的地步。

鐵蓮子柳兆鴻感念族弟夫妻由己慘亡，每每覺得愧對這侄女，未免有些寵愛過當，事事由著她的性兒。就在魯家寄居時，魯松喬夫妻也憐她幼失怙恃，愛她嬌憨依人。魯鎮雄又是大師兄，對這嬌小如花的小師妹，也是受他父母預囑，處處相讓。

他們師兄妹過兵刃、練拳技時，魯鎮雄總當那個餵招的；也無非見於師妹太小，輸了招就膘哭了。魯鎮雄比她大十來歲，當然像哄小孩似的，總誇她：「妹妹功夫越練越好了，連我也打不過了。」有時故賣一招，哄得柳研青歪著小辮子嘻笑，大家都覺得有意思。

柳研青也很乖覺，每逢動手，必定喊：「大師哥，咱們可來真的，不許裝著玩！」魯鎮雄依舊是裝著玩的時候居多。因他究竟是男子，況又體格健壯，膂力特強，又且年齡已長，當然不肯冒失，怕誤傷了師妹。後來柳研青年華漸增，已到及笄，依然被寵得一股小孩子脾氣，目中有己無人。

魯鎮雄自然要避嫌，不再跟柳研青同場習武。但這武學的練習，全仗著有伴，對手過招，方才容易精進。柳兆鴻便說：「鎮雄，你是老大哥了，避的什麼嫌？她不是和你親妹妹一樣麼，怕什麼？你哥倆照舊下場子，照舊交手。我們武林中人講究的是肝膽相照，推誠相與，只要自己心正，不在乎那些假過節。」

魯鎮雄為人穩重，又不好違背師命。而且他不下場，這個師妹硬來拉他，只好照辦。

如此過了一兩年，魯鎮雄娶了妻室，武功已漸大成。那柳研青也練就很好的輕身功夫。尤善於騎馬，一口利劍更練得精熟輕靈。她既幼失怙恃，自小便跟著這樣一個伯父過活，當然女紅針線一絲不懂；就是衣襟上的鈕扣掉了，衣裳邊開了線，她也得找人給縫。若說到馳馬試劍，逐走射飛，以及飛簷走壁之能，空手奪刃之技，那卻是具體而微。她年紀雖小，功夫竟很熟練。為了跋涉江湖，行路上須求方便，她自幼便打扮成男裝。直到十六七歲，給她張羅擇婿時，方才試效女妝梳髻，卻是總沒有穿耳。

魯松喬曾對柳兆鴻說：「大哥，姑娘如今已經不小了，也該給她尋個門當戶對的人家了。不怕大哥過意，姑娘空練了一身武藝，女紅一點也不會，將來怎好？」

魯松喬之妻劉氏也說：「做姑娘總得針線好，烹調精，才算十全人才。憑姑娘這個模樣兒，就欠手頭上針線活一點不通，將來怎好當家主饋呀？」

柳研青就插口道：「我也不當廚子，也不當裁縫；有那工夫，我還打鳥玩呢！難為乾娘、嫂子有那耐性，我可耐不得！」說得大家笑了。柳兆鴻捋著鬍鬚，看著這愛女，說道：「不要說瘋話了。依我說，你也該跟你嫂嫂學點針線了。不會做飯不要緊，一個女孩兒家，連個扣鼻也不會縫，多麼受制呀！」

柳研青當不得大家相勸，只好尋魯鎮雄之妻張氏，學些針活。她練慣了劍器的人，覺得這一枚針運用起來，真比一根鐵棍還不好耍。沒學了半天，接連被她弄斷了好幾根針，那白線也被她弄得烏黑。她不由心焦起來，說道：「我不行，我幹不了這個！」到底也沒學會做活。

鐵蓮子不慣伏處，有時仍要出門遊俠。柳研青就鬧著要跟了出去。若不教她去，她就說：「爹爹不帶我去，我就偷跑。」

果然有一年，柳兆鴻獨自出馬，第二天住店，半夜中便聽見房簷上簌簌的響動。急竄出一看，一條黑影施倒捲簾，正向門內偷窺。幸而鐵蓮子早已留神，停刀未砍，叫道：「是青兒麼？」

柳研青飄身下來道：「爹爹，我在家悶得慌。」

柳兆鴻怒道：「不教你出來，你偏出來！黑更半夜的鬧，你義父義母可知道麼？」

柳研青道：「我告訴我嫂嫂了。」這嫂嫂便是稱呼魯鎮雄之妻張氏；她管柳兆鴻是不叫伯伯，總是叫爹爹的。

柳研青從此不時跟著伯父，出去仗義遊俠。有這樣一個武技超倫的伯父伴在身邊，時時庇護她；每與強人角鬥，從來只有戰勝，沒有挫敗。柳研青由此漸漸養成一種性格，是恃勇好勝，傲然自足。到後來，她武功精進，越發的把江湖上驚險風波，看做遊戲三昧：「由我縱橫，誰為敵手？」

柳研青由十五歲起，跟鐵蓮子闖蕩江湖，每隔半年數月，就回鎮江小住數旬。在她十七歲時，父女二人把江東一夥劫江大盜殺敗。那是柳兆鴻父女二人乘舟順水東下，途中遇見一夥水賊，持刀登舟搶劫。鐵蓮子當即出頭，好言相勸，說是船中都是一般旅客，並無富豪官眷，沒有多大油水，希好漢們不要難為這些一般百姓。鐵蓮子沒有報出自己的字號，只以老者身分相求。那夥強人竟惡言相待，並要動手打人。鐵蓮子還沒動手，柳研青卻已拔出寶劍，與強人交了手。轉眼間，父女二人殺敗水寇。鐵蓮子這才報出「萬兒」（姓名）。警告水盜不准再搶劫一般船隻，嚇得十幾名水賊急急逃竄，再不敢在這一帶立足。不久，長江一帶，竟傳著一個十七八歲的綠衣女子，慣與水道上的綠林作對，遂贏得一個外號，叫做「柳葉青」。這就因為她名叫柳研青，把這名字叫白了，便訛成「柳葉青」。

有一年，父女重返鎮江魯家，敘談起來，魯松喬問知她年已標梅，依然小姑獨處無郎。魯松喬便發話道：「大哥，你怎麼不慮正事？姑娘這麼大了，怎麼還不給她張羅親事？」

柳兆鴻說道：「孩子還小，武功還沒大成，何必著忙？」

魯松喬道：「話不是這樣說，你若給一個尋常姑娘擇婿，倒不必忙，憑咱們姑娘這等品貌，又有驚人武藝，很不易尋著相當的人家，必須早早留意才好。大哥你得想，她不是尋常女子，須要什麼樣人家，才能配得上呢？紳宦書香人家，和咱們門風不合。至於武林同道，又多是一勇之夫，雄壯有餘，雋雅不足。況且姑娘又橫針不拿，豎線不會，大家庭不能相處，小門戶咱又怎好下嫁？這必須在那武林後進中，選取少年英俊之士，家世可稱，武功足取，家中人口不多，才能合適。大哥你想，這豈是一年半載就能選到的？」

這樣一解說，柳兆鴻不覺撚鬚沉思起來，果然給柳研青選婿，並非易事。心中默想：「我倒看中了魯鎮雄，可惜他倆年齡太差。如今魯鎮雄既已娶妻，不用說了。看當代後起的少年武士，在我心目中的，不是品貌年齡不相當，就是武功門戶不甚相合，果然是件難事！」遂對魯松喬說：「賢弟的話很是，就請你賢梁孟替我留神吧！我自己也隨時留心過，只是至今還沒有尋著。」

過了些日子，鐵蓮子柳兆鴻忽然想起：「武林故事中，常有比武招親的話頭。我何不帶著青兒，到外面周遊一回，專心物色物色？」柳兆鴻主意打定，過了幾天，也不說明緣故，向魯氏夫婦告辭。只說：「要帶著青兒到皖贛訪訪朋友去。」吩咐研青打點行裝，父女二人騎著兩匹駿馬，出離鎮江，去各地漫遊。

在路上，柳研青動問柳兆鴻道：「爹爹，咱們這回出門，到哪裡找財去呀？找個油水大的貪官惡霸，一次找上萬八千兩，別再三五百兩零碎著幹啦！」

柳兆鴻道：「好孩子，我這回帶你出來，實在別有用意。我打算購辦一些刀槍棍棒之類，從明後天起，我要同你下場子，跑馬賣藝。這一種營生，我從來沒有幹過。現在我也老了，我也嚐一嚐這當街賣藝的滋味。

「我這一生，也算做過賊，也算授過徒，只欠沒有給人家看宅護院了。我如今決計要把咱們武門中能幹的營生，都嘗一嘗，試一試。你這回出來，又是男裝打扮；趕明天我給你買幾件女人衣裳，你就改了裝吧。咱爺倆就來個跑馬賣解。」

柳研青一聽，把嘴一努道：「我可不幹這個！人家好好的姑娘家，怎麼當起跑馬賣解的來？你老人家甚麼不能幹，單單要幹這個，我不幹！」

柳兆鴻道：「丫頭，你要聽你老子的話，我自然有一番用意。」

柳研青道：「我不麼！」

柳兆鴻道：「不？不，可不行！」

這父女二人在路上拌起嘴來，柳研青一定不肯賣解。她說道：「你老要過賣藝的癮也行，可沒有我的事。」

柳兆鴻道：「沒有你的事，那可不行！你不下場，盡耍我這個光棍老頭子，有誰來看呀？」

柳研青還是不肯，口中只是嘟噥；柳兆鴻也不答理她。到了第二天，仍依著自己的主意，買刀、買槍、買流星、買鑼、買女衫繡鞋、買胭脂粉、買女人蒙頭巾，一樣樣都備好。因為他素來知道柳研青孝順，莫看她口頭執拗，事到臨頭，總是依著父親的話的。

果然，在店中一切安排妥貼；到了次日，柳兆鴻覓好場子，該出場了，柳研青乖乖地換上女裝。脫了青皮快靴，換上大紅弓鞋，頭上蒙了包巾，腰上繫上白綢腰巾，打扮整齊，越顯得姿容健美。只有買來的脂粉，被她悄悄倒在髒水桶裡。她是一定不肯擦粉的，只在口唇上，略點了一點胭脂。她父親給她買來的石榴花，她卻插在鬢邊，因為她性愛鮮花。

到了下場的時候，柳兆鴻一敲鑼，立刻聚集來許多看熱鬧的人。鐵蓮子柳兆鴻當場一站，交代了幾句江湖話，便練起來。

柳研青一往豪邁的性格，到了此時，眾目睽睽之下，也不禁羞澀起來。她又不敢不依著她父親，只好垂著眼睫，練了一趟劍，和柳兆鴻對了一回單刀破花槍。然後低著頭上了馬，在馬上練了一回鐙裡藏身，金雞獨立。在那馬鞍橋上，一隻腳立著，不扯馬韁，把馬縱開飛跑，還練出各樣姿式，引得觀眾哄然喝采，得了不少采頭。

隨後，鐵蓮子柳兆鴻又將一塊木板，立在場心，命柳研青貼著木板站定，他卻將手中的一把甩箭，逐個鏢打出去。上綰柳研青頭頂，旁綰兩耳、脖頸，下綰腰頸，信手一甩，一打一個準，貼肉皮釘在板上。看的人目眩口張，稱奇不止。

然後，柳兆鴻說出一番話來：「如有武林中少年英雄，盡請下場指教。有人能打我這小女一拳，踢她一腳，我在下情願把這一場賺來的錢，都奉送給他，還要拜他為師。因為在下並不是賣藝為生，不過藉此機會，以武會友，要訪求能手名師。」

這麼一來，可就不得了啦！亂七八糟圍上一群當地流氓地痞。起初不過七言八語的紛紛講論，繼而有一個略通拳術的，上場一引頭，立刻人人爭著下場，個個搶著比武，口中還帶出些輕薄話頭來。

這個說：「姑娘陪你玩玩，打了你可別惱。」那個說：「姑娘，我來打你一拳，你可別嚷疼！」又一個說：「我踩著你們姑娘的小腳尖，可算我贏不？」人多嘴雜，越說越不像話。

這不禁招惱了柳研青。她柳葉眉一挑，杏眼圓睜，玫瑰色的雙頰陡變成慘白。她展開身法，足蹴拳擊。打得幾個口角最輕薄、神色最尷尬的漢子，鼻青臉腫，捫著胸口幾乎嘔血。

這一群流氓吃了虧，登時大罵大哄：「好浪娘兒們，竟敢毒打兄弟爺們！」竟從地上拾起磚石，往場子上亂打起來。

鐵蓮子柳兆鴻勃然大怒，長眉一皺，大喝一聲，聲如洪鐘：「鼠輩敢無禮，青兒退後！」長髯一灑，身到人叢中，只一掠而過。那棍徒們便狂呼亂叫，磕磕絆絆，東倒西歪，似風掃落葉一般，摔倒了一地。嚇得看熱鬧的人，早一哄而散！

這一群痞棍情知不敵，呼嘯著紛紛逃竄，回頭來叫著字號道：「老小子不要走，你等著爺們吧！」柳兆鴻冷笑一聲道：「一群畜生，等你們做什麼！」賭氣把刀槍棍棒收拾起，叫著柳研青，立刻回店。

誰知那店家卻說：「趙爺（這是柳兆鴻揑的假姓），您惹了禍啦，快走吧！」柳兆鴻還想住店，這店家再三訴說，催他快走：「不然的話，小店實在擔不起這場是非。」

柳兆鴻欲投別家店房，別家店房也是不敢收留。「賣藝的父女把一群惡棍打了！」這消息已傳遍了當地各處。父女二人只好騎上馬，直投他處。

柳兆鴻策馬而行，偶然回頭，只見柳研青騎著馬，低著頭，一聲也不言語。柳兆鴻對她說話，她也只諾諾的答應著。細看時，柳研青汪著眼淚呢！柳兆鴻好生懊悔，這才曉得這「比武招親」的話，只是說著好聽，實際上斷斷行不通的。

這一年，柳研青恰好十七歲。從此鐵蓮子柳兆鴻改變了比武招親的想頭，決計北走豫魯，西遊陝甘，到處打聽有名的武師；無論相識不相識，便去拜訪，為的是藉此物色少年英雄。

但是，柳兆鴻技藝大成之後，一向是單槍匹馬的獨闖；現在為了擇婿，方才尋訪武林同道，未免對於後起之秀認識得不多。所幸他在江湖上浪跡有年，熟人總還不少。他也把擇婿之意，託付了可靠的朋友。他自己若打聽到某一門技擊名家，在某地設場授徒，他便徑去訪問。不想因此，又發生了一樁岔事。

有一個陸路巨賊，與鐵蓮子有折臂之仇，此人名叫魁星頭譚九峰，早年本是湖北劇盜，被柳兆鴻打敗後，銜恨出走，北赴中原。二十年後竟在潼關一帶，創立起一番事業。他忽聞江湖上有一老人，帶一個男裝少女，訪俠擇婿。不知怎的，竟被他探出實底。

魁星頭追念前仇，忽生詭計，暗遣一個年輕弟子，前來求婚。這弟子名叫呼延生，手下頗有些功夫，人又長得英俊。經鐵蓮子柳兆鴻考較他的武技，認為是可造之材，頗有刮目之意，只是詢問他的身世和師門傳授，呼延生不能如實說出，信口編了一套謊話。柳兆鴻覺得不甚落實，又向同道打聽。因為呼延生用的是假姓名，自然沒有人曉得他的根底。

柳兆鴻遂將呼延生收留下，說要傳給他武功，其實也就是要仔細考察他的為人。呼延生人極聰敏，相處不久，頗得柳兆鴻的歡心。柳兆鴻也曾私問過柳研青，柳研青也有允意。這婚事便要煩托朋友提說，就在這一髮千鈞之時，忽然陰謀破露！

原來那劇賊譚九峰派出呼延生，事隔半年，未聞消息。他唯恐事有不諧，竟私自隨後綴了下來。忽聽得他的弟子，竟被柳兆鴻收為門徒，大見寵愛。魁星頭譚九峰不明情況，深懷疑怒。遂偷偷給呼延生送信，責問真情。偏偏呼延生垂涎柳研青的芳姿絕技，潛生愛慕之心，把他師父的詭計丟在腦後。譚九峰約他擇一隱僻地方密會，呼延生猶豫不前。譚九峰越加恚忿，竟命大弟子前來威嚇呼延生。

魁星頭的大弟子假裝鄉親，登門來訪呼延生。呼延生突然神色不寧，舉止失措。柳兆鴻頓起疑心，立刻留神。趁呼延生出門，他暗加搜檢，竟從他的枕頭內翻出一封密信來，內有「師尊怪汝貪色忘恩，令汝十日內必有確報，否則休怪無情……」的話頭。

鐵蓮子這一怒非同小可！秘密地準備穩妥，帶領柳研青，尋蹤搜訪下去。找到魁星頭潛身的寓所，父女二人越牆而過，伏窗窺聽。忽見屋中燈影搖曳，聽見呼延生低低的哀告：「師父息怒，弟子決不敢昧良忘本。」

另又聽一個乾澀的聲音說道：「好孩子，難為我救了你一條性命，又教養你這些年，託付你辦這一點事，你竟不給我辦妥。你還花言巧語的支吾！我不信你在暗處，他在明處，一混半年多，竟沒有下手的機會！」跟著聽見「啪啪」亂打的聲音。

柳兆鴻舐窗一望，看見呼延生跪在地上，迎面坐著一個五十來歲的怪漢，旁邊侍立著那個登門尋找呼延生的漢子，手拿木棍，正在責打呼延生。呼延生低聲分辯了幾句，那怪漢更加暴怒道：「你不用胡說！我問你，你為什麼不見我？……什麼不得空，怎麼不得空？現在怎麼又得空了呢？孩子，你哪裡是怕鐵蓮子，你一定是戀上柳研青那個小婊子養的！……」

柳研青父女在窗外聽得真真切切，把個柳研青惱得朱顏變色，用手一推柳兆鴻。柳兆鴻立刻冷笑道：「呔，朋友，鐵蓮子在此，出來見面！休要滿口噴糞！」一這話才說完，屋內「撲」的一聲，將燈吹滅。又猛聽一聲慘叫，兩個黑影，奪門竄將出來。

柳兆鴻大叫：「不好！青兒快進屋救人，我追這兩個惡賊去！」

柳研青急忙踴窗入室，晃火折點上了燈。一看呼延生，倒在地上，鮮血淋漓，連肩帶背被砍了一刀。柳研青遲疑了一刻，只得動手施救。呼延生不能轉動。柳研青手持利劍，大聲詰問他：「剛才那人是誰？」他睜開眼睛，看了看柳研青，強笑了笑道：「冤孽！他是我師父。」

柳研青道：「你師父為什麼砍你？」

呼延生只搖頭道：「冤孽！」再三盤詰，呼延生沒法子啟齒。這不由激起柳研青的脾氣來，頓足道：「你這東西一定也不是好人，你說實話不說？你看姑娘我宰不了你麼？」

呼延生慘笑道：「我本來活著無味，姑娘宰了我，就算救了我了。死在姑娘手裡，我做鬼也安心。」

柳研青聽不懂他話中的意思，拿著劍比劃著說：「你到底是怎麼回事？快說，你不說我就是一劍！」恰巧此時鐵蓮子已返回來，忙攔住柳研青，將呼延生背回寓所。先給他治傷，然後用好言語，套問他的真情實話，道：「我和你素非舊識，無仇無怨，你為何跑到我這裡臥底？你那師父到底是誰？冤有頭，債有主，我決不遷怒於你，你儘管實說。況且你既被你師父砍傷，一定是你不肯暗算我，你們師徒已然反目成仇，你何不告訴我，我也有一番安排，你不要自誤！」

呼延生慘然長嘆，默想一回，只得略述原委。不過把圖娶柳研青的話藏過不提。只說他師父魁星頭譚九峰，要他來暗害鐵蓮子。如果害不了，叫他害柳研青。因他不肯，所以才觸怒譚九峰。

鐵蓮子方才曉得那逃走的怪漢，原來是他二十年前的手下敗將。但魁星頭到底是積年劇賊，一逃出屋外，便命大弟子和他分途逃竄。他自己鑽入小巷，隱藏在暗處。容得鐵蓮子追過去，他才悄悄地撤身遁走。只有他那大弟子，循直道一路傻跑，竟被鐵蓮子追上，做了替死鬼，教柳兆鴻揮刀誅死在野外。

鐵蓮子又詢問呼延生的真實姓名和身世。說起來，這呼延生的父親當年也是江湖上有名的大盜，後被官兵包圍擒斬。他的母親正在少艾，竟教一個剿匪的營弁霸佔了，作為外室。呼延生髫齡丁變，拖油瓶似的寄人籬下，常被人罵為賊種。他十一二歲時，受不了凌辱，背母潛逃，又遇見人販子，要把他賣入戲班。

這譚九峰在潼關開娼設賭，販賣人口，無所不為。他見呼延生長得很聰慧，忽發善心將他留下，算是把他救出火坑。十年教養，甚為憐愛。不幸這一次，譚九峰疑他叛師忘恩，將他誘出，正在嚴辭詰責。忽聽柳兆鴻在窗外報出字號，譚九峰驀地驚怒，認定是他勾了來的，連想也沒想，砍了他一刀。

呼延生情知他師父必然銜恨於他，也有意哀告柳兆鴻收他為徒。無奈柳兆鴻因這唯一愛女險些受人暗算，以此對呼延生大生反感。柳兆鴻也曾秘對柳研青商計此事。柳研青定要將呼延生殺死，她說：「爹爹，這小子既沒安好心來的，咱們可不能留他的活口出去，教他敗壞我們，我可受不了。」

鐵蓮子也覺得柳研青的話不無道理。只是他到底年紀老了，又聽呼延生那番慘痛顛沛的身世，竟不忍殺他以滅口。候呼延生傷勢漸好，便給他五十兩銀子路費，教他另覓安身立命之地。卻暗暗諷示他，不許在外聲張此事，倘有耳聞，定不輕饒。

呼延生磕了幾個頭，拜謝而去。臨行對柳兆鴻說：「老英雄，你老這番厚意，我呼延生決不忘懷。你老人家望安，我雖然出身卑賤，不配做俠義的門徒，我也決不能恩將仇報。就是我師父砍我這一刀，也是事情逼在這裡。他老人家和你老有仇，對我卻有恩。我因不忍做那反間的舉動，才觸惱他老。

「我明知他老決不肯輕輕放過我去……我呼延生，少遭家難，逼得我做了不孝之人。如今又為不肯做不義之事，引起家師誤會，我又做了一個忘恩負義的人了！足見老天對我太薄了，這個世界實在沒有我呼延生苟活之地。我此去更姓改名，尋訪家母。如果能逃出家師之手，他日不死，再圖重報。老英雄囑咐的話，我一定記在心裡。」說到痛切處，不禁淚落如豆，遂又深深一揖，慨然出門。

這一樁事，把鐵蓮子柳兆鴻鬧得好生不快；遂帶柳研青直赴潼關，要找魁星頭算賬。譚九峰早已見機避去。

這時候，柳研青年已十八歲了。自經這番波折，柳兆鴻為女擇婿，越加審慎。

沒有來歷的人，就是少年英俊之士，他也不敢輕易許婚了。把柳葉青直耽誤到二十一歲上，依然是小姑無郎。柳兆鴻心中不由暗暗著急。好在柳研青雖已二十一歲，仍然是一派童心，嬌憨嬉戲，毫無春閨之怨，時慕綠林之遊。又兼她心高氣傲，尋常男子看不上眼；照常還是伴著她的父親，到處流浪。

這年初秋時節，柳葉青父女二人策馬漫遊，到了河南省境。柳兆鴻住在店中，商量著要北渡黃河，觀光燕薊。忽遇見一家官眷由河南調任北上，晉京陛見。那官兒木人先行入都，卻將宅眷託付了舅爺，隨後登程。他的家眷和所帶箱籠，由一個少年壯士帶領幾個兵弁沿路護送。

這少年壯士年才二十五六，生得身長玉立，秀眉笑靨，好似一個白面書生。只兩眼頗露英光，看出是會武的人，在店房中投宿。這壯士一眼看見柳葉青父女，好像注了意。

此時，鐵蓮子柳兆鴻和柳葉青，正出來調理牲口。這本是兩匹駿馬，柳氏父女恐店家餵飲刷溜不周到，總是親自動手。柳葉青這時還是穿著男裝，綢袍緞靴，拿著刷子刷馬。柳兆鴻也穿得衣履不凡，正給馬拌料。

這少年壯士上眼下眼打量柳葉青，聽她口音清脆，像是江南語言，覺得格外與眾不同。她和柳兆鴻說話，父子相稱，無意中時露女兒憨態，說話又很快。那少年壯士不甚聽得懂；卻總覺得這一老一少舉止異樣，便不由要多看幾眼。

柳葉青生性豪爽，一點也不留意。鐵蓮子柳兆鴻卻已理會，心中暗笑：這少年壯士大概是初出茅廬的鏢客，有點眼力不高，沉不住氣。

到了晚飯以後，續有幾個客人前來投店。柳兆鴻一時多事，便到院中閒步，順便往上房瞥上一兩眼。見那少年壯士，把一柄豹尾鞭擺在桌上，一把彈弓，一袋彈子，也都放在手頭；傍著燈光，手拿一本書閒看。對面坐著那個中年紳士，正在飲茶吸煙。

柳兆鴻覺得奇怪，看派頭，這少年並不像被雇的鏢師。那新來的一幫客人正叫著店家給他們找房間。他們一共四個人，看外表不過是尋常買賣人，卻是十分挑剔房間，東不住，西不住，定要佔上房旁邊的三間房。柳兆鴻溜來溜去，有意無意走到這四人跟前，用眼光一掃，內中一個客人竟把帽子往下一扯，將臉背轉過去了。

柳兆鴻把這四個客人的面貌手腳，說話走路的姿勢，都看過了，暗笑著進了店房，對柳葉青道：「青兒，看見上房那住店的沒有？」

柳葉青道：「看見了，怎麼樣呢？」

柳兆鴻道：「教綠林道綴下來了。」

柳葉青笑道：「上房不是還有一個保鏢的，跟著護送麼？」

柳兆鴻道：「那大概是一個雛兒，咱們跟著瞧熱鬧吧。今晚，我要察看察看。」

柳葉青打個哈欠道：「那麼，我先睡了。下半夜你老別忘了叫我。」

這一夜柳葉青父女留了神，但是夜裡並沒有動靜。只有那後來的四個客人，內中有兩人半夜起來小解。到得天將破曉時，上房官眷叫店家打水備餐，吩咐車夫套車待發。廂房住的四個客人也忙著起來，先行離店登程。

柳兆鴻告訴柳葉青道：「這四個人必定是賊人踩盤子的。」

柳葉青道：「怎麼見得？」

柳兆鴻道：「這有什麼難猜？憑他們那樣穿戴，分明是小販打扮，竟佔住三間店房，這便不類。況且既是搭伴的出門人，一落店，沒有不高談闊論，講究路上的事情的。他們四個人卻靜悄悄，一言不發，這又可疑。再看他們全帶著一股精悍之氣，更不像良民。」

柳葉青道：「這一點，我也看得出，可就是斷不定。」

柳兆鴻撚鬚笑道：「孩子，你還早哪！」

柳葉青道：「我們怎麼樣呢？」

柳兆鴻道：「跟著他們過黃河。」

於是，儘管這官眷車輛整裝出發，柳家父女留在店中，依然不走。直到辰牌，用過早飯，方才上馬跟綴下去。

這一路行程，走了兩天，柳葉青父女不即不離的綴著；與這官眷車輛，有一次在打尖的店房重遇，有兩次在半路上遇見。那少年壯士漸有察覺，心生疑忌，忽然眉頭一皺，計上心來。這時恰行在一條桑林古道上，那壯士將手中彈弓取在手中，笑說道：「韓三，今天我請你吃炸雀。」將彈丸扣上，彈弓一拉，「啪啪」連響，應聲打下幾隻飛鳥來；然後叫從人韓三，拾了過來。

柳葉青策馬隨行在後，將嘴一撇，對柳兆鴻說：「爹爹，你瞧見了沒有？這個漢子還露這麼一手，給誰看呀？我也來一手……」伸手要探鹿皮囊，柳兆鴻忙用眼色制止，低聲說：「傻孩子，不要逞能，你得裝傻呀！」遂在車後大聲喝采道：「打得好彈弓呀。」

少年壯士回頭看了看，鐵蓮子柳兆鴻不動一點聲色，揚揚如平時，還是緩緩地攬轡前行。直綴到鎮甸上，方才分開，各自投店。

這少年壯士自恃其才，只密囑護送人等暗暗留神，次日仍舊繼續趕路。

這一日，行近太室山畔，沙石坡地方，還有一站便要渡黃河了。柳家父女竟策馬從後趕來，貼著車輛走過去。沙石坡地勢險峻，少年壯士吩咐車夫小心急速往前趕路。時到午後甲牌，突然從路旁林木掩映處，「嗖嗖嗖」，連發響箭。二十幾個彪形大漢，由潛伏之處挺身竄出，合攏來將去路阻住。

少年壯士急急叫官眷車輛退到路旁，自己將鋼鞭彈弓取在手中，翻身下馬，上前大叫：「道上朋友請了，在下乃是玉旛杆楊華，奉師父懶和尚之命，護送蘇楞泰老爺的宅眷路經寶地，只有隨身行李，並無財物。朋友們借路吧，我回來定然登門拜謝。」

只聽為首賊人說道：「朋友，我們不為財帛。我聽說這位大小姐長得不錯，我們只留下她，便放你們過去。」

玉旛杆楊華怒斥道：「賊子休得滿口放屁，有本事只管上來！」將鋼鞭插起，翻手摘下彈弓。

那為首賊人揮刀上前，被楊華一彈弓，打中手腕，氣得大叫道：「楊華小子，休要張狂！我不劫了你，誓不為人！」立刻吩咐手下人一齊動手，另命副賊徑搶車輛。

玉旛杆楊華颼地竄回來，霍地上馬。他怎肯容賊人近前，搜開彈弓，扣上彈丸，用連珠彈法，如驟雨驚雹，照賊人四面暴打起來。群賊抵擋不住，登時有十一二個受傷。為首賊人暴跳如雷，一聲暗號，倏然將部下撤退，投入林中。

楊華仰面狂笑，正在得意時，只見迎面征塵大起，飛奔來兩匹快馬。楊華急將彈弓扣上一粒彈丸，容得馬到切前，「呼」的一彈子打去，來人竟偏身讓過。楊華一彈才發，第二彈、第三彈續至。只見來人突掣出一把雁翎刀來，信手一磕，將彈子磕飛。

楊華連珠彈不住手打去，忽攻人，忽打馬。那人只將刀一扁，上下揮舞，六七粒彈丸全被磕開。

楊華大驚，急向彈囊抓了一把，只見迎面又一匹快馬如飛趕到。馬上的英雄颼地跳下來，大叫：「什麼渾蟲，敢打我父！」亮寶劍撲奔過來，如一團飛絮似的，落地無聲，已將到馬前。

來人正是柳研青。她此刻依然是男裝打扮，已卸去長衫，露出一身墨綠衣衫，繫白巾，登淺靴，挺劍直取楊華。楊華慌不迭的將馬一帶，扭身開弓，喝一聲：「著！」腕子一甩，彈丸脫弦，柳研青急一伏腰讓過。

玉旛杆趁此機會，彈丸連發，相逼過近，取準極易，閃避越難。

柳研青被拒不能上前，左閃右避，彈丸如流星似的，只圍著她亂迸，情形險惡異常。鐵蓮子柳兆鴻早一聲長笑，也把手一揚，一顆鐵蓮子應手飛出。恰有兩粒彈丸奔向柳研青，一上一下、一前一後打來。上面一粒直取柳研青面門，被這鐵蓮子橫激過來，兩邊一碰，全失了準頭，爆落在地上了。柳研青趁此閃過那下一粒，不由朱顏越顯著緋紅。

玉旛杆卻猛吃一驚，張眼一瞥柳兆鴻，更不敢怠慢，連珠彈連發出來。忽而近取柳研青，忽而遠打柳兆鴻。柳兆鴻也將鐵蓮子不住手打出來，一個跟一個，把楊華的彈丸全打回去。

柳兆鴻大笑道：「小朋友住手吧，你為何無故打我們爺倆？須知我們並沒有干犯著你呀！」柳研青愧怒難當，揚劍一指楊華，罵道：「滾下馬來，跟姑娘較量較量！我爺們招著你啦，惹著你啦？」說到這裡，忽然省悟，這「姑娘」二字一不留神，竟叫出口來。自己本是喬裝男子，怎麼又忘了？不由將沒說完的話咽回去，仍拿劍一指道：「滾下來！」

玉旛杆心驚大敵當前，竟愕然不能置答。兩眼盯住了柳氏父女，左手持彈弓，右手握著殘餘的幾粒彈丸，欲言不言，正自納悶。柳研青更忍耐不得，叫道：「你會拿彈弓打人，我就不會了麼？接著！」從鹿皮囊掏出三顆鐵蓮子，竟照楊華打來。

第一顆鐵蓮子直打面門，楊華急閃。柳研青也發的是連珠彈，一連三下，一條線似的打出來。第二顆鐵蓮子跟手打到，楊華眼急手快一甩彈弓，「啪」的一聲響，將鐵蓮子打了回去；第三顆鐵蓮子竟也被彈丸打掉了。

鐵蓮子柳兆鴻不由喝采道：「好俊手法！青兒住手，朋友貴姓？神弓二郎李鑄龍是你什麼人？你不要多心，我們並不是劫道的強人。」

玉旛杆楊華道：「閣下既不是綠林道，為何緊緊跟定我們？你問神弓二郎麼，我不知道他是誰。我是懶和尚的弟子。」

柳兆鴻笑道：「原來是懶和尚毛金鐘的高足，怪不得有這麼好的彈法。我聽說令師近來住在商丘設場授徒，他如今還在那裡麼？你是他第幾位弟子？」

玉旛杆兩眼注定了柳氏父女，一點也不敢放鬆，口中卻答道：「家師現時仍在商丘，在下是他老人家第六個門徒。閣下既認識家師，想必是武林前輩，請問尊姓大名？這一位少年英雄又是何人？」

柳兆鴻道：「敝人就是叫做鐵蓮子的柳兆鴻，這是我跟前的小孩子。足下貴姓尊名？」

楊華仍騎著馬，持著弓答道：「原來是柳老英雄，久仰盛名，恕弟子後起眼拙。弟子的名字就叫楊華，但不知柳老英雄因何事僕僕征塵，一路相隨在下，有何貴幹？」

鐵蓮子暗暗失笑，笑他這時候小心得過火了，年輕人總是這樣。柳兆鴻遂翻身下馬，命柳研青快將兵刃收起，自己也將雁翎刀插好，掛在馬鞍上；將馬一拍，讓馬跑到地邊啃青去了。然後對楊華說：「楊兄休要多疑！我柳兆鴻橫行江湖數十年，也薄負微名。我看見強人綴上你，是我一時好事，要看個熱鬧，不想反倒惹得你起疑。我告訴你說，賊人的窟穴還在前面，你傷的不過是他們手下的小頭目，還有勁敵在後頭呢。你看不一刻，他們就要再來找你。」

楊華笑道：「多承前輩指點，量這一群毛賊，何足道哉！有我這彈弓在手，百十來人，非我敵手！」

鐵蓮子柳兆鴻本有垂青之意，卻換得這樣的回答，心中暗暗不高興。方要發言，柳研青在旁冷笑道：「爹爹，走吧。咱們不要多事，懶和尚的高足還能把幾個小賊放在心上！人家的彈丸不是多得很麼？」說罷，不容柳兆鴻再講，徑自上馬，仍奔原路而去。

柳兆鴻回頭看了看，對楊華說道：「既然楊兄應付得了，在下就此告辭，咱們前途再見。」便將口唇一撮，那匹馬歡躍著奔來，到主人面前立定。

玉旛杆楊華到此，才知自己誤會失言，急忙叫道：「老前輩慢走！」慌忙翻身下馬，上前施禮。柳兆鴻含笑相扶道：「不要行禮，不要行禮！」

兩人抵面，柳兆鴻細看楊華的長相，長身玉立，果然英俊。曲眉豐頰，生成一個笑靨，體格也很強健。穿一件湖縐長袍，繫著腰帶，將袍襟掖起來，露出了米色綢褲，青緞鞋，身長五尺六寸以上。與柳兆鴻敘談起來，倒也溫文有禮。只是少年人有一股倔強好勝之氣，雖然素仰鐵蓮子的威名，卻沒有邀請拔刀相助，只敬問鐵蓮子意欲何往？

鐵蓮子只說要到北方遊玩一趟，並沒有什麼事情。因問楊華：「護送這家官眷，可是應聘的麼？」

楊華說：「並不是應聘，乃是奉師命。官府強聘家師護送，家師實在推辭不掉，便派弟子來應差。」敘談了幾句，楊華便邀鐵蓮子同行。鐵蓮子道：「不必了，小孩子已經頭裡走下去了，咱們前站再見吧。」兩人遂抱拳作別。鐵蓮子飛身上馬，追柳研青去了。

這裡，玉旛杆楊華將賊人打退，送走了柳兆鴻，然後將車拉到大道上，照舊趕路。果然，只行得十幾里地，到了一處險惡樹林前，突然湧出一群壯漢，約有四十多人，個個手持利刃。前面一排人，約有十幾名，都拿著擋牌、撓鉤，把玉旛杆圍住。玉旛杆急將彈弓展開，一陣暴打。無奈這十多個擋牌手，恰是彈弓的對頭，但聽得一片「繃騰」之聲，卻不能傷人，空耗彈丸。擋牌後面的撓鉤，便來勾搭楊華。楊華大為驚怒，急急將彈弓一背，颼地竄下馬來，掄豹尾鞭，攻入賊人隊中。

他這彈弓才一收起，早闖來一夥持刀舞棒的賊人，上前來把楊華圍住。楊華鋼鞭飛舞，賊人只是戀戰不退。另有兩個強人騎著馬，一個挺著朴刀，一個舞著長矛，在那裡指揮群賊，竟把轎車圍住，動手搶劫。玉旛杆楊華氣得玉面通紅，只是被困著出不來。眼看情勢危急，想要再用彈弓，竟閃不開身手。

忽然間，聽樹林那邊連發響箭，浮塵大起。那使朴刀的賊首突然拍刀橫馬，向林後馳去；這一群賊也分出一少半來，奔向樹林那邊。玉旛杆這邊情形大見鬆動；他急忙奮力搏鬥，衝開重圍，搶到轎車前。只見蘇大小姐披頭散髮，已然嚇死過去，被兩個強人拖下車來，一個背負，一個持刀跟隨，搶去便走。

楊華大喝一聲，插鞭取弓，「啪」的一彈丸，先把背蘇大小姐的賊人打倒；跟著又是幾彈，打傷幾個賊人。賊人一陣喊罵，擋牌手復又結隊攻上來，重將楊華圍上。另有賊黨把蘇家大小姐重新背起，竟奔入樹林。楊華乾著急，展不開手腳。就在這時，樹林那邊響箭再起，夾雜著呼哨。群賊一聽暗號，由那持矛的賊人率領著，突然收隊而退。

楊華氣急敗壞，慌忙手持彈弓，大踏步追趕下去。抹過樹林，竟瞥見鐵蓮子柳兆鴻，亮雁翎刀，獨戰群賊。楊華到這時，方才折服這久負盛名的老英雄果是不凡。但見他白鬚飄飄，在林邊尋敵而鬥，如生龍活虎一般，比壯年人飛躍得還靈快。一路「抹眉刀法」，真有排山倒海之勢，刀光過處，樹林下橫躺豎臥，盡是些斷臂折腿之賊。

那持朴刀的賊首，被鐵蓮子竄身上去一刀，把朴刀桿削為兩斷。賊首拿著半截刀桿，方要逃跑，柳兆鴻唰地一抬手，一粒鐵蓮子破空飛到，正中心窩。賊首仰面栽倒，忽又忍疼躍起，柳兆鴻早趕上前，翻手一刀背，把賊人又打倒在地。

但凡賊人動手做案，必放開很緊密的卡子。這一番賊人被柳氏父女策駿馬，揮利刃，衝進卡線，來去自如，恍入無人之境。賊人大駭，急發暗號，鳴起響箭，全夥蜂湧上來。當前一人厲聲喝問：「朋友報個萬兒來！我與你素無恩怨，為何敗壞俺的買賣？」

柳兆鴻用手一指雁翎刀，冷然笑道：「晚生下輩，連我鐵蓮子也不認識！你劫官府錢財我不管，我一生最恨掠搶年輕女子的敗類！」

這「鐵蓮子」三字，先聲奪人。群賊尚欲上前，那持矛的賊首急將矛一擺，大叫：「柳老前輩，得容人處且容人，我們自甘退讓就是了。」便搶救起負傷的同伴，急急率眾退去。柳兆鴻橫刀阻住大路，群賊只得繞林落荒逃走。

柳兆鴻撚鬚大笑，拖刀往這邊趕，楊華恰往這邊追，兩人會見。柳兆鴻叫道：「楊兄辛苦了！」

楊華滿面羞慚道：「多謝老前輩解圍，只是蘇小姐已被賊人擄去了，我還得趕下去。」一語未了，只見一條綠影繞林閃出；柳研青左手挾著披頭散髮的蘇小姐，右手舞動青萍劍，縱步趕來，叫道：「爹爹快來幫忙，我截救了這麼一個女子。我忙不過來，那邊還有好多賊人……」

柳兆鴻吆喝道：「青兒不要亂跑，快同楊兄上樹林那邊去，我去追趕他們。」說著，將手一擺道：「楊兄快回去，護車要緊。」遂挺刀縱步追去。

楊華猛然省悟，顧不得說閒話，遙向柳研青舉手道：「柳大哥費心，快把蘇小姐送到這邊來吧。」一邊說邊跑，忙不迭地趕到車輛被劫之處一看，且喜賊人是真真敗走。蘇太太嚇癱在車裡，舅爺坐在地上，俱都無恙。楊華這才放了心。差弁和僕婦丫環們驚魂稍定，忙著呼救蘇太太、蘇小姐，攙扶舅爺，收拾箱籠，亂作一團。

柳研青放下蘇大小姐，這就要走。楊華趕忙過來，拉著柳研青的手道：「柳大哥，真感激你……」

柳研青忙縮手道：「沒我的事，那是我爹爹的主意，教我埋伏在要路口，果然把你們大小姐截回來了。」

舅爺在旁聽得明白，連忙上前，一揖到地道：「多謝柳相公相救，舍妹和我感激不盡……」

柳研青最怕客氣話，諾諾地答應著，眼睛望著樹林，道：「你們快走吧，我還得等家父呢！」遂將口唇一撮，她騎的那匹駿馬應聲從草地奔來，柳研青便要上馬。玉旛杆楊華急急扯住柳研青的衣袖，緊緊不放，一定要她同行。柳研青朱顏含羞，沒法擺脫，不禁露出女兒情態來，說道：「別鬧！別鬧！再鬧我可急了。」正在糾纏不休，恰巧鐵蓮子柳兆鴻策馬回來。

柳研青正因楊華拉拉扯扯的，招得她的不快，方要變臉發急，恰巧柳兆鴻遠遠來了。柳研青大喜叫道：「爹爹快來吧！」鐵蓮子柳兆鴻前來告訴楊華，賊人已全部敗走，便要引退。楊華這回卻滿腔感激欽佩，再三懇留柳兆鴻一路同行。

這時候，奴僕們已經忙乎了好大一陣子，眾人已將車輛裝好，僕人請太太上車，好趕下站。蘇太太拭去淚痕，這才想起相救之人，親向柳研青道謝：「小女多蒙公子援救，我娘兒們感激不盡。容到店中，再命小女叩謝吧。」

蘇太太又再三囑咐舅爺，教他務必留下搭救咱們的柳氏父子，好到前站酬謝：「咱們在前途還得仰仗人家保護呢！」

鐵蓮子本不願與官眷同行。這時忽然另有打算，便也答應了。柳研青很不高興，說道：「爹爹，我好容易盼你老來了，咱們好脫身了。偏你老又跟人家官老爺的車子一路走了，那是圖什麼呢？」

柳兆鴻還未答言，楊華從旁插話道：「得了，我的柳大哥，賞小弟一個臉吧！老伯都答應了，大哥就賞臉吧！」

自古英雄愛好漢，楊華到此刻，已深佩柳氏父女的武功，又愛柳研青少年英俊，看年紀比自己小，論武技卻又如此矯健。不由心生愛慕，打算到前站，面吐結拜之意。同時，他也覺得柳研青嬌容憨態，似乎異樣；他只道是男人女相，還沒料到柳研青真是個女子。

柳兆鴻與楊華等結伴同行。一路上鐵蓮子與楊華並騎聯轡，講論武技，又細細盤問楊華的身世。方知楊華的祖父曾是南明的副將。父親遵祖父遺囑，誓不給異族做官，如今歿世已經有年了。楊華少時，投拜懶和尚為師，學習武術，練得很好一手彈弓，只是別的武技不過才得門徑。

楊華好學務博，見什麼學什麼，只苦於都不甚精。看見鐵蓮子父女的鐵蓮子，打得既有手勁，又有準頭。比起彈弓來，覺得彈弓究竟是明攻，不是暗器。楊華在路上不住請教打鐵蓮子的手法。這倒引起柳研青的高興來，滔滔講說不休。柳兆鴻卻不時打斷她的嘮叨，閒閒地詢問楊華的家況，家中現有何人，有無妻子？楊華具說家中人口，他現時只有老母和寡嫂，結髮之妻新近病故了。柳兆鴻打聽明白，暗暗點頭。

到了黃河渡口，落店投宿。蘇太太親攙大小姐，面向柳氏父女叩謝，舅爺叫了酒宴，款待酬勞，又堅邀柳氏父子同道晉京。柳兆鴻也沒推辭。誰知他們同路才走了一程，便看出些破綻來。

柳研青一身男裝，倒也露不出形跡。只是她語音嬌柔，卻不像壯男。她此時只有二十一歲，看外表很像十七八歲的青年公子，聽語音雖教人詫異，卻還不能猜定。唯有她頭上綠鬢如雲，無法掩飾，因此起居總不脫帽子。一到了店房，她可就被舅爺看出可疑來。他秘密探問楊華：「這位柳公子，可是男子麼？」

楊華愕然驚訝道：「不是男子是什麼？」

舅爺說：「遇盜時，我們都嚇昏了，也沒留神。這時候，我越看他越像個女子。這位柳老先生，究竟是何等人物？楊兄是武林世家，必知底細。」

這樣一問答，楊華也起了疑心，當天略一留心觀察，也已看出幾分形跡。舅爺是官場中人，世故很深，倒顧慮起來。意欲分途，又怕得罪了柳家父子；就連柳研青是女子的話，也不敢貿然點破，只暗中告訴了蘇太太。

蘇太太也很驚疑道：「他們無緣無故的女扮男裝做什麼？莫非是……犯法的人麼？」

舅爺道：「那倒不敢說。他們都有武藝，倒怕是草野豪客、江湖異人。只是咱們乃是仕宦人家，跟他們同行，恐有不便。現在既邀他們同行在先，反不好中途辭謝，怎好。」

兄妹二人驚異了一陣，商量一回，竟把柳氏父女當做詭秘人物。禮貌之間，未免格外恭敬，露出敬而遠之的神情來。玉旛杆楊華又生出好奇心來，雖然再不敢握手撫肩的共語，卻繞著彎子，藉詞戲笑，對柳研青說：「柳大哥，你長得真漂亮，好像個大姑娘，我越瞧你越像。」

柳研青一派天真，滿不理會，只信口笑道：「我本來像女子麼！」楊華上眼下眼地注意柳研青的耳輪和兩腳，跟那永不脫掉的帽子，柳研青泰然自若。

鐵蓮子柳兆鴻卻突然從身後發了話了：「楊兄，你倒也有幾分眼力！」楊華回頭一看，柳兆鴻倒背著手，從店房外走了進來，兩眼炯炯，頗露異光。他對楊華一招手，說道：「楊兄這邊來，我有話對你講。」

楊華不由紅了臉，忙說道：「柳老前輩有何見諭？」

二人來到鐵蓮子所住房間，柳兆鴻沉下臉來，對楊華道：「我鐵蓮子縱橫江湖，不可一世，使綠林盜賊聞名喪膽，畏我如蛇蠍。晚年得了這麼一個孩子，做了我的絆腳石，教我多了許多牽掛，就因他年紀尚小，武藝還差。我一生不喜與仕宦之家交遊。我最討厭他們那些酸文假醋，虛乍虛驚。即如我父子這回陌路援手，打退群賊。老實對你說，我並不為保護什麼娘的官眷。官眷在我眼底，還不如一隻蒼蠅！

「我只因看取楊兄少年英俊，故爾一時多事，助你一臂，不願看著你敗在一夥無賴小賊之手。我並不曾存心圖取官老爺、官太太的酬謝，更不愛聽人家屁滾尿流的叫我幾聲恩公。我父子流浪江湖，全憑渾身武藝，我自信從沒做過傷天害理的事情。就是路見不平，拔刀相助，也是我一時高興，給自己尋開心。就是這回答應了楊兄，相伴一同晉京，也不過彼此氣味相投，願意多盤桓幾天；並不是因為老爺、太太賞臉，就自甘下賤。況且我這次北上，還別有我的打算。

「我如今年已望六，生平少傳弟子，舐犢之愛，時切於心。原打算到京，物色一二個少年後進，想把我生平絕技，傳授給有緣人；將來我死之後，我這小孩子也好有個照應。因見楊兄骨格神情，頗具可造之資，故此答應了你的敦請，意欲一同到京。容你把這護眷之事辦竣，我便把我的空手入白刃的功夫和鐵蓮子的技藝，傳給楊兄。……」

楊華聽了，驚喜出於意外，慌忙站起，拱著手意欲開言。柳兆鴻把手一揮道：「坐下，我還有話。——誰想這位舅爺，竟對我父子大起疑猜！哈哈，他們還當我借仗他們的官勢不成？楊兄，我們就此分道，改日有緣，咱們再在北京相會。」

玉旛杆楊華聽完這一席話，不勝駭然，連忙站起來說：「柳老前輩，既承你老人家不棄菲材，拔刀見救於前，又欲垂青見教於後，弟子何幸，正是求之不得！至於舅爺和蘇太太，對於老前輩知恩感恩，實在念念不忘，敬重得很。他們還想到京之後，重謝你老哩！」

柳兆鴻微然一笑道：「楊兄，你知道什麼，這就叫人心隔肚皮！危急時，他們自然口口聲聲恩公；事過後，他們又要想到別的上頭去了。他們兄妹猜疑我父子是犯法做歹的人，來歷不明的人。……他們是俗人，我也不屑計較他。只是這種人，我實不耐與他虛情假意的周旋。去京路程尚遠，這一路的罪，我卻消受不得，咱們只好就此分別。」

楊華並不曉得這裡面已有文章，還是再三挽留同行。柳兆鴻不耐煩起來，說道：「楊兄，咱們意氣相投，沒什麼說的。這位舅爺，我實在討厭他。你不要強留，如果楊兄有意，我給你留下一個地名，你到京之後，可以找我去。」說罷，寫一個紙條，交給楊華。上寫道：「北京椿樹二條，找周紫宸，問柳延暉。」然後對楊華說：「你去告訴蘇太太，就說我們父子這就要先走了。我們還要到邯鄲訪問朋友去。」

楊華還在遲疑不解。柳兆鴻態度決然，已經站起來，吩咐柳研青，備馬登程。

第十章　夫婦反顏

蘇太太和舅爺猛聽柳氏父女忽然變計要走，不覺驚疑起來。當他兄妹看破柳研青喬裝時，他們固覺得同行似屬可慮。現在中途分手，他們又很覺似乎不妥了。蘇太太忙命舅爺出來堅留，隨後自己攜帶著大小姐，也出來懇挽。柳兆鴻決計要走，口風很緊，沒有半點商量餘地。

後來，那位大小姐搶上來扯住柳研青的手，哀懇道：「姐姐，無論如何走不得！你可憐妹妹吧，我怕半途上再遇見匪人。」

這「姐姐」二字，一經道破，柳研青不禁笑了起來。她拉著蘇大小姐的手說：「蘇小姐，你怎麼看出我是姐姐來呢？」

這話一經挑明，蘇太太忙說：「我早看出柳小姐男裝來了，我們只是不敢冒昧相問。柳小姐，你可是時常男裝麼？」

鐵蓮子柳兆鴻正顏厲色地答道：「我們這草野細民，出門走路，沒有僕從前呼後擁。女子走路不甚方便，改了男裝，不過是為了出遠門省事罷了，並沒有什麼詭秘藏在裡面。」這句話說得蘇太太和舅爺都覺得很不是滋味兒。

蘇太太連忙掩飾說：「柳小姐裝得真像。不怕柳老先生笑話，我們感念你父女相救之情，我們所以邀請兩位同道晉京，就是想回到京城，跟她父親商量商量，要將小女許嫁給你們少爺呢！」回頭拉著柳研青的手說道：「柳小姐，我再想不到你是姑娘改裝的。」

柳研青只是嘻嘻地笑。蘇太太又道：「這麼辦吧，小女既承柳小姐搭救，我母女無以為報，就教小女認你做姐姐吧！」轉過頭來，對蘇小姐說：「兒呀，快過來給姐姐行禮！」

柳研青拉著蘇小姐，見她只不過十六七歲，旗裝長袍，垂著長辮，很討人憐愛，便拉著她並肩坐下了。柳兆鴻坐在客位上，卻冷然說：「這卻使不得！我父女浪跡江湖，什麼樣的人都有來往。小女一個村丫頭，跟宦家小姐拜乾姐妹，未免太沾染官風了，這決計不敢當。」說到這裡，柳研青翻眼看了看父親，心想：「爹爹今天是怎麼的了，哪裡來的這些冷言冷語！」

只聽柳兆鴻接著說道：「我如今想來，在下就是當初也不知自量，跟蘇太太的車輛同道進京，也很有不便。怕到了京城，天子腳下，教蘇老爺的親友笑話，官宦人家怎麼和江湖上一個來歷不明的閒人交往起來呢？我剛才已托楊兄轉達了這一層意思，我父女就要分途趕路，往邯鄲去探望一個朋友。就此別過吧！」

柳兆鴻這話說得冷峭之至。蘇太太看看舅爺，又看看柳兆鴻，心想：「我們兄妹之間密談揣度的話，舅爺怎麼明透給這位柳老呢？」

舅爺也看看蘇太太，又看看柳研青，暗說：「到底女人嘴不嚴密，怎麼把這猜疑的話，透給柳研青呢。」這兄妹二人，弄得面面相覷，窘在那裡。

當下柳兆鴻決意要走，蘇太太兄妹再三款留不住。蘇小姐又情懇柳研青。這些日子，柳研青隨著馱轎車輛，緩緩登程，她早已不耐，只不過拗不過父親的主意。現在柳兆鴻既要堅決分途，她正是求之不得。她父女二人騎駿馬任意遊行，願意快就快，願意慢就慢，那是何等如意。像這些日子，按著站頭行程，日走不到八九十里，真是把人拘束死了！

蘇太太和舅爺到此無法，只得取出三百兩紋銀、一副金手鐲、兩匹彩緞，配上一些禮品，贈給柳家父女。柳兆鴻堅辭不受道：「我盤川很足，惠金不敢拜領。其他重禮，路上攜帶不方便，我心領就是了。」舅爺再三相讓，柳兆鴻信手取了一封銀子，叫過蘇家的僕從、車夫人等，對他們說道：「這幾兩銀子算我領受了，轉給你們壓驚吧。」其他金珠，一概不收。

蘇太太很覺過意不去，還是蘇小姐把自己手上的珠串，褪取下來，親獻給柳研青，說是：「留給姐姐，做個想念！」

柳研青含笑收下，帶在腕上，道：「妹妹，我送給你一點什麼呢？」鐵蓮子柳兆鴻見愛女如此，便將一對玉佩，交給柳研青道：「青兒，你把這個送給蘇小姐吧！」

柳家父女二人告辭整裝，蘇太太心下很覺歉然；蘇小姐尤其依依，叫道：「姐姐去了，到京時千萬來看我呀！」雙手捧著柳研青的一隻手腕，說著話掉下淚來了。

玉旛杆楊華胸中結計著自己的心思，陪伴著柳兆鴻，立刻改了稱謂，一口一個師父，說道：「師父一定要先行一步，弟子不敢強留，且請師父上座，受弟子一拜。容到京城，弟子再補行大禮。」

柳兆鴻微笑著攔阻道：「楊兄如此虛心好學，何必忙在一時？咱們到北京見面時，再細談吧！」

楊華不由分說，早撲翻在地，恭恭敬敬行了大禮。柳兆鴻心中欣悅，忙說：「哎呀？不用磕頭。」他伸手攙扶起來，喜得兩眼闔成一條線了。他隨後說：「賢契，你我真是有緣。咱們半個月後，一準在京城會面吧。」柳兆鴻又叫柳研青道：「青兒，來見過師哥！我又給你收了一個帶藝投師的師兄，你們師兄弟三個人了！」

柳研青忙說：「怎麼是師哥呢？」

柳兆鴻嗤笑道：「丫頭，你還想當師姐麼？」

楊華對柳研青作了一個揖，柳研青拱手還了一個揖。柳兆鴻嗤笑道：「丫頭，你忘乎所以了。」

柳兆鴻又對楊華說道：「賢契，我生平技藝，只傳了兩個人。頭一個是鎮江的魯鎮雄，那乃是你的大師兄。其次，就是我的這個傻丫頭。最後就是你了。我門中的弟子，是不按入門先後為序的，乃是序齒排行的。你入門雖晚，你便是我的第二個弟子。現在我已經受了你的大禮，咱們就是師徒了。我先把這三粒鐵蓮子傳給你，算做我這門中的標記，你可以照樣仿造三十二粒。你伴隨官眷，事情很忙，咱們不用細談了，在京城見面就是。早者半個月，最遲二十天，我一定趕到。你可以常到椿樹二條打聽我去。你若是打算在京多住的話，你可以設法租賃一所有寬敞院落的房子，但不要租借寺廟。到那時，我自然把我生平的幾手武技全部傳授給你。」

楊華聽罷大喜，忙道：「弟子這次進京，自然要多耽誤些日子。若是師父不能在京久住，弟子到師父府上去更好。」

柳兆鴻道：「那好。我現時是和大弟子魯鎮雄在一起同住的。你大師兄體格胖些，學的是馬上功夫，步下功夫沒有深究。我打算把步下功夫傳給你。」

楊華越發歡喜說：「弟子久聞老師善會空手入白刃的功夫，能夠徒手奪刀。弟子業師懶和尚，曾經頌揚過師父的威名。不想得遇明師，真是弟子的大幸。」

柳、楊師徒二人敘談了一回，柳兆鴻特為這新收的弟子多走了一站路。然後柳家父女辭別蘇太太和舅爺，二人上馬登程。

楊華親自送出半里之外，方才下拜告別，照舊保護著蘇太太一家大小，直奔京城。一路平安，幸無意外。

再說柳家父女一行。柳研青在路上私問柳兆鴻：「爹爹，咱們武林門中，一向是以入門先後排行的。姓楊的這小子，功夫不見得怎麼樣，你老從哪點看中了他，要收他為徒？按說他正是我的師弟，我憑什麼管他一個後進小子叫起師哥來啦？」

柳兆鴻皺眉道：「丫頭，你幾歲了，還這麼不懂事？你今年不小啦，二十一歲了！你還打算跟我一輩子麼？我看楊華這人，少年好學，又是大明朝的武將之後，武林名家的門徒，家中人口又輕。他又新近喪妻，你也這麼大了，你，你呀！」說到這裡，不往下說了。

柳研青睜著一雙星眼聽著聽著，這才不言語了。她心中也已經琢磨過味來了，柳兆鴻帶領著柳研青，竟不奔邯鄲，反而折向河南商丘進發。柳研青又不懂了，不住問道：「爹爹，咱不是要逛逛北方麼？怎麼渡回黃河，又翻回來做什麼？」

柳兆鴻道：「青兒，你不要鬧傻氣了，我告訴你，你說話也太半癡不呆的，往後說話要規矩點。女孩兒家，就是會武術，功夫行，也要穩重一點才好。不要一味任性任情，心裡有什麼，嘴裡就說出來。不知道你性格的，必定以為你太疏狂了。」

柳研青噘嘴道：「人家又怎麼了？」

柳兆鴻說道：「怎麼了？哪許這麼說話，張嘴姓楊的小子，閉嘴姓張的小子！」

柳研青臉一紅，不敢分辯了。

不數日，父女二人到達商丘，投店止宿。次日早晨，柳兆鴻教柳研青在店中等候著，他獨自出去訪友。柳研青鬧著要跟去，柳兆鴻怫然不許。柳研青只好悶留在店中。

直過了午後，柳兆鴻方才醉醺醺地回來。柳研青連忙迎著笑道：「爹爹喝酒了，你老跟誰喝酒了？」

柳兆鴻欣然說道：「我麼，我跟毛金鐘喝酒了。」

柳研青說道：「毛金鐘又是幹什麼的？我怎麼不知道啊！」

柳兆鴻說道：「毛金鐘就是懶和尚，就是楊華的師父。」

柳研青這才明白，她父親奔馳數百里，乃是專為訪問楊華的師父。不用說，父親是專來打聽楊華的為人來了。

這懶和尚毛金鐘並不是出家學佛的和尚，他實是一個武師。他從三十幾歲上，得了一場大病，老早卸了頂，因此人家給他起了個綽號，叫做懶和尚。他雖非和尚，懶卻是真懶。他武功倒也精深，卻是秉性疏懶，好飲貪杯。他傳授弟子，往往只憑一陣高興，以後就不肯下工夫教了。

玉旛杆楊華投他學藝，年數不少，只可惜毛金鐘沒有正經指教過，只讓他那掌門大弟子管仲元代勞。他自己卻朝朝沉酣在酒杯裡，又性極好賭，很好的一份家業被他輸光，一身功夫也埋沒了。毛金鐘以發售秘制接骨丹出名，現在就恃此維持生計。仍靠著掌門大弟子，給他支撐門戶。他那大弟子管仲元乃是他的內侄。

柳兆鴻找到毛金鐘，問明楊華果然是大明朝副將之後，楊華為人熱忱好學，倜儻可愛。他與妻子伉儷素篤，不幸他妻子已在今年春天因難產病歿了，至今還不曾續娶。

柳兆鴻對毛金鐘說：「毛賢弟，我求你一件事。」

毛金鐘說道：「又是要接骨丹麼？拿銀子來。」

柳兆鴻笑著說道：「財迷，財迷！我不想白要你的藥，我向你求另外一件事。我要求你把你那第六個弟子讓給我，我要收他為徒。」

毛金鐘素知鐵蓮子是向不收徒的，十分詫異地問道：「柳大哥，不要騙我，你一向不肯收徒，你怎麼看中了楊華！他的武功差得多呢！」

柳兆鴻說道：「他彈弓打得不壞。」

毛金鐘點頭道：「那倒是有兩下子；他的拳技和兵刃都還差得很遠呢。大哥既然喜愛他想收他為徒，那正是他的造化，回頭就教他跟了你去。……不過，你準有別的打算，你得老實交代清楚。……」

柳兆鴻眉峰一皺，他本來不想把擇婿之意早早透露出去，免得將來婚事不成，又落下話柄。柳兆鴻只得說：「好！我帶來一些好酒和山珍海味，咱哥倆邊喝邊談。你這個老奸巨滑的傢伙。……」

在酒席間，鐵蓮子柳兆鴻這才把擇婿的意思，秘密地告訴了老朋友。毛金鐘聽了很高興，極力贊成這樁婚事。他說：「若說楊華這孩子今年二十六歲了，比令嬡大五歲。他武功雖然稍差些，人性可是很好的，既不好喝，又不好賭，也不好色，只是有點氣性大。的確是個好孩子，大哥真有眼力，等我來保媒吧。」

柳兆鴻又笑道：「我想把楊華留在跟前，仔細體察他一年半載；那時，再煩賢弟保媒。此時還請你嚴守秘密。」

毛金鐘連忙答應了，又道：「我可以給楊華的叔父寫信。……我靜聽柳大哥的吩咐吧。大哥對女兒的終身大事真算細心；沒訂婚，先考察姑爺，你真算細極了。」毛金鐘哪裡知道柳兆鴻的苦心，從前幾乎上當呢！

兩人說了一回當年江湖上的舊事，毛金鐘和柳兆鴻大喝了一頓，方才話別。

柳兆鴻在商丘只耽擱了兩天，便即告辭動身，與柳研青跨上駿馬，飛奔北上，經山東，入直隸，來到京城。抵達椿樹二條，找到友人周紫宸。一打聽，方知玉旛杆楊華已來拜訪兩次，並已在宣武門外租賃下小小一所民房，作為師徒練武之用。柳兆鴻聞言暗喜，立即找到楊華。楊華備了贄敬香燭，正正經經行了拜師之禮；就在宣武門外，跟隨鐵蓮子習練武藝。

柳兆鴻這番授徒，別有深心，柳研青也很明白。只有楊華蒙在鼓裡，專心跟柳兆鴻習武。這可就悶煞了柳研青。柳兆鴻素知自己的女兒性情嬌憨，倔強好勝，唯恐這未來的新女婿，看不起自己的女兒。所以預先警戒柳研青，教她語言之間，不要太沒遮攔，不許耍小孩脾氣。每天師徒練武時，只准她在旁看著，絕不許她信口評議，更不許她下場逞能。

不許她說話，已經夠彆扭的了；只准看，不准她下場，這更教她技癢難熬。尤其是玉旛杆楊華武功練得不到家，粗疏之處頗多。柳研青在旁看著，不由暗笑，時常露出躍躍欲試的神氣。柳兆鴻看出來，狠狠瞪她一眼，下次練武時，竟不許柳研青旁觀了。

這樣一來，真是虐政。像從前在魯家時，柳研青何等自在？她不與魯鎮雄之妻說笑玩耍，便是與魯鎮雄角拳比劍；再不然，就同自己老子過招，或者策馬同遊郊外。那時候，自己老子全副精神都照顧著自己，真是不愁寂寞。如今柳兆鴻竟把全副精神，集注在楊華身上了，把自己丟在一邊，這教她如何受得了。柳研青一個人圈在房內，整天無所事事，沒精打采，不是瞌睡，就是打哈欠。

柳兆鴻起初因為要仔細考察楊華的才性和技藝，所以天天盡和楊華盤桓。但不久已看出柳研青漫散無聊的神情來，他又很是心疼。

稍過了些時日，柳兆鴻見楊華少年穩重，尊師敬業，頗可造就。他放了心，便不再拘束柳研青了。他也就不時地攜帶楊華和柳研青一同出遊。或到野外策馬踏青，或步行到大柵欄、珠市口等熱鬧地方，看看古玩，聽聽戲文。每逢護國寺、隆福寺、白塔寺廟會時，這師徒父女三人也湊趣前往觀光，如此非止一日。

卻不料有一天，突逢意外。柳研青照樣是男裝，公子打扮，和楊華的裝束差不多。只是楊華穿著鞋，柳研青穿的是靴子。柳兆鴻寬袍緩帶，手裡團著一對核桃，像一個精神矍鑠的封翁。這三人氣派闊綽，但無僕從。有兩匹駿馬，卻無馬伕。事事都是自己辦，並且天天下飯館吃飯。

那時正當前清初葉，南方人到京城來應試謀官、求財投親的很多。三個人雜在其間，倒也不算格外扎眼，可是究竟與常人有些異樣。

這一天初八，是護國寺廟會，柳兆鴻三人到廟會閒遊了一陣。恰值柳兆鴻到茅廁去了，楊華和柳研青在廟內慢慢踱著等候，竟遇見幾個混混兒。其中一個流氓看見楊、柳二人錦衣玉貌，異鄉口音，並沒有跟班的隨著。這夥流氓竟鬧哄起來，湊到跟前來找便宜。偏偏柳研青改裝男子，腳下穿的是緞靴，他們這幫地痞竟誤認柳研青是個美貌的孌童。其中一人公然趁遊人擁擠，挨到身後邊，伸手來摸柳研青。

柳研青渾金璞玉，縱然遊俠江湖，並不懂得京城內的齷齪風氣。她覺得身後被人摸了一下，忙回頭一看，睜著剪水雙瞳，錯愕不知何意。可是卻把那流氓看得走了真魂似的，那隻手伸上來，就響響地打了一個榧子，口中說：「貝兒！」南北口音不同，柳研青更是不懂。因見那流氓歪帶帽子，斜掩衣襟，一副賴皮神氣十足；她「嗤」的笑了一聲，對楊華說道：「楊二哥，你看看！這人多有意思。」

楊華回身反顧，兩人自然不知不覺地停步不前了。後面遊人向前蜂擁。這幾個流氓借勢故意往前一擠，口中卻說：「別擠，別擠！」竟有一個人伸手來擰柳研青的嘴巴。

柳研青恍然大悟，忿然大怒，急一錯身，陡然給那流氓一拳。那流氓失聲叫了一聲，順鼻孔流血。一群流氓大噪，喝罵道：「好兔兒小子，敢打爺們！」伸手便摑打柳研青，又有一個人便來扯柳研青的辮子。

楊華大喝：「你幹什麼？」挺右手掌，往下一削。那流氓怪叫一聲，往旁一衝，旁邊的人譁然嚷了起來。

這地方正是護國寺的左甬路，遊人麇集頗多。柳研青紅顏含嗔，要揮拳暴打那個流氓，但因為人多擁擠，展不開手腳。氣得柳研青把身子往下一伏，揮玉腕向外一分，近身的遊人立刻像潮水般，向兩邊踉蹌倒去。柳研青一眼又瞥見那被打破鼻子的流氓，正抄起貨攤上一根扁擔，比量著要朝她打來。柳研青一頓足，越眾飛竄過去，撲到那流氓面前，劈手奪過扁擔來，只一折，「咔嚓」的一聲，把扁擔折為兩段。

流氓大驚要跑，早被柳研青一腳踢倒，掄起半截扁擔，狠狠地打起來。這流氓乃是西城有名的混混兒，挨著打還是叫著字號。那流氓一見對手武藝高強，急忙雙拳抱頭，雙股護襠，側身一躺，使出那「賣打」的本領來了；口中嚷叫：「好小子，真有兩下子，爺們賣給你了！」

柳研青乃江南女俠，不懂京城地痞的勾當。挨打固有姿勢，打人也有方位，不許亂打，她哪裡曉得！扁擔如雨點般不分頭上胯下一陣亂打，把混混兒打急了，口中不住亂罵。這一來越打越罵，越罵越打，正在鬧得不得開交。玉旛杆楊華已搶過來，忙叫柳研青道：「住手吧！住手吧！不值得和這一夥小人動氣。」

柳研青並不聽勸，混混越罵越毒，她也就越打越狠。楊華發急道：「別打了，再打，打出人命來了！」不禁伸手奪取扁擔，那柳研青對楊華信手一推道：「你別管！」楊華倒退了一步，登時滿面通紅。

這時候，地面上彈壓的官役已然到場，便要將這打架的兩造帶走。楊華急忙攔住，和官役訴說原委。柳研青也瞪著眼，和一個官役吵嚷。官役問她：「你為何攪鬧廟會？」

柳研青說：「他罵我，我就打他。」

官役問：「他為何罵你？」柳研青又說不出來。

楊華急忙替他分辯說：「這個人欺負我們兄弟是外鄉人，無緣無故跟他動手動腳，把他招急了。我這兄弟初到京城，不懂地面上的情形，諸位多照應吧。」

那官役並不聽他這一套話，見這混混兒被打得傷勢很重，一定要先將兩造送官。那流氓同黨看出對方似乎怯官，越發咬定柳研青是正兇，楊華是幫兇，一定要歸官成訟。

楊華心中很是著急，因為他想到柳研青是個女子喬裝，一經到官，必生波折。

他對那官役不住口嘵嘵置辯，要替柳研青打官司。柳研青把手中的半截扁擔丟在地上，雙手插腰一站，一雙星眼瞪著那個官役，心上正在作勁。就在這時，柳兆鴻已然趕到。

鐵蓮子柳兆鴻已聽見廟中人聲沸騰，遊人亂竄；急從茅廁出來，草草問出：廟中有土棍跟人打架。柳兆鴻唯恐柳研青、楊華年輕多事，急忙尋找，想不到這打架的就是他的女兒柳研青。柳兆鴻分開眾人，到了面前厲聲喝問：「什麼事情？」

那官役將眼珠翻了翻說道：「打架的！尊駕是幹什麼的！」

柳兆鴻不答，兩眼看定柳研青、楊華。楊華急忙說出緣故，柳研青還在那裡忿忿然插手不語。官役們就吩咐抬門板，把受傷人抬走。另一個官役一拍柳研青的肩膀道：「朋友，走吧！」

柳研青一閃身，將官役的手一撥，說：「我不去！」

這官役頓覺手腕被格得生疼，怒氣沖沖地嚷叫：「什麼？你打傷人，還敢拒捕麼？」

柳研青冷笑一聲：「我就是不去！」

這個官役便要抖法繩，與同伴上前鎖人。旁邊一個高身量的官役連忙把他攔住，遞了一個眼色，說道：「你長點眼睛，這位是朋友，別動粗的。」過來拱手道：「朋友，辛苦一趟吧！我們做小差事的，沒法子。地方上出了事，就是我們的責任。朋友跟我們上北衙門走一趟，沒有什麼大不了的事，問幾句話就完。大不了的，就是斷給受傷的人幾兩銀子養傷，就結了。」

楊華還在支吾。鐵蓮子已然明白是怎麼一回事了，過來說：「不要緊，諸位官役放漂亮點。這個人就是我的小孩子，打死人教他償命，打傷人教他坐牢。不是王子犯法，與民同罪麼？這一位卻是我的朋友，一人做事一人當，我們爺倆可以跟你們打官司去。這一位沒他的事，你們得放寬一步。」

混混的同黨說：「那不行，動手的也有他。」

柳兆鴻把眼一瞪說：「還有你哩！」

官役中頗有高眼，慌忙說：「這位老爺子真夠人物！我說有人家爺倆到官，也就夠瞧的了。你們不要多拉扯人，你們不要不睜眼。」

玉旛杆楊華怎肯臨事自先退後？忙搶著說：「師父，這是什麼話，我焉能教你老人家到官！師父，你老想一想，這裡頭還有……我說，咱們爺倆去，教師弟回去吧。他小孩子家，不方便！……」說著，兩眼瞅定柳兆鴻，唯恐柳兆鴻聽不懂他的話中的微意。

柳兆鴻微笑，搖頭示意說：「賢契，你的意思我明白了，滿不要緊。賢契你快走吧。你在外面，好給我們設法。我們爺倆人生地不熟，很不要緊。」說到「人生地不熟」五字，語調特別加重。楊華卻依然沒有聽懂，還是再三地說，要替柳研青打官司。

柳兆鴻把楊華肩膀一拍說：「賢契，你別糊塗了，你快去你的吧！你怎麼還教我著急，你不會替我找姓蘇的朋友去麼？一網都扣在裡邊，怎麼好法！」說罷，又將楊華一推道：「快去吧，越快越好！」然後叫著柳研青說：「走哇，孩子，咱爺們打官司去。」

此時官役已報知坊官，隨把柳兆鴻、柳研青父女，和受傷的混混兒，一同帶走。楊華怔柯柯地站在那裡，眼見柳氏父女被人押走，心裡很不是味。想了想，覺得柳兆鴻的話頗有道理；立刻奔到東城，找蘇楞泰蘇老爺，請他設法保救柳氏父女。

偏偏蘇楞泰沒在公館。楊華對蘇太太說了。蘇太太、蘇小姐一聽柳研青打傷了人，被官府捉去，不由大驚，趕緊吩咐僕人：「快去衙門，把老爺請回來。」

楊華在蘇府等候，直到下晚，蘇楞泰方才回到公館。楊華忙把逛廟起隙，毆傷地痞，柳氏父女已然被捕的話說了。蘇楞泰聞言，撚鬚沉吟。蘇小姐倒挺著急，催請爹爹蘇楞泰設法。

蘇楞泰慢慢道：「若是一件尋常鬥毆的案子，只拿我的一張名帖去，就可以把人保出來。只是剛才楊兄所慮甚是，這事情最不好辦的，就是這位柳姑娘不該是男裝打扮。她又會武藝，地面上一發覺她是男裝，必定大驚小怪。楊兄可知道近來江南叛匪的案子，鬧得正厲害麼！凡是南方來的人，不少是叛匪的黨羽。步軍統領衙門，最近連辦了幾件案子，內中就有叛匪遣來京城，窺伺動靜的。一經破案，許多官民受了株連。柳家父女若只往平常案情裡問，便沒有妨礙。萬一過堂時答對的不好，他父女行跡又很可疑，要往叛匪案上裡問去，這沉重可就大了。

「楊兄，你說我怎麼保法？這位柳姑娘一身的驚人武功，我內子和小女曾對我細說過，我也很感激她相救之情。如今遇上事，我焉能袖手！我打算先派個人，到北衙門，暗中托託人情，先教給她父女一套答對的話。只要不橫生枝節，那時，我們再想辦法。」

楊華呆呆地聽著，心中更是著急，覺得蘇楞泰這種當官的人太沒情意，可又在求人之際，不願弄僵，搓手想了想，便懇請蘇楞泰立刻派人到北衙門去。

蘇楞泰左思右想，覺得不好再推託，這才答應下來。蘇老爺叫來一個靈透的長隨，密囑了一番話，教他前去打聽打聽，暗中告訴這個長隨：「你只說是柳某同鄉轉煩你打聽的，說話要留後步。如有用錢的時候，可以花些。總而言之，是要你隨機應變，寧可花錢打點，不要說出是我托情來的才好。」

長隨連聲答應，接了一疊銀票，轉身退去。蘇楞泰忽又想起一件事來，竟又親自追出，對長隨低低說了幾句話。長隨點頭會意，這才走了。

楊華被蘇楞泰留下吃晚飯，飯後楊華留下不走，那意思要當晚聽聽僕人的回信。他哪裡料到：做京官的最怕人議論結交江湖上人物！蘇楞泰已存了顧忌之心。楊華是講義氣的男子漢，一派望救的真心，不懂得官場上趨避風氣。楊華在蘇府一直等到起更時候，還不見回信。蘇楞泰見楊華留著不走，隨即吩咐僕人在書房安排了被褥，和楊華閒話了一時，自己卻回到內室休息去了。

蘇小姐央告爹爹蘇楞泰，趕快搭救柳姑娘父女：「因為她是女兒的救命恩人。」

蘇楞泰只信口答應著，他心中自有他的打算，和那舅爺再三的斟酌了一會子，也就睡了。只有玉旛杆楊華，仗著對蘇家母女有救命之恩，留在書房候信，但越等越不來，心神焦灼，直到二更時候，才和衣而臥。只聽得更鑼頻響，夜闌人靜，楊華卻是睡不著。

忽聞有人輕輕彈窗，楊華道：「誰呀？」

外面答道：「是我，賢契開門來。」

楊華愕然一驚，急拖著鞋，開了書房門。只見鐵蓮子柳兆鴻含笑進來，將手比唇，轉身帶上門，拉著楊華的手，一口將燈吹滅，把楊華曳到床前，拍肩讓他坐下。

楊華驚喜問：「師父出來了！蘇老爺已派人到衙門打點。我聽他說，保釋很難，一兩天辦不好。不想你老人家當天竟出來了，師妹呢？」

柳兆鴻說：「她也出來了。」

楊華說道：「蘇老爺口頭上說得很為難，想不到辦得如此容易！我領你老人家見見蘇老爺吧！」

柳兆鴻笑道：「你以為我是保出來的麼？我老實告訴你，我根本就沒有進去！」

楊華駭然驚問：「這怎麼講？」

柳兆鴻道：「傻徒弟，當時我特為催你快走，就是預備半路脫身。這有什麼稀奇。你當我真要去打官司麼？」

原來柳兆鴻、柳研青分坐著兩輛轎車，往北衙門解送。半路上，柳兆鴻估計楊華已經走開，便大叫一聲道：「青兒，扯活！」這父女倆一人一腳，把轎車前沿坐著押案的官役踢下車去。父女二人一擰身，直竄出車外；竟在光天化日、眾目昭彰之下，登房越脊，公然遁走。

眾官役怪喊拿賊。柳兆鴻、柳研青早捷如飛鳥似，由大街搶上鋪房，由鋪房跳到小巷，由小巷一路穿繞，回奔寓所。

到了寓所，楊華並沒有回來。柳兆鴻笑道：「是了，這個傻小子，一定是找蘇楞泰求救去了。唉！京都之地不可久居。我打算叫著楊華，咱們一塊回南吧！你這丫頭，太能生事，保不定還會鬧出什麼別的大亂子來呢。」

柳研青此時卻很高興，因為她淘了氣，把官役戲弄了一回，覺得很好玩。她當下道：「可笑楊二哥，一定要替我打官司。他哪知咱爺們半路上來這一手呢？爹爹說回江南，我頭一個贊成。京城我也逛夠了，真夠嗆，風大塵土多，我住不慣。」

柳兆鴻這時卻又擔心楊華真的轉懇蘇楞泰，托了人情，反而露出形跡來。他便在二更以後，趁天黑，夜入蘇宅，尋著楊華，把前情說了。楊華大驚道：「哎呀，這怎麼好？蘇老爺已派人給你老托情去了，這豈不是找出枝節來了麼？」

柳兆鴻笑著說：「我的傻徒弟，你不懂官場人物的作派，他不會給我託人情去。我只是怕萬一他托了人情，這才半夜找你。」

楊華說：「你老人家對他妻女有救命之恩呀！」

柳兆鴻正色說：「救命之恩值幾個錢？官場上多是忘恩圖利之徒，你受騙了！不信，你去問問他。」

楊華半信半疑地起身要走。柳兆鴻連忙把他叫住，暗暗囑咐了一番。

隨後，柳兆鴻跳出院外，假裝送信人，舉手敲門，說是找楊華的，有要緊事，立即請他回去。楊華慌忙在內答話，開了門，然後教小聽差去請蘇楞泰。蘇楞泰赤著腳出來，楊華依著柳兆鴻教給他的一番話，對蘇楞泰說了。

果然蘇楞泰大為著忙，不覺真情畢露。他並沒有教那個長隨當晚去託人情，只不過暗囑長隨，趕到次日午後，聽聽堂訊的供詞，再行相機買囑。楊華這才放了心，立刻向蘇楞泰告辭，出了宅門，和在外等候的柳兆鴻一同返回寓所。

柳研青正秉燭等候，彼此見面。

柳研青笑道：「楊二哥真個搬兵求救去了！」

楊華喟然長歎說：「人情真薄，我又長了一層見識了。」

楊華對柳兆鴻說道：「怪不得師父不願和仕宦人家交往，做官人的心都是鐵打的，冰凍的。師父您看，師父和師妹對他有救女護眷之德；我今天奔命似地去找他托情，他千難萬難，好容易才答應了。他當著我的面派人去了。誰知全是假的！他派去的那個長隨，哪裡上什麼北衙門！竟是回家睡覺去了。倒教我左等右等，著了半夜的急。直等到我說，師父已經拒捕脫逃。這倒真把蘇老爺嚇得連掩飾都忘了，立刻派當差的去把那個長隨尋來。那小當差的不知到何處去找，蘇老爺就頓足罵道：『渾蛋！往他家裡去找，我教他回家去了。現在有事情，教他立刻來見我。』蘇老爺只顧著忙，竟忘了我還在旁邊呢！」

柳兆鴻聽了，一笑置之，說：「他們做官的本來就是這種本性。」

楊華還在恨恨不已，柳兆鴻卻滿不在乎地說：「別講這些小人的事了。我看咱們還是回鎮江吧，省得跟這些小人們生閒氣。」

楊華在京城並沒有什麼親戚，不等柳兆鴻說完，急忙邀請柳氏父女到河南他家去住。

柳兆鴻笑著說：「那也可以。我的意思既要傳給你武藝，最好還是你跟我同回鎮江。你大師兄現在那裡經營著買賣，他也收了幾個徒弟。練武得有幾個夥伴相互餵招，你們幾人正好朝夕共處，一同切磋。」

楊華甚喜，這師徒父女三人便稍稍預備行裝。柳兆鴻父女都有很好的坐騎，楊華騎的是一匹川馬，口齒大了，如今他要再買一匹好馬。三人遂到騾馬市，由柳兆鴻給他選了一匹走馬，隨即離京南下。

柳研青這回改了女裝，柳兆鴻也另換了服色。因為他父女白晝拒捕脫逃，官面上雖然壓下去，沒敢報案緝拿。民間卻已傳遍，說是西城出了一老一少兩個飛賊。萬一教官面認出，未免又生麻煩，所以柳兆鴻教柳研青換了女裝。

一路無事，來到鎮江。柳兆鴻將帶來的京貨，送給魯松喬父子。柳研青也把一些新奇禮物，贈給義母、義嫂。柳兆鴻又引見楊華，和魯鎮雄認了師兄弟。從此，楊華跟著柳兆鴻在鎮江學藝。

起初，楊華對於柳研青，生刺刺地不肯共談。相處日久，見面時多，也就減去了不少客氣。柳研青究竟是女孩兒，她一片芳心早已明白，這楊師兄乃是她父親特意給她挑選的東床佳婿，倒也時時想去親近。只是從前有呼延生那場是非，她也就不免生了戒心。

柳兆鴻又曾密囑過她，不要風風失失，招人看不起。所以這一男一女雖然也有時同場習武，倒是說話機會很少。只有魯鎮雄一上場，便頓時熱鬧起來，說說笑笑，和親兄妹一樣，楊華也能趁機湊到一處談笑。

轉瞬過了半年，柳兆鴻已經認定楊華確是佳婿，便托魯松喬、魯鎮雄父子，向楊華探論續娶保媒的話，暗示著柳兆鴻擇婿之意。

楊華久已欽慕這個師妹的英姿武技，又見她一派嬌憨活潑，如小孩子一樣，毫無一點做作，他真是心儀已久。柳研青的倔強好勝脾氣，他還沒有看出來，因此聞言，大喜過望。他想到一旦做了兩湖有名大俠的女婿，從此鐵蓮子生平絕技自然一定傾囊相授，又得這麼一個志同道合、貌美多能的女俠為終身伴侶，真是人生何幸得此！當下允了婚事，仍按世禮，楊華回家稟知老母，由他叔父到鎮江求親，又轉托他的舊業師毛金鐘為大媒。

這婚事早已水到渠成，自然一提便妥，過了定禮，認了新親，這段姻緣便算成就了。

訂婚是在暮春三月，兩家議定，秋後合巹。柳兆鴻的本意，要招楊華入贅。楊華的母親不肯，定要親迎。她好看看這個會武技的兒媳，究竟是怎麼個模樣，教兒子如此傾心。柳兆鴻不甚願意，後經媒人兩邊說合，方才規定仍在楊家親迎；不過半年後，這新夫婦仍回鎮江，好跟著柳兆鴻習練武技。

柳兆鴻對楊華道：「我是一個老鰥夫，到處可以為家。姑爺，我也用不著你養老。但是我只有這一個愛女，就算把她交給你了。將來我把你的武技傳習大成，也就放心了。那時我便可以恣意漫遊，或住你家，或住大弟子家，也可在你家附近購地建宅。怎麼辦都好，不招贅也罷。只是我這小女性子憨直，還望賢婿多多擔待。她從小沒娘，針線女紅一點不會，過門以後，還望對親家母說開了，多多包涵才好。」

楊華忙道：「師父放心，師妹俠氣英風，弟子素所欽佩。至於家母疼愛兒女的心腸，更沒有說的。弟子故鄉也有一些房地，將來請師父任選一處住下就是了。」

舊日風氣，未過門的小夫妻一向是躲避不見面的。鐵蓮子是武士門風，倒不講究這些。楊華和柳研青照舊是師兄、師妹的稱呼著。柳研青本和她父住在魯家後園三間精舍裡。現在柳兆鴻因為心愛嬌婿，竟與楊華同舍共寢，教柳研青到內宅睡去。研青不願離開她父親，卻也無法。每天清晨，柳研青必然早早起身服侍柳兆鴻，和楊華不時見面。既然見面，就免不了含情欲語。柳研青又不慣於忸怩作態，因此兩人每每藉端湊在一起，喁喁私語。

楊、柳訂婚之後，魯鎮雄夫妻都給柳研青道喜，嘲笑她。柳研青臉紅紅的，反脣相譏說：「大哥、嫂子，你們也都大喜過，這算什麼！」

魯鎮雄哈哈大笑道：「師妹真有你的，好大方啊！」

魯鎮雄之妻張氏笑拍著柳研青說：「妹子還是這麼風風失失的，不怕姑爺笑話你麼？妹子也得端重點兒。」

柳研青笑道：「嫂子才嫁給大哥的時候，低眉垂目地裝蒜，原來是故意端著的。嫂子會端，你就天天端給大哥看吧。」

魯鎮雄夫妻竟窘不住她。張氏便又嘔她說：「你跟你師哥練武時，常把你師哥打跑。將來過了門，你可讓著點楊姑爺，你不要打得人家滿床亂跑。」

柳研青嘻嘻笑著，不再答話。

張氏又說：「別看妹子打得過你大師哥，你可未必打得過楊姑爺。你看人家楊姑爺比妹妹高半頭呢，胳肢窩一夾，就把妹子像小雞似地捉住。人家也是英雄的門徒，妹子可別再像對你大師哥那樣，你大師哥敗了，你還追呢！人家楊姑爺可專會敗中取勝，妹妹留點神，別給柳老伯丟臉。」

柳研青瞪著一雙盈盈秀目，不由從鼻孔哼了一聲：「他那點玩藝，誰不知道？他也配打我，不信就試試。」

魯鎮雄夫妻鬧哄起來說：「試試就試試！走，師妹，我們請楊姑爺去。」

柳研青將身子一扭說：「我不去。」

魯鎮雄笑著說：「完了，師妹的能耐不是很大嘛，怎麼又不敢比了？」

張氏笑著說：「真格的，妹妹和你大師哥是師兄妹，楊姑爺不過應名算是柳老伯的徒弟；其實人家是帶藝投師，人家自有自己的本事。妹妹千萬不要輸了銳氣。你栽了，可就是鐵蓮子一派全輸給懶和尚了。聽說楊姑爺練就很好的油錘貫頂的功夫，能耐好極了。我早就聽人誇獎過，有人拿一盞銅燈，放在楊姑爺頭頂，楊姑爺把頭一頂，竟會把燈頂碎了。聽說楊姑爺還會鐵腿的功夫，人們考較楊姑爺，拿兩塊新磚放在地上，楊姑爺只一跪，就把磚跪得粉碎。人家有一身好功夫，妹妹可不要小瞧人家呀！」魯鎮雄聽了微微一笑。

柳研青茫茫地聽著，半信不信。張氏又說：「聽說楊姑爺還會縮骨法。妹子不信，你把一條板凳，倒縛在楊姑爺背後，他只一抖，凳子就落下來了。」

魯鎮雄之妻張氏看著柳研青那種怔怔的神氣，忍俊不禁，從鼻孔笑出聲來。柳研青尋思了一陣，說：「哥哥，嫂子，你們不用哄我，我不信。」

張氏說：「信不信由你，等到過了門，妹妹就知道妹夫的本事了。」說著忽又故意大驚小怪地說：「哎呀，我還忘了一件大事。依我說，妹子趕快學點活計吧。我聽你大哥說，楊姑爺穿的衣服，都是人家那位前妻親手做的，針線夠多好呀。將來楊姑爺找你要活計，可怎麼好？」

柳研青笑著說：「那個，宰了我，我也辦不了。」

張氏假裝正經地說：「宰了你，你倒便宜了！比宰還厲害哪。」又說：「妹子不用笑，聽說前頭那位楊奶奶，長得美貌極了，兩隻小腳，又尖又瘦，妹子你看你這一雙大腳，楊姑爺一定嫌你腳大。依我說，妹子如今還來得及，從明天起，我給你裹一裹吧，保管三個月，一定纏出個樣兒來；趕到秋後過門，還來得及。」

柳研青聽了，低頭看了看自己的腳，心裡嘀咕起來，對張氏說：「哪裡來得這些鬼話，我就是這個樣兒。」抽身站起，逕自出去了。

魯鎮雄夫妻相視笑了起來。婦女們好多嘴多舌，本無惡意，偏偏遇見半憨的柳研青，竟然真的入了心，不僅當了真，弄出一些笑話，並還惹出一場大是非來。

柳研青第二天清晨早早來到精舍，精舍中鐵蓮子和楊華都早起來了。柳研青又信步走到練武空場，果見楊華正在那裡練兵刃，柳兆鴻在旁指撥著。

柳研青：「爹爹我給你老人家沖好茶湯了。」

柳兆鴻笑著答應了，說道：「你們自己練吧，青兒，可不許你逞能。」逕自回到精舍去了。

楊華回頭看見柳研青，便住了手說：「師妹練麼？」

柳研青搖頭不語，心裡還想著魯鎮雄夫妻的話，想問問楊華，是真是假，可是又想不出從何問起。柳研青邊想邊走，到了兵刃架上，信手撫摸著一杆槍，用手捋那槍纓。楊華站在場心，想要往跟前湊，又不好意思。便將兵刃收起，假裝要來插架，只是這架子上，並沒有這兵刃的位置。柳研青向他一笑，楊華赧赧地轉身要走。柳研青「喂」了一聲，楊華止步回頭。柳研青將頭一點，楊華跟了過來。兩人湊到一處，在花叢長凳上坐下，一對未婚夫妻低低談起來。

閒談了一陣，柳研青就打聽楊華的身世和婆母的脾性。楊華如實說了，反問研青：從何時習武？都練會了些什麼？研青信口說：「我九歲就跟爹爹練，到今也十來年了，什麼也沒練好。」柳研青心裡有話憋不住，覺著這時沒有別人，正好仔細盤問一下楊華。她頓了頓說：「你不要瞞我，我問你，你要老實說。從前那位二師嫂，可是生得很美？」

楊華瞅著柳研青的鬢雲，笑著說：「她生得倒不醜，只是身子太弱了，哪能比得上師妹呢？」

柳研青搖頭說：「我不信！我聽說她人也好，脾性也好，腳也小，手也巧，又會刺繡，又會寫字，哪有我這麼蠢！」

楊華笑著說道：「你怎麼知道呢？」

柳研青說：「我聽人說了。」

楊華道：「這可怪，你聽誰說了？」

問得研青無言可說，自己也笑了。柳研青低頭又問：「你到底說，那位二師嫂比我怎麼樣？」

楊華喟然歎了一口氣：「我那前妻跟我很好，也極得家母憐愛，只可惜她去年已經死了。」說到此處，楊華動了悼亡之念，臉上帶出悽楚之情，把頭徐徐扭轉到別處去。

柳研青呆了呆，輕輕又說：「是不是，我知道我是不如人家了。」

楊華抬頭看見柳研青面上露出怏怏的神情，不禁悄悄伸手，撫著柳研青的膝頭說道：「師妹，她好雖好，哪能跟師妹相比？師妹是當代女俠，我早就欽慕柳葉青的大名。想不到我楊華三生有幸，竟承師父錯愛，收為門徒，又將師妹許配給我。師妹是聰明人，咱們也相處半年多了……」說著把手揉了揉研青的膝頭。

柳研青低頭笑了，把楊華的手撥開說：「不要動手動腳的。……我可告訴你，我可一點也不會做針線活。」

楊華笑道說：「師妹真個不會針線活麼？」

柳研青將腳一抬說：「你看，就是這鞋，我也不會做，這還是嫂子給我做的呢！」

楊華看見柳研青穿著一雙玫瑰色繡履，她此時不出門，早已換上一身淡雅的女裝。楊華聽了這些話，卻不懂平時一派童心的女俠，這時候為何忽然談起這些女人的話來。他含笑說道：「呀！師妹當真不會做針線活麼？妹子如此聰慧，何不學學？連我還會打補釘呢。」

柳研青聽了默默不快，衝口便說：「哼！我就是這麼笨，什麼也不會，你說怎麼好？」

楊華忙笑著說：「師妹是習武練劍慣了，自然不屑學這些女紅。不要緊，咱們家裡自有女僕裁縫，用不著師妹發愁。」

柳研青不答，還是低頭看著自己的腳，口中徐徐道：「你說做了個女人，真是倒楣！又得給人家當廚子，又得給人家當裁縫，又得穿耳眼裹腳！……你說做女人的是大腳好，還是小腳好？」

楊華低頭微睨，果見她雙腳瘦挺，尺寸稍長。這時更是一伸一縮的，似乎故意擺給夫婿來看。

楊華不禁失笑說：「大腳也不好……」

柳研青把眼睜得大大地聽著。

楊華又說：「小腳也不好。最好是像師妹這樣的腳，不大不小，才好呢。」

柳研青不禁紅了臉，雙腳一縮道：「哼！你不用挖苦我……我從八歲上，就喪了嫡親父母，從那時起，就跟著我的伯父，就是你這位師父。我何嘗纏過足、穿過耳？我現在二十一歲了，我……我知道我太醜了。」

楊華覺得很詫異，看見柳研青今日欲言不言的光景，好像懷著什麼心事。她雙靨泛起紅暈，另帶出一種嬌媚的姿態，和常時不同。楊華目對芳姿，不禁心動，伸手來握住了柳研青的春蔥。柳研青不由心頭小鹿怦怦跳動，將手縮回道：「別鬧。」

楊華道：「妹妹醜，誰還俊呀？我楊華只愛妹妹的英姿武技，什麼纏足不纏足，又算什麼？」說著，看了看柳研青的耳輪，忽然伸手摸道：「可不是，妹妹真沒有穿耳眼……」

柳研青側臉閃開，嗔道：「你看你還要怎樣？放老實些，我可急了。」

楊華歡然說道：「我就願看妹妹發急。你還記得咱們在林邊時不？我只當妹妹真是男子呢，我一勁兒扯住你的手，你就急得小臉兒通紅。告訴你，妹妹，那時我就很覺奇怪。不想妹子真是女子，更想不到你我竟結成夫婦。」

柳研青瞪了楊華一眼道：「哪裡來的這些廢話，說真格的，你真不嫌……麼？」

楊華見柳研青如此宛轉乞憐，不禁又伸手拉著研青的一隻皓腕道：「妹妹，你真呆氣！你自己想想，我到底愛你不？我若不愛你，我為什麼要拜岳父為師呢？況且我若嫌你，我何必求婚？」柳研青笑了笑，不言語了。

兩人喁喁私語，楊華問起柳研青的親生父母來。柳研青據實說鐵蓮子是她的伯父，她的親父母已為岳陽群賊所害。說著掉下眼淚來，道：「我是如此孤獨命苦！」

楊華也為之慘然道：「你我真是同病相憐！你只有一個伯父，我只有一個老母和一個寡嫂，我的胞兄不幸得癆疾死了。」

兩人越談越親熱，不知不覺又談論到武藝上，楊華說道：「我最欽慕師父空手入白刃的功夫，恨不得師父趕快教給我才好。誰知他老人家先教我練目力，練耳音，練接暗器。如今練了半年，一點進境沒有。好妹妹，有工夫你教教我行不行！」

柳研青搖頭笑道：「我的功夫還差得遠呢！這空手入白刃的功夫，本來最為險難；若不把根基練好了，那是練不出來的。」

說到此，柳研青忽然想起盤問楊華來了，即問道：「我聽說你會油錘貫頂的功夫，你練一練，我瞧瞧。」

楊華愕然道：「油錘貫頂的功夫？我哪裡會那個？」

柳研青撇嘴說：「你不會，誰會呀？你看你，還瞞著我呢。」

楊華越發詫異道：「誰說我會油錘貫頂！妹妹瞧我像會的麼？」說著將頭頂一指。

柳研青迷惑起來，遂又道：「你不肯露一手，給我開開眼，你就把那鐵腿功夫，練一練給我看看，這可行了吧？」說著，柳研青竟自站起來，搬來兩塊磚，放在地上，用手一指道：「來呀，練哪！」

楊華莫名其妙，臉向著柳研青道：「是教我劈碎它麼？」走過來掄手掌待劈。

柳研青搖頭道：「我說你這人，怎麼裝傻！誰教你用手劈。」

楊華仰臉道：「不用手劈，用腳踹，也踹得碎。師妹要考較我的武功麼？」

柳研青頓足說：「你怎麼淨裝傻！我教你跪著，把磚磕碎了！」

楊華直起腰來，說道：「什麼？你叫我跪碎了這磚，這是哪一國的刑法呀？」

柳研青正在催促楊華，忽聽後面「嗤」的一聲失笑。

楊華、柳研青回頭一看，只見白鶴鄭捷用手捂著嘴，從練武場那邊一溜煙跑了。把楊、柳二人鬧得一個玉貌泛紅，一個朱顏映霞。柳研青忽然羞惱激怒，竟翻身一撲，直追過來，把鄭捷捉住，扯著脖領，罵道：「你這小猴，你笑什麼？」

鄭捷強忍住笑，辯道：「我，我沒有笑，我剛打這裡走過，是他偷瞧著笑呢。」用手一指練武場那邊。在花叢中跳出一個十四五歲的童子，兩手一抱脖頸道：「師姑，不是我，我在這裡掏蛐蛐呢。」說著撥頭就跑。

鄭捷和柴本棟全是魯鎮雄的弟子、柳兆鴻的徒孫；一個十六七歲，一個十三四歲，都很頑皮淘氣。因為鄭捷和柴本棟資質都很好，柳兆鴻很喜歡他們，所以他們常來學藝，柳兆鴻不時指點他。每逢三、七各日，柳兆鴻就召集魯鎮雄、柳研青、楊華和魯鎮雄的眾弟子，齊集魯家後園，較量拳技，考驗藝業。鄭捷和柴本棟年歲既小，人又聰慧可愛，就在尋常日子，也常到後園來玩。

楊華、柳研青訂婚之後，這兩個小孩很淘氣，每見楊、柳二人密會私語，他二人便來偷瞧。

他二人也曾暗暗欺騙師姑柳研青說：「楊師叔會鐵腿功夫。」柳研青聯想起大師嫂張氏的話，竟真的信以為真的了。

當下柳研青一抖手，將鄭捷摔了一溜滾，復又翻身追趕柴本棟，將他像抓小雞子似的擒來。

楊華走過來說：「師妹理他呢，小孩子淘氣。」

柳研青道：「不行，我得管教管教他。」

柳研青一直追問：「什麼時候見過楊師叔練鐵腿功夫了？」

楊華這才明白過來，暗向柳研青使眼色。

柳研青瞠然不解，卻反問楊華說：「做什麼？」

柴本棟卻不住地央告道：「師姑，我沒淘氣，我也沒惹著你老。」

柳研青一擰柴本棟耳朵。

柴本棟叫了起來，道：「師姑別擰！我認罰，你老別擰。」

柳研青道：「認罰，罰你什麼？」

柴本棟道：「罰我跪吧！」

柴本棟真個就跪，他雖受著罰，依然發壞，直挺挺跪在那塊磚上，口中大聲說：「鄭師兄，我可罰跪了！」

柳研青立在旁邊，看著柴本棟那種淘氣的樣子，覺得很好笑。

楊華暗恨柳研青太懵懂，道：「師妹，這是什麼樣子？快放他起來吧，他這是奚落咱們呢。」

柳研青睜著一雙星眼道：「罰他跪，他還怎麼淘氣？」

楊華道：「你別傻了！」過來把柴本棟扯起來，道：「你這孩子真壞，你再鬧，我告訴你師父去。快去吧！」

柴本棟笑著跑了，回頭說：「楊姑爺，我可先替你老跪磚了。」一溜煙地逃走了。

這一次楊華雖然沒有練成鐵腿功夫，但這未婚夫婦自經一度深談，兩人不時藉端湊到一處，喁喁私語，以通情款。或者借練武為名，老早地起來，情不自禁地湊到練武場子上去。柳研青少失怙恃，講到那江湖任俠的勾當，她倒是說得頭頭是道，或者比楊華還明白些。但若是說到兒女情事，柳研青可就癡長二十一歲，半呆不精，她還要強作解人。

楊華的前妻是亡明舉人之後，溫婉多情，和楊華閨門靜好，如鶼如鰈。這柳研青卻似生龍活虎一般。楊華將新來比故，雖然她體健美貌，憨態可掬，卻也漸漸覺出她事事有些歪纏，而且有時童心未退，過失邊幅。

楊華也是青年人，他比柳研青大了五歲，卻是出身宦門，自幼嬌養，性格也是倔強好勝。起初他心愛這未過門的嬌妻，不肯和她抬杠拌嘴，每逢兩人爭執到不可開交，楊華就一笑住口。楊華正以為這是容讓，在柳研青那邊，反而以為自己得理了：「你看他抬不過我了。」柳研青終究還帶有一些女人的通病，見楊華憐愛她，她就不免露出女孩兒恃寵撒嬌的情態。

魯鎮雄夫妻又時常調笑她：「不可挫了銳氣，不要給師門丟臉。」本來是耍笑，她有時竟認了真。

柳兆鴻心愛婿女，看見他倆不時私語歡笑，這老人大放心懷，以為「小夫妻如此和美，我無憂矣」！

柳兆鴻哪裡知道，這幾天楊華正因為柳研青強教他做那決不能辦的呆事，已自心中潛蘊不快。青年人尤其忌諱的，是怕人說他懼內。沒人時，他倒可相讓。當著人，他最希望柳研青讓他一頭。偏偏柳研青在沒人處，她宛轉依戀，事事順從楊華。若逢有人在前，她可就口角生風，一句話也不讓，越當著人越厲害。

那鄭捷、柴本棟兩個小孩，又專愛在旁調舌戲耍，對楊華叫著師叔姑爺說：

「你老可留點神，我這師姑脾氣大著呢！你老別惹惱她，她可真揍人。」

楊華笑道：「你們倆又胡說了，回頭我教你師姑來收拾你們。」

柴本棟做鬼臉說：「收拾我算什麼？我們本來惹不起，我們又沒能耐，又是晚輩。我只擔心師叔你呀！」說著一吐舌跑了。這一回戲言，誰知後來當真鬧成絕大笑話！

這天楊、柳在練武場會面，楊華悄問研青：「他們都說妹妹脾氣大，可是真的麼？」

柳研青拿眼翻了翻楊華說道：「我脾氣怎麼大了？」

楊華笑道：「妹妹脾氣大不大，我還知不清，可是妹妹你太好抬杠了。」

柳研青道：「我又怎麼好抬杠了？人家都說做爺們的要管著做女人的。我還沒出嫁呢，你就橫攔我，豎管我，還說我脾氣大。你瞧我大師兄和師嫂，人家兩口子多好？從來沒有拌過嘴，我們大師兄總讓著嫂子的。」

楊華說：「我難道不讓著你麼？」

柳研青噘嘴說：「你還讓著我呢？我玩一玩，你都管著。爹爹還沒有像你那麼嘴碎呢。」

楊華說：「還說呢！你那麼個大人，要上樹掏喜鵲。你沒看鄭捷、柴本棟直衝著我齜牙咧嘴？他們笑話你，就是笑話我啊。」

柳研青回想過味來，不禁臉一紅，「嗤」地笑了。可是口頭上還不認理虧，強辯說：「我們練武的，登高上樹，乃是本份。你不教我上房，我怎能練好這種功夫呢？」

楊華道：「說著說著又來了！你老實說，你是練上樹呀，你是要掏小喜鵲玩耍？說實話，不許虧心！」

柳研青用手搔著頭髮，嘻嘻地笑著說：「我麼，是練上樹，是練輕功！」

楊華說：「哼！說這話，虧心不虧心？」

柳研青說：「虧心。」

一句話，把楊華一腔的不悅，立刻化為烏有，也不禁笑了。

光陰荏苒，倏已新秋，離楊、柳婚期不過還有四個月。可是這一對情侶磕磕碰碰，口角紛爭，不時地鬧，只是瞞著鐵蓮子一人。因為鐵蓮子深知女兒的脾性，若看見他倆拌嘴，必定痛責柳研青，甚至長本大套地訓女。兩個人又都是會武技的人，雖說是兩情歡愛，可是談到武功，最易啟爭。柳研青自炫己才，話語中不把楊華師門擅長的「劈掛掌」放在眼裡。

楊華忍耐不住，反唇相譏，說是口誇無憑，動上手，柳研青未必準行。兩人你一句，我一句，針鋒相對，各不相下。這一日，竟趁天將明時，兩人私下邀定，偷到練武場中比試。柳研青一心想勝了楊華，好教他說嘴打嘴，永遠不敢小看自己。楊華呢，也想趁此機會，折服了她，稍振乾綱，省得柳研青往後語言驕矜，目中無人。

兩個人來到武場，口中依然是喋喋不休。當下各亮開架式，也照武林規矩，雙拳一抱，齊說一聲：「請！」頓時打了起來。

柳研青纖腰俏轉，玉腕輕揮，施展開「七十二手短打」，一開招，就是進手的招數。玉旛杆楊華長身玉立，揮動雙拳，忙用師門所傳的「劈掛掌」來接招。柳研青目含笑意，才一照面，右掌往外一遮，就是一手「龍探爪」，春筍般的二指倏地向楊華面門點來。

楊華微一側身，右掌向外一掛；柳研青早將招撤回，左掌翻起，突然向楊華手腕上砍來。楊華忙探右掌往外一封；柳研青柳腰一扭，快似飄風，早已繞到了楊華身後，嬌喊一聲：「呔！」「金蜂戲蕊」，倏地一掌向楊華背後襲來。玉旛杆一招撲空，忙往前斜腰繞步，急急地一轉，方才躲閃開這一掌，不由得耳根一陣發燒。

柳研青更不容情，掌雖打空，卻趁勢往左一撲身，刷的一個掃堂腿，竟奔楊華斜伸的左腿掃來。楊華急一擰腰，一個盤旋，挺身直立，方待要還招進攻；那柳研青倏已翻轉來，往上一聳身，趕到楊華面前；「順水推舟」，攔腰一拳打到。楊華急展錯骨分筋的掌法，才得把這一招卸開。

柳研青身手輕快，招術純熟，挑砍攔切，挨幫擠靠，真假虛實，飄忽莫測，一攻一守，狡獪異常。《拳經》說：「學拳千招，不如一快。」這柳研青頗領略得一個「快」字訣，就占了勝場。

這也是她父鐵蓮子柳兆鴻因材施教，指授得法。他曾經告訴柳研青：「女子學拳，須以巧捷勝。因為女子不論怎樣練，天賦所限，斷不及男子力大氣雄。巧捷，正是女子習武護身最切要的秘訣。」柳研青十年來功夫，就全用在這「輕靈巧捷」上面。玉旛杆楊華卻好博而不精，他的劈掛掌雖然掌重力猛，吃虧在招術不熟，輸在一個「慢」字上了。

兩個人約莫走了二三十招，柳研青先發制人，一招快似一招。楊華只顧得招架，顧不及還招反攻。柳研青一打二打，漸漸把楊華逼得一退兩退，退到牆角。就在這時，柳研青忽用了一招「進步雙推」。楊華後退無路，勢須斜閃，忙將左腳往外一滑，左掌一穿，右掌往後一掛，如此便可將這一招搪開。不意把式場中沙細土柔，玉旛杆頓足用力，嗤的一滑；不由得踉踉蹌蹌，身軀往後一搶。

柳研青得理不讓人，急往後一斜身，「懶龍伸腰」「嘭」的一掌，正擊在楊華背上。借勢送勁，楊華身形一晃，直向前栽去。柳研青輕舒皓腕，猛一把將楊華扯住，嘻嘻地笑道：「二師哥，你給我做徒弟，還差得多呢。」

楊華愧惱之餘，吁了一口氣，眼看著地皮說道：「這算什麼？我穿的是皮底鞋，頓滑了，教你揀了一個漏。」

柳研青越發笑得拍手打掌，把腳一抬道：「二師哥，得了！你瞧，我這靴子也是皮底呀。誰要輸了不認輸，誰可是小狗子。」

楊華滿面漲紅的說道：「就是我輸了，又算什麼？妹妹你不用驕，你可敢跟我比暗器麼？」

柳研青道：「比暗器就比暗器。我不是吹，空手入白刃的功夫，我雖然沒有練熟，可是要躲暗器，綽綽有餘。」

兩個人悄悄地回去，各將應手的暗器取來。玉旛杆左手持彈弓，右手握彈丸，將弓一拽道：「師妹留神，我可要發了！」

柳研青捏著三粒鐵蓮子，當場一站，道：「你就打吧，往準裡打。」

兩人過起暗器來。彼此相距很近，楊華輕曳弓弦，照柳研青不致命的所在打來。柳研青連躲過數彈，笑道：「這回你可就打不著了！」

一語未了，楊華陡將彈弓連開，喝一聲：「留神。」刷刷刷，如驟雨驚雹，展開了連珠彈法。柳研青急閃不迭，忙將手中鐵蓮子發出。一下，兩下，末後一下，鐵蓮子和彈丸相碰，啪的一聲響，倏地一錯，爆起來；餘勢未衰，竟打中柳研青的左乳，疼得她幾乎栽倒，「哎呀」一聲，抱胸坐下。

楊華忙停手道：「怎麼樣了？」

柳研青掉淚道：「你怎麼真打？」

楊華笑道：「當場不讓故，舉手不留情。妹子怎麼挖苦我來著？我看看吧，打在哪裡了？」丟下彈弓，走過來蹲下，探手撫傷，摸著了乳頭。柳研青大怒，本來就疼，又遭輕薄；順手一掌，打了楊華一個嘴巴。楊華捂著臉叫道：「咦，你怎麼打我臉？」

柳研青道：「打的就是你！教你說便宜話，犯混帳！」兩人都翻了臉，楊華翻身回去，俯腰要拾取彈弓。柳研青誤疑他還要動手，竟一伏身竄過來，抬腳一踩，把弓踩住，又一錯步，將楊華一推。楊華踉踉蹌蹌栽出兩三步去。柳研青奪弓在手，「刮」的一聲響，將弓折為兩斷。

彈弓一折，玉旛杆楊華氣得曲眉直豎，玉面濺朱，手指柳研青道：「好，你這丫頭，如此驕悍！還沒過門，你竟要打男人！我找岳父去，這門親事，我消受不了。」

柳研青更是惱怒道：「你往哪裡走？姓楊的小子，你拿我柳家姑娘當了路柳傍花，你瞎了眼，瞎了心了！我讓你走出門，我對不起你。」飛身一竄，將園門堵住；雙手一插腰，兩眼睃定了楊華。

楊華前進不得，後退不甘，窘在那裡。他猛頓足叫道：「好，好，好！」飛步搶奔兵刃架；柳研青也一頓足，搶奔那邊兵刃架。楊華從刀槍林中，抄取一根木梃；柳研青竟搶起一把短刀。這一雙未婚夫妻，公然變顏相仇，狠狠鬥在一處。

楊華雖然忿怒，究竟心有顧忌，動著手只有虛張架式。柳研青卻緊咬銀牙，將一把刀使得霍霍風生，一招快似一招，一刀狠似一刀。只十數合，楊華手忙腳亂，抵擋不住，急忙撤身欲避。柳研青刀風犀利，緊緊裹將上來。

玉旛杆百忙中想把刀給她打掉了，然後撤身一走。他覷了一個破綻，倏地一梃照柳研青脈門點來。柳研青側身讓過，將木梃一把奪住。楊華急往回奪，柳研青刀鋒一展，斜取右肩。玉旛杆楊華急閃不及，將胸膛一挺道：「冤家，給你砍吧！」

柳研青把刀比了比，看見楊華閉目等死，忽然咬牙切齒，把刀鋒一掣，卻將木梃一送，突飛起一腿。楊華撲地跌倒，突又一躍而起，急翻身便跑，大叫：「師父，你老人家快來，你老的女兒要殺我哩！」

第十一章　仗劍尋夫

鐵蓮子柳兆鴻聽見二人吵鬧，慌忙從精舍奔出來。只見楊華在前飛跑，柳研青持刀在後面追逐，兩人都紅了臉，動起真怒。這時正是凌晨時分，人多未起。只是大弟子魯鎮雄光著腳，赤著背，從內宅如飛奔出，橫攔著二人，大叫：「師妹不要胡鬧！師妹不要胡鬧！」

柳研青把手一揮道：「師哥不用管，這姓楊的太欺負人了！」

柳兆鴻一聲斷喝道：「青兒站住！」

柳研青猛抬頭，看見柳兆鴻敞著衣襟奔來，把楊華拉住道：「賢婿，這是怎麼的了？」

楊華喘著氣叫了聲：「師父！」

柳研青頓然氣餒，把刀一丟，嗚嗚地哭起來。

這時已驚動得全院皆知。魯松喬夫妻，魯鎮雄之妻張氏和小丫頭們，把柳研青哄勸進去。柳研青只不肯走，要對柳兆鴻訴說委屈。

柳兆鴻怒道：「你這丫頭，你拿刀動杖地做什麼？還不進去！」遂又和顏悅色，拉著楊華的手道：「賢婿，看在老夫面上，多多擔待吧！究竟是怎麼回事呢？」強勸到精舍，坐下來，詰問緣故。

楊華怔了半晌，突然立起，向柳兆鴻深深一揖道：「師父，弟子年少，昏昧無能，教你老人家錯愛，可惜我福薄緣淺，弟子無顏再侍幾杖，從今天起，就別過了吧。令嬡是當代女俠，弟子無才，深知非偶。不要耽誤了令嬡的終身，請另訂良緣吧！」說罷，就要轉身回室。

魯鎮雄一見不像話，慌忙攔住，不住勸道：「師妹是小孩脾氣，不知輕重，賢弟要多多擔待她。我想你倆一定是練武惱了。這很不算回事，回頭師父一定訓戒她。這婚姻大事，豈是說散就散的？你這麼負氣一走，教師父可怎麼下得來呢？」

柳兆鴻看見折弓在地，已猜知原委；連忙左一揖，右一揖，向楊華賠禮，道：「仲英，我這小女實在無知，總是我管教不嚴之過！萬事都看在我的薄面上，回來我一定責罰她，給賢婿出氣。賢婿不要悶在心裡，只管說出來，究竟她怎麼得罪你了，我一定教她賠禮認罪。」

魯松喬也在一旁委婉解勸了一陣，又低聲對楊華道：「研青幼失慈親，一向嘻嘻哈哈，不懂得為婦之道。我已經囑咐內人和小媳，好好地規勸她。楊賢侄不要從這一節上便生顧慮，其實她不過耍小孩脾氣。」

柳兆鴻將楊華安慰住了，慌忙又到內宅，把柳研青叫到一邊，詰問緣故。柳研青負氣不說。柳兆鴻再三追問，研青才將衣襟解開，露出傷痕來，說道：「還怪人家惱，爹爹您瞧瞧，他都把人家打青了！」柳兆鴻看著心疼不過，卻也無法，只好數說研青一頓，教她給楊華賠禮去。研青扭著身子，誓死不從，向柳兆鴻哭道：「憑白教他打也打了，罵也罵了，還教人家賠不是去，做女人的就這麼不值錢麼？」

研青的義母、義嫂也再三苦勸，柳研青斷然不肯。把個柳兆鴻急得頭上冒汗，竟不得下台，氣得這老兒連連頓足道：「好孩子，你就逼死我吧！那是你女婿，是你終身依靠的人，你卻拿刀動杖地追他，天下有這樣的女人麼？我為你受了這十多年，滿打算給你擇一個佳婿，好了卻我一段心事。誰知你又恃勇逞強，把人家兩代相傳的彈弓弄折了，你還有理？姑娘不給他賠禮，我老頭子給他跪著去，誰教我是女家來呢？人家再不答應，我就把頭髮一削，找個地方一遁，我不管你們這一篇閒賬了！」

柳研青起初不肯認錯，如今見老子急了，不由挫下氣焰。魯鎮雄之妻張氏慌忙過來說：「老伯不要著急，妹子是臉嫩，回頭我陪著她過去就是了。」遂拉著研青的手，委婉地勸說了半晌，道：「男兒臉面值千斤，妹子不該打他的臉，他怎能不懊心！況且你們會功夫的人都好逞強，楊姑爺打不過你，本來覺著丟人，妹妹就該讓他一招，也好看些。」

張氏又道：「不是我偏向著楊姑爺說，他打你是誤傷，你卻是真打。又折了他的弓，又拿刀趕了他一個跑。年輕人誰不好勝，他自然臉上掛不住。妹子比不得我們這沒能耐的人，妹子應該越有能耐，越敬禮丈夫，那才是女俠的行徑，千萬不可仗恃自己的本領，來小覷丈夫。得了，妹妹，快跟我過去，別叫老伯著急了。」命小丫環打個溫手巾，替研青擦了擦臉，哄著她徑到堂屋去。

這鐵蓮子柳兆鴻，一世的豪傑，竟為兒女情事，跑來跑去好幾趟；這才將楊華做好做歹安慰住了，把柳研青也壓伏住了。柳研青含羞帶愧，委委屈屈，跟著張氏進來，在父親身後一站，低頭不語。楊華是由魯鎮雄陪著進來的，也自低頭不語。魯鎮雄夫妻兩邊和哄著，催促研青。柳研青逼得滿面通紅，偷偷看了楊華一眼，無可奈何，走過來低低說道：「師哥，別生氣了，妹子年紀輕……」說到這裡，抽抽噎噎低泣起來。

楊華看見柳研青哭得眼圈通紅，又見柳兆鴻踧踖不安的神情，連忙站起來，低聲說道：「師妹……請坐吧。」遂又向柳兆鴻下拜道：「都是我們年輕無知，教師父煩心了！」

魯鎮雄哈哈大笑道：「完了，完了，不打不成好姻緣……」他很圓說了一陣。

柳兆鴻拿出做父親的面孔來，當著楊華，把柳研青數落了一頓！「你倆從此不可再行比武。因為你們二人各有所長，各有所短，既締成夫妻，應當相助相敬。不許你考量我，我考量你。」

這一場紛爭直鬧了兩天，方才揭過去。柳兆鴻以伯父的身分，兼任慈母之責。隨後屏人密囑了柳研青許多話。這老人仍怕委屈了女兒，憋出毛病來，暗中托魯鎮雄，密囑張氏，夜晚和柳研青聯床共枕，偷偷地哄她，勸她，現身說法開解她。

師嫂先向她盤問，她起初不肯實說。末後才委委屈屈向師嫂訴冤：「師嫂不知道，他太恨人了！我不是為他拿彈弓打了我，我就打他；他太混帳，他淨欺負我！」

師嫂問她：「怎樣欺負你了？」

柳研青含著眼淚說：「他打了我，還摸索人家的乳頭……」

說得大師嫂噗嗤地笑了，悄悄勸道：「妹妹，你真傻氣，你們原是倆口子呀。……」大師嫂悄悄向她傳授了御夫秘訣，說得柳研青臉紅紅地笑了。

柳研青自此頗加檢點，對待楊華格外婉順。一對未婚夫妻相安無事。又過了些日子，婚期已近。

但人的脾氣最難改變，所謂「江山易改，秉性難移」；要不遇見了重大刺激，碰見了巨大打擊，再不會改得淨盡。俗話說兩個人的脾氣相投，真個講起來，必須一個剛，一個柔，方能相需相成，如果針尖遇見麥芒，銅缸碰見鐵甕，那就免不了磕磕碰碰。

這一天玉旛杆楊華突然不辭而別！鐵蓮子大為驚異，和魯鎮雄遍尋不見。行李雖沒帶走，可是他那隻豹尾鋼鞭已然不見，必是攜帶走了。鐵蓮子急叫來柳研青，窮加細問。柳研青忽然傷起心來，只說：「我沒惹著他！爹爹教我讓著他，他要我怎樣，我就怎樣。你們都派我不是，我還敢得罪他麼？」

再盤問別人，別人更說不上是怎麼回事了。把個鐵蓮子懊惱得搓手頓足，將楊華的鋪蓋宿處，細細檢查了一遍，也並沒有什麼。後來才尋見一團撕碎了的信紙。柳兆鴻拼湊著尋繹，全文十不存一，只有一兩句話，略可湊整。內有「……人言雖不足信，而空穴來風……」和「……延生其人……」數字。

柳兆鴻起了疑心，便將柳研青叫到精舍，父女相對屏人密語。

這時柳研青好像也有些情不自勝，一雙秋波，瑩瑩欲淚。柳兆鴻不勝心憐，長歎一聲道：「這楊姑爺也太難了，怎的一聲不言語就溜了？到底是宦家公子哥兒脾氣！」叫著柳研青道：「青兒，你不要難過，為父決不埋怨你。他這幾天到底說什麼了沒有？他有什麼不滿意的話沒有？」

研青想了一想道：「他沒說什麼。」

柳研青還是那麼懵懂。柳兆鴻便將碎信指給研青看道：「你看這『空穴來風』四字含著什麼意思，可是他有什麼疑心麼？」

柳研青道：「他有什麼疑心？」

柳兆鴻道：「你看『延生其人』四個字怎麼講？莫非楊姑爺被仇人誘騙走了不成！」

研青怔怔地看著碎信，對了又對，看了又看，抬頭對柳兆鴻說道：「延生其人，莫非是呼延生麼？」

柳兆鴻道：「哎呀！青兒，我來問你，楊華這幾天可對你說過呼延生沒有？是不是他和呼延生認識？」

柳研青頓時想起來，說道：「爹爹，可不是，他前幾天問過我，有一個叫呼延生的，可是師父的徒弟？」

柳兆鴻將桌子一拍道：「哼，楊姑爺這次出走，一定是這個緣故！青兒，你想一想，你們是怎麼談起來的？是他先問你的，還是你先談起的？這必定是呼延生那檔子事被抖露出來了。」

柳兆鴻這一猜，果然猜得不差。楊華不知從何處，打聽到呼延生臥底這件事來。言者又語不詳盡，又和楊華開玩笑，說：「你那位未婚夫人真個貌美手辣。那個呼延生沒安著好心來的，被你那未婚夫人砍了一刀，險些卸下一隻胳臂來。」

楊華聽了，心滋疑竇，便向柳研青偷偷打聽。柳研青從來不懂什麼叫嫌疑，便信口一說：「這呼延生乃是我們的仇人打發來臥底的。後來他不敢惹我們，反把實底弄破。那個仇人譚九峰，把呼延生砍了一刀，是我們爺倆把他一條小命救活的。後來就放他走了，他還給我磕頭來著呢。」

楊華就細細盤問這呼延生的為人，柳研青極口誇他：「武功既好，人又聰敏，性子又溫柔，真是一個好孩子，所以我們本想殺掉他，末了到底沒肯下手。」

楊華越打聽越要仔細打聽，柳研青卻越加信口胡謅起來。

楊華問：「這呼延生既然這麼好，師父為何不收他為徒，反而還要殺他呢？」

研青道：「你好糊塗呀！他不是來臥底的麼？我父親對我說過，可惜了的一個美貌少年，竟這麼不幸！」

楊華道：「他是個美貌少年？」

研青笑道：「他不但生得美貌，他功夫還很強呢！我父親傳他武功，他學得快極了。」

楊華越聽越不是味。柳研青呢，又不覺得犯了小孩脾氣，故意把呼延生誇得十足。是如何聰明，如何好學，暗中未免有點故意逗弄楊華。

楊華本已生疑，而今又含醋意，後來實在忍不住了，低頭說道：「如此說來，師父可把事做錯了，呼延生又好看，又好學，又聰明，又溫柔，可真是十全人才，比我這笨蟲強得多了，為什麼放走了他，為何不招他……」

柳研青秀目含睇，「噗」地笑了，說道：「你問我爹爹去呀，我知道是怎麼回事呀！我倒看他不錯，他人很機靈，決不會打我一彈弓，把人家的乳頭都打青了，還叫人家賠不是！」說著把身子向楊華靠了靠，說道：「我現在想起來還疼呢，都是你，夠多麼狠！」

這時楊華默默不語，已然出神了。柳研青今天又特別高興起來，她已經繞著彎子把楊華戲耍了，把舊賬也描了，自以為：「我這回說話可沒走嘴，即使楊華不樂意，也挑不著我的錯。……我沒有頂你，也沒有跟你抬杠！」

楊華果然滿肚皮不痛快，卻說不出一個「不」字來。尋思一回，哼了一聲道：「我楊華貌不驚人，藝不壓眾，岳父老大人不知從哪點迷住了眼。……」說到這裡，一閃身起來，扭身便走。

柳研青笑道：「二師哥別走，咱們再談談呀！」

楊華一聲不答，低頭走去。

這一晚玉旛杆翻來覆去，尋思了半夜，心裡說不出是惱是恨，是妒是疑。忽然從床上起來，挑亮了燈，取過信紙筆墨，低頭便寫。寫完又看，看完撕了，重寫。寫了一回，竟又撕碎，不再寫了，把筆墨一丟，上床來蒙頭又睡。到了次早，玉旛杆暗自打點行囊，窺人不見，竟悄悄地出走。

玉旛杆私自出行之後，柳兆鴻、柳研青父女亂了一陣。柳兆鴻抱怨研青口沒遮攔，必是激惱了他。柳研青起初尚倔強使氣，可是她與楊華既訂鴛盟，以心相許，情芽茁生，已結不解之緣。楊華在這裡的時候，她心嫌楊華武功不甚超絕，又嫌他脾氣執拗。總而言之，時覺這未婚夫婿未能盡如人意。但是楊華一旦離她而去，她這才覺著悵悵如有所失。口頭上盡說：「他走，走他的！」一片芳心究未免自怨自艾，似乎自己對待楊華，也有不很對的地方。即如她明知楊華愛己情深，自己偏偏拿話堵他，嘔他發急。他自知武功遜色，研青也知人人不免護短，卻每每的言語奚落他，單挑他的毛病。

想來想去，柳研青不免懊悔起來，可是這心上的懊悔，卻不好明對人言。因此儘管她天性豪爽，如今一涉及伉儷情事，到底脫不掉兒女情態，今日情不自禁地悵惘起來，初次嘗到離別情味。

柳兆鴻尋找楊華，數日未得下落，便要出外尋找，和柳研青商量了一回。研青恨恨地說道：「找他幹什麼，隨他去好了。」可是跟著說：「他一定找他毛師父去了。要找，爹爹自己去找，我可不去。」

柳兆鴻已曉得女兒的心意，便立刻束裝上道，直奔河南商丘縣，找到懶和尚毛金鐘。

毛金鐘說：「楊華四天前來過，現在已經走了。他煩我寫信給你，請你將婚期展緩一年。到底是怎麼回事呢？我再三的問他，他只搖頭，說要多過些日子，要考慮考慮。莫非你們翁婿耍叉了麼？」

柳兆鴻歎了一口氣，說是這未過門的小倆口為了較量武功，拌了幾句嘴。

鐵蓮子柳兆鴻向毛金鐘打聽楊華的下落。懶和尚毛金鐘說：「楊華年紀雖輕，交遊素廣，要找他卻也不易。」遂把大弟子管仲元叫來。大弟子管仲元想了想，開出幾個地名，都是楊華常到的所在。毛金鐘說：「也許他回故鄉去了。我是大媒，這是我的事，我可以到他家找他去。年輕人總有怪脾氣的，我勸勸他得了。」

但是毛金鐘說得盡好，他卻是個酒鬼。要他出門，他卻懶散慣了，正不知何日才肯動身。柳兆鴻心急等不得。逕行告辭，向各處問了一圈，然後親自尋到楊華故里。

楊華是河南永城縣人，乃豫東望族。鐵蓮子柳兆鴻一路尋訪，不數日到了永城縣趙望莊。白天先在莊內外踏看好了。挨到夜晚，換了短裝，施展夜行術，竟飛身竄進楊華的住宅，到各處挨窗逐一窺探。

只見上房中，有一位老太太斜躺在床上，一個小丫環在旁給她捶腿。八仙桌旁，燈光之下，坐著一位中年婦人，正拿著一本閒書，講給老太太聽。講的是《兒女英雄傳》，弓硯結良緣。這就是楊華的母親和他的孀居嫂子。

柳兆鴻足足竊聽了一個多時辰，並沒有看見楊華的影子。後來見楊華的母親打個呵欠說道：「你嫂子不用說了，天不早了，我也睏了！」中年婦人放下書本，又給婆母斟了一杯茶。老太太就說：「後來這安公子怎麼樣了呢？」

中年婦人道：「後來安公子就憑十三妹那張彈弓，過了牡牛山。牡牛山的強盜海馬周三，一見這張彈弓，立刻派人護送。這十三妹真是個女英雄，但不知我們這個新弟婦的武功又是怎麼樣？依我看，二叔的彈弓比十三妹還強呢？」

老太太笑道：「女人總是女人，我不信十三妹比海馬周三的能耐還大。柳家的姑娘雖然說是武林俠客之女，恐怕也不如你小叔子呢！」

中年婦女笑道：「可不是，二叔的功夫真練到家了。還是前年，我逗他說：『二兄弟給我打個家雀。』他信手一揮，就打下兩隻來。」又說道：「我只盼望咱們二叔趕快成了婚，把新弟婦迎進門來，我也開開眼，看看這位女俠客什麼樣兒。聽叔父說，她人材可是好極了，長得很俊，一雙水靈靈的大眼，蘋果似的腮，小小的嘴，很甜淨；身子骨也很苗條，一點不帶野氣。」

老太太眉開眼笑地說：「你二兄弟眼眶素來就高，醜了蠢了，他一定看不上。我現在只惦記著，怕這二媳婦野性。」又歎道：「我也不盼望她準怎樣十全，只要能夠跟上你那死去的二弟婦，我就趁心如願了。」

婆媳二人閒談了一回，楊華的寡嫂服侍著婆母睡好，方才退出。鐵蓮子抽身竄出院外，回轉店內。一路尋思：「看這光景，楊華一定還沒有回來，這孩子能上哪裡去呢？」

次日天明，柳兆鴻買了一些禮物，正正經經到楊宅，拜訪親家母。又見了楊華的叔父，繞著彎子問了問。果然楊華確不曾回家，也沒有信來，他們還以為楊華是在鎮江呢！柳兆鴻心生一計，當下也不便對這新親家說破真情，只道自己因事北上，便道過此探親。住了幾天，隨即告辭，竟潛藏在趙望莊附近，天天留神守候楊華，料他遲早必要回家。他卻沒料出：楊華也不好意思將未婚夫妻失和的真情，讓家中人知道，因為他和柳研青訂婚，乃是「再娶由自己」。

柳兆鴻在趙望莊，潛等了十來天，竟不見楊華的影兒。等人的滋味最難挨，這老人素性剛傲，竟又負氣折回鎮江。見了柳研青，細說自己奔波一個來月，未將楊華找著。問柳研青打算怎麼辦？柳研青低頭不語，半晌說道：「他太拿咱們不當事了，爹爹也不用著急，總是女兒命苦，我一輩子不嫁人就完了！」

這話說得柳兆鴻心下慘然，想起了亡弟夫妻，不覺淚下，怒罵道：「楊華這小冤家也太可惡了，是怎的竟敢不辭而別！我老頭子豈是受欺的！……走，我再找他去。找著了他，我老頭子跟他算帳。就是你們年輕人比武惱了，拌嘴急了，也是常事。怎麼就把我女兒擱起來了？這婚姻大事，豈是由著他耍大爺脾氣的！青兒，把我的刀和鐵蓮子都找出來。」

老頭子越想越惱，柳研青越見父親生氣，她心上越懊悔。怔了一會，簌簌地落下淚來，雙腿一跪，將臉兒貼在父親的膝前，扯住柳兆鴻的手說道：「爹爹別生氣。為我們小孩子的事，你老人家千萬不要著急。依我說，隨他去好了，他愛回來不回來，女兒還是跟著你老，咱們父女照舊到各處遊俠，也過得很好，比在家裡悶著強。你老不值得把他擱在心上，也犯不上專心找尋他去……」

柳研青斷斷續續說了一些話，柳兆鴻並沒有聽懂她的真意，是要跟自己一同出門找楊華去。當時只覺得她抑鬱可憐，把她扯起來，像哄小孩子似的，拍著她的脊背說道：「孩子不要難過，我不著急。你要悶得慌，咱爺倆出門遛遛去。過幾天我再找他，也不為遲。」

柳研青道：「近處都逛膩了，咱們還是到北方走走，逛逛河南、河北。……」

柳兆鴻聽了，心中這才明白。女兒一片潔白的心，竟留下楊華的影子，她心上依然思戀著他。鐵蓮子歎了口氣道：「好吧，咱爺倆一同去吧！」

在鎮江過了幾天，將隨身兵刃帶好，向魯鎮雄父子留下了話，他們父女二人便策馬北遊。一路上柳氏父女二人都提不起高興來，柳研青神情悵惘，柳兆鴻更是快快不樂。因為他把愛女柳研青看成掌上明珠一樣，好容易選得一個佳婿，而這佳婿竟把女兒看成無物，婚期已迫，突然逃婚，怎不令人可惱！柳研青無可奈何，方才在路上將自己嘔惱楊華的話說出，楊華並不是為比武失著，猶存芥蒂，乃是因為自己故意誇獎呼延生，以致觸動楊華的醋意。

柳兆鴻至此方才恍然，用手一指研青道：「原來是這麼一回事！你這丫頭真是半瘋，那就怪不得楊華這孩子負氣逃婚了。你自己設身處地想一想，楊華若是對著你誇他的前妻好，或誇別個女人怎樣比你強，你惱不惱呢？」

鐵蓮子柳兆鴻見研青神氣很窘，遂歎息一聲，不忍再呵責她；只有加意尋訪楊華，等到尋著之後，再為賠情釋疑。這父女二人竟尋了半年，仍沒有尋著。倒是魯鎮雄已經代收到楊華的一封信，是給鐵蓮子的。上款仍稱「師尊」，下款是「自陝州發」。內說：「弟子現有要事纏身，已稟明家母，請將婚期展緩，準於明年秋，躬赴鎮江，擇吉親迎。」語句很委婉有理，沒有退婚的意思。

魯鎮雄派急足忙將信轉給鐵蓮子。鐵蓮子父女立刻趕到陝州，楊華又已不知去向。有人說玉旛杆楊華奔雲南去了。柳兆鴻各處打聽，據說楊華在一座古剎中，遇見一位異人；贈給他一柄寒光寶劍，派他到雲南獅林觀送信去了。柳兆鴻一聽這話，不由愕然。

雲南獅林觀有一位異人，叫做一塵道人。一塵的父親叫朱由桓，明朝皇族之後，是另一支抗清義軍首領，與柳兆鴻之父柳凡清多有來往。這兩支義軍曾聯合作戰，殺敗一支清軍，奪得一柄寒光寶劍。據說，這口寶劍能切金斷玉，吹毛斷髮，朱、柳二位首領為了這口寶劍，曾鬧得很不愉快。因為朱由桓倚仗是皇裔，硬從柳凡清手下一員偏將手中要走寒光寶劍。朱由桓去世後，將寶劍傳給一塵。後來一塵道人武功超過乃父，威鎮南荒。風聞他在南荒，搜羅人才，尚圖重新聚義。這寒光劍乃是一塵道人倚之成名的至寶，他豈肯輕易贈給楊華。說不定內中還有別情；或者一塵道人，也看中了楊華，要把他收歸門下，那可就婚事不免要延誤了。

果然轉眼又復一年，改定的婚期早又過了，楊華還是不見蹤跡。就是懶和尚毛金鐘和楊華的叔父，也說不清他的準確落腳地點。——柳研青已二十三歲了。

鐵蓮子一面到處遊俠，一面尋婿。忽一日，在東台地方，遇見一個武林後輩，名喚馮雲起的。談起了玉旛杆楊華，馮雲起卻也認識他，便說道：「我早先聽說這位楊公子一手神彈子，中原無敵，乃是懶和尚毛金鐘的徒弟。原來他又是柳老前輩的高足。他現在很好了，聽說他在山東紅花埠，成家立業了。」

柳兆鴻一聽「成家立業」四字，心中怦然一動，還未及開言，柳研青早耐不住，突然站起來說道：「什麼？他成家了麼？爹爹，你聽聽！」

柳兆鴻眉峰一聳道：「奇怪！他娶的是誰家的女兒？」

馮雲起是個機警人物。一見柳家父女俱自目動色變，連忙說道：「楊公子現在功成名就了，在山東很有名望，多有人找他學習彈弓的。」

柳兆鴻不肯放鬆，抓住馮雲起道：「馮兄，你要告訴我，他娶的是誰家的姑娘？」

馮雲起道：「這我倒沒聽說，我只知他在魯南郯城縣，仗義急難，懲治了幾個險惡的強盜。他由此一舉成名，倒不曉得他娶妻沒有？」

柳兆鴻更不多問，把楊華在郯城縣紅花埠的住址，向馮雲起詳細問明，立即和女兒徑行入魯。這父女二人竟在范公堤，得遇失鏢歸來的胡孟剛、沈明誼。他父女心中有事，雖有顧盼之意，卻也未遑拔刀相助。只一路急行，不數日到了郯城縣紅花埠。按地址一打聽，玉旛杆楊華確曾在郯城流連多日，但已在兩月前，攜著家眷到淮安府去了。

這「攜眷」二字更是刺耳。更仔細掃聽楊華的近況，有人說他已經成了家。身邊有一個十七八歲的嬌弱女子，大半就是他的妻室，但又有的人說是他妹妹。柳氏父女知道楊華是沒有妹妹的。這消息越訪越實。柳研青再也想不到楊華棄己如遺，公然別娶，當不得珠淚偷彈，芳心欲碎。

鐵蓮子眼望著愛女，長眉緊皺道：「青兒，沉住了氣，傳言不可盡信，到淮安府找著他再說。」這父女二人把駿馬一策，竟又撲奔淮安。

不一日，柳氏父女到達淮安，進了府城，落店投宿。到了次晨，略一打聽，已經探得楊華現時暫住在紳士李季庵家中。鐵蓮子對柳研青說了，換了長衣服，便要獨自去找楊華。柳研青澀聲道：「到了這時候，爹爹還不教我去麼？」

鐵蓮子歎了口氣，吩咐柳研青仍穿男裝，一同前去，又囑咐她：「但是你說話要慎重，一切要隨機應變，不可魯莽。要曉得為父自有道理。」

父女偕行，到了李紳士門前，對司閽說明：「府上有位楊公子麼？現有鎮江姓柳的，派人來找他。」司閽打量了柳氏父女一眼，隨即入內通報。

隔了好久，才見玉旛杆楊華慌慌張張走了出來。一見柳兆鴻親自到來，驀地一震，叫了聲師父，緊行幾步，拜了下去。

鐵蓮子柳兆鴻不冷不熱地道：「久違了。」

楊華滿面羞慚道：「師父，自別尊顏，一晃快兩年了。恕弟子無禮，弟子正有許多話，向師父稟告。」

柳研青立在一旁，乍見楊華，心上不禁跳了幾跳。看楊華衣冠楚楚，面貌猶昔，好像略微消瘦了些。柳研青睜著一雙星眼，暫不發言。楊華忙走過來，要拉柳研青的手，忽覺得未免忘情，即抱拳一揖說：「師妹！」

柳研青一陣心酸，幾乎落淚。因不願教楊華看出來，忙將臉扭過一邊。

柳兆鴻淡然說道：「兩年多未見，賢契近來想必得意。我聽說你在魯南頗創出些事業來？」

楊華眼珠一轉道：「咳！師父，這真是一言難盡，也不過打散了惡霸的幾個打手。」隨又說道：「師父，這裡不是講話之所，請到裡面。」

柳兆鴻道：「也好。」回頭向柳研青叫道：「青兒！」便待舉步入內。楊華忽又囁嚅道：「師父住在哪家店裡？若不然，我同師父一塊到店裡去。」

鐵蓮子面色一沉，冷然道：「我麼，踏破鐵鞋到處尋，還沒有尋好店房哩！要是這個地方，我父女不便進去，那麼，就在街上站著也行。」

楊華滿臉通紅道：「方便，方便。這裡也不是外人，乃是弟子的老世交，姓李，等弟子先進去言語一聲。」說著慌忙走了進去。過了一會，走了出來，說道：「師父請吧！……他們這裡有女眷。」說了這一句，又咽回去了。

柳兆鴻不再說什麼，昂然舉步往裡走，柳研青低頭隨行。楊華側著身子，在旁引路，卻稍稍落後，瞟著柳研青，低聲叫道：「師妹，近來好？」悄悄來拉柳研青的手腕。柳研青往回一縮，張了張嘴，話沒有說出來。

曲折行來，到一跨院，好像是內客廳。院內花木雜植，佈置不俗。鐵蓮子一面走，一面留神。三人將上台階，忽見門簾一挑，屋裡跑出一個書童模樣的小孩來。楊華叫道：「玉海，倒茶來。」

那小童應了一聲，回頭看了看，仍向內宅跑去。三人進了客廳，這是一明兩暗三間房，內間設有床帳。楊華讓柳兆鴻坐在太師椅子上，讓柳研青坐在床上。自己這才恭恭敬敬，向柳老磕下頭去。

柳兆鴻口中說：「哎呀！不要磕頭。」人卻坐著沒動，兩隻眼睛細打量著這室內的陳設。只見牆上掛著豹尾鞭、彈弓、彈囊，心知楊華就住在此室。屋角有一副鋪蓋卷，一望便知不是屋內原有之物。又向床上瞥了一眼，紗帳高懸，床褥上只放著一份枕頭。柳兆鴻點點頭，更仔細尋看，卻見琴桌上，書本底下，壓著一角刺繡白綃巾。

柳兆鴻暗向柳研青看了一眼。誰知柳研青坐在床上，默默地看著牆上掛的那張彈弓，滿肚皮裝著好些心思，恨不得傾倒出來才好。柳兆鴻對她施眼色，她固懵然不覺，就是那條繡綃巾，恰在她的肘前，她也熟視無睹。

楊華侍立在柳兆鴻座旁，兩手交搓著說道：「師父是從哪裡來的？吃過飯沒有？」

柳兆鴻把楊華上下打量了一遍，說道：「飯倒吃過了，我們是從紅花埠來的。我渴得很，賢契給我弄點水來。」

楊華忙說：「我給師父沏茶去，這個小書童很頑皮。」說罷，慌忙站起，掀簾出去。

楊華才出去，柳兆鴻霍地從椅子上竄起，把那白綃巾攫取在手，展開一看，丟給柳研青，低聲道：「收起來。」急急地撲到外間屋一張望，刷地抽身回來，將床帳圍挑起，急驗看一遍。被底枕邊也摸了一把。復又到桌旁，將抽屜輕輕打開，逐一看過。抽屜裡卻有兩封信，一張有字的紙條。

一封信的信皮上寫得是：「送交鎮江魯府柳兆鴻大人親啟。」

又一封信寫得是：「商丘達仁巷毛金鐘大爺鈞啟。」

柳兆鴻忙將信箋抽出，草草看過，原封放在抽屜裡；又將字紙條揣在懷內，仍舊坐在原處。

柳研青看見柳兆鴻這些舉動，忙問：「上面說的什麼？」

柳兆鴻搖頭道：「不要說話。」——少時，楊華隨那書童一同進來。楊華親自捧茶，獻給柳氏父女。然後把書童支出去，暗對他說：「不叫你，不要進來。」

容得書童退去，鐵蓮子柳兆鴻把語調放得極其和緩，慢慢說道：「賢契請坐下！你我肝膽相照，誼屬師生，親為翁婿，有話盡可直說。老夫今年六十一歲了，膝下就只這一個癡丫頭。我也知道小女癡頑，不足匹配英才。但既經令叔登門求婚，想必見她還可以僭主中饋。我想她雖有些傻氣，倒也一派天真，似不見得過失閨範。就是她口角討嫌，說話隨便，還望看在老夫薄面上，擔待一二。況且賢契又比她年長，盡可以管教她。卻不知賢契究為何故，婚期已迫，突然不辭而別？是不是她有失禮之處？

「老夫晝夜奔尋，今日幸得相見。小女究竟哪點不合，請你明白告訴我。輕者，我當著賢婿責罰她；重者呢，我不是不講理、不要臉的人，我一定將她處死。來，青兒，我問問你，你哪點不規矩了，教你師哥看不上？你說！」又道：「賢婿，就是你有意退婚，你也盡可直言。」

柳研青頓時朱顏慘白。她並不懂得她父親言中微意，站起來，不禁淚隨聲下道：「我哪點不對了，你要退婚，你說！」

楊華一聞此言，倍加惶恐，連忙站起來道：「師妹，師妹，快不要說了，這都是我昏誕荒唐！我如今後悔得不得了。師妹請坐，你聽我說。」說著向柳研青走來，那意思是想安慰柳研青，要扶她坐下。

柳研青兩眼瞅定楊華，說道：「你說什麼？我知道你看不上我，你當我不知道麼？我知道人家都比我強，你想不要我，你說話！」

這話口氣似硬，但一片幽怨已情見於詞。楊華細看柳研青，只兩年未見，身材似乎高了些；本來紅顏朱唇，圓圓的鴨蛋臉，如今卻消瘦了許多，翦水雙瞳，從前一派天真，此時秋波微漾，眉峰微蹙，已不勝淒戀之情。楊華觸念舊歡，倍增歎息，道：「師妹瘦多了。」

這一句話頓勾起柳研青的傷心來，淚珠簌簌下落，說道：「我也不知道怎麼得罪你了，心上不痛快，也不明白說出來；把人家一扔兩年多，必是我太沒有人味了……」

柳兆鴻道：「青兒，別嘮叨了！賢契，小女是不自知其過的，你可以告訴我。」

楊華道：「師父再要這麼說，真教弟子無地自容了！我現在全盤稟告你老，隨你老責罰。那天我原是聽了幾句閒話。有一人告訴我說，有一個呼延生，是師父的徒弟，教師妹砍了一刀，跑了。我當時原是動了疑慮，怕師妹性子太野，怎麼竟將師門同學給傷了呢？我曾經問過大師兄，大師兄說是沒有這回事。我又問師妹，師妹說那呼延生是師父的仇人派來的。可是跟著師妹又極口誇道，呼延生為人如何聰明，如何武藝高強。弟子當時很覺不得勁，便一賭氣出走了。……」

柳兆鴻眼望柳研青，點了點頭道：「你還不知你師妹有點半瘋麼？她原是逗你的，不想你果然因此著惱。但是你該對我講呀！」

楊華道：「弟子那時只想到外面，找個知根知底的人打聽打聽。不意中途忽遇雲南獅林觀的一塵道長，正在危難中，被群賊合謀毒害。是弟子陌路援手，飛彈驚走群賊。一塵道長以此感激我，蒙他臨終留書贈劍，托我代他送信。」

柳兆鴻一聽此言，急急詢問：「什麼？一塵道人死了？」

楊華答說：「是。活活被一群賊人害死了。」

柳兆鴻沉吟半晌，才又問：「以後呢？」

楊華接著說：「弟子一時貪心至寶，遠赴青苔關送信，結果上了他徒弟們一個大當。後來我又遇見一件纏手的事，把身子給牽住了。我本有兩封信，上稟你老，內中說明婚禮改期。我現在原打算下月底就到鎮江。不想已勞師父、師妹遠道尋來。一晃兩年，深勞師父、師妹懸念，弟子實在罪過。」

柳研青聽了這些話，臉色漸漸平靜下來。

柳兆鴻喝著茶，默默聽著，半晌問道：「那麼你現在作何打算呢？」

楊華道：「弟子已有三封信分寄給家叔、毛師傅和你老，打算盡兩個月內張羅張羅，定期迎娶師妹。弟子也已準備即日登程，先回家看一看，然後就到鎮江，面見你老。你老既然來了，好極了。我在此處還有些瑣事，一俟安排好了，就立刻南下。」

柳兆鴻道：「我聽說你在紅花埠，很創出一些名望來。」

楊華眼神一轉道：「也不過是殺敗幾個惡賊，救了一個人，也沒有辦俐落。」

柳兆鴻道：「那麼賢婿的意思，是往鎮江就親呢！還是在故鄉辦事呢？」

楊華道：「這還得和家母商量商量。剛才說過，弟子已發出家信了。弟子的意思，因婚期延誤，實覺對不住師父、師妹，所以原想到鎮江就親。」

柳兆鴻道：「既然如此，我們何不同行？」

楊華道：「同行也好。」忽又說道：「只是弟子還有一點未了之事，現在不能動身。最好師父、師妹先請。」

柳研青剛剛聽得心平氣和，這時忽聽楊華不與他父女同行，又不禁猜疑生嗔道：「我知道，我知道你！……」

柳兆鴻忙瞥了她一眼道：「青兒！」柳研青立刻住口。

楊華笑道：「師妹，你儘管罵我，我不該一溜走了，實在是我的錯。」

柳研青道：「我還敢罵人，人家不罵我，我就念佛！也不知怎的，說扔下就扔下。讓我們先走，哼，我知道人家又要溜！」

柳兆鴻道：「青兒休要亂說。賢契，就是這麼辦，我先回店吧。」

楊華道：「我陪你老找店去。」

柳兆鴻道：「同出去走走也好，店倒不用找，我在此地有熟識的店房。」

當下楊華陪著柳氏父女，同去店房，談了些別後的事情。

到了二更時分，楊華告辭，說是明早再來。

柳兆鴻道：「賢契不妨在房中住下。」

楊華道：「不用了，弟子還得告訴李家一聲。」

柳兆鴻也不強留，只說道：「好吧，咱們明天見吧。」

楊華已去，柳研青道：「爹爹，他為什麼不同咱們一塊走？他準是又要溜！」

柳兆鴻搖頭道：「傻丫頭，不要瞎猜。那條手巾呢？」

柳研青道：「在這裡呢！」

柳研青取出來，在燈影下展開細看：那上面繡著「楊柳岸邊映晚霞，並蒂蓮底戲雙鴛。」

柳兆鴻哼了一聲，又把字紙條取出一看：似是女人筆跡，只有三行。寫得是：「君子有柳下坐懷之風，彼女思鐘生附體之情；既承援手於虎口，便當偕老於百年。願繫赤線，結此良緣。」

柳研青睜大眼看著，看了半晌，不甚懂得，只懂「偕老」、「良緣」幾個字。回眸問道：「這是什麼？是他寫的麼？」

柳兆鴻手撚長髯，沉吟起來，忽地站起道：「青兒，走！」

柳研青道：「哪裡去？」

柳兆鴻道：「我見楊華語多支離，情甚踧踖，其中必有緣故。我今晚要探探他，到底裝得什麼詭！」

柳研青道：「莫非他真個別娶了？」

柳兆鴻道：「說不定，眼見為實。青兒，跟我走。但是，你切切不可魯莽，要見機行事，看我的動靜。」

父女二人立刻裝束停當，柳兆鴻背上雁翎刀，柳研青背上青萍劍，他們倒扣房門，悄悄離店，竟投李紳士家中而去。

那一邊，玉旛杆楊華急急地回轉李宅，時已近三更。到了內客廳，他挑燈落座，提起筆來就寫。一時寫好一封信，便命小書童快請宅主李季庵出來相見。

宅主李紳士字季庵，是三十多歲的文人，剛要入睡。聞楊華相請，忙穿著短衣服，匆匆來到內客廳，一進屋便問：「仲英，聽說你家裡來人了？」

楊華信口回答道：「正是，我有話要跟大哥商量。我現在恐怕就要回南，李映霞姑娘只好暫留在大哥府上。我這裡有一封信，細說前後搭救李姑娘的原委，是給府前街賀寧先的。這賀某就是李姑娘的表舅。我本意想等賀某出差回來之後，當面把李姑娘交給他。無奈此刻我恐怕已經無暇，這件事只好轉托大哥了。信沒有封口，大哥請看。」

李紳士愕然道：「仲英，你要走麼？」

楊華道：「是的，算來至多也只有三兩天的耽擱了。」

李紳士皺著眉，把信箋抽出來，略微看了看，便將信放在桌上，說道：「老弟，這件事我辦不了。我和賀某素不相識，他的為人我可也有點耳聞。是你從虎口中把李姑娘救出來的。你要是走了，李姑娘單身留在我這裡，她又是個年輕閨女，我怎麼安置她呢？」

楊華道：「我這裡不是有信麼？大哥可以不時派人到府衙打聽。只要賀寧先公畢回衙，大哥就可以邀他來，細說情由，教他把李姑娘接了去，這不就完了麼？」

李紳士笑道：「仲英，你說得好輕鬆！據李家姑娘說，這賀寧先乃是她的表舅，表親本已差了，何況『表』而且『舅』乎？你們登門投他，他雖沒在家，那位表舅母卻拒門不納，不肯收留這表外甥女，他們的親情也可想而知了。那麼，就使這位表舅回來，可能保得住敢做他娘子的主麼？況且李姑娘也說，她從來沒有見過這位表舅母的面，只在她六七歲時，見過這位表舅父。他們戚誼既疏，又鮮往來，如今李姑娘又是窮途末路，無家可歸。她那表舅萬一反眼不肯認親，又奈之何？豈不是教我作難麼？

「老弟你要救人救徹呀！你既然下阱救人，一灘爛泥算是沾上腳了；你要想拔步，如何能夠？你要走，趁早把李姑娘帶走。再不然，還有一個好辦法，回頭我就告訴內子，趕緊給你們準備準備，就在我這裡拜了天地，坐帳合歡，以後你們再補行成婚大禮。那時候，你走，走你的。我只能收留楊家弟媳，不能收留李家姑娘。我認得李家姑娘是誰呀！」說罷，李季庵笑著就要回室。

楊華一把抓住李季庵，著急道：「大哥不要亂說，我是娶了親的人了，我豈可停妻再娶！我救了她，我再娶她，我成了什麼人了？這決計使不得。李仁兄，李大哥，你千萬不要亂起哄。這李姑娘身世太已可憐，你何不把她當親妹妹看待？況且她也姓李，你們正是同宗。你一向慷慨，何必捉弄我！大哥富有財產，豈多她一人身上，你儘管看事做事。賀某當真不收留她，你和嫂嫂可以替她擇個門當戶對的人家，把她聘了出去，這也是一件好事。」

李季庵笑道：「你就是門當戶對的人家，哪裡再找門當戶對的去？你又是她的恩人，又是她最欽敬的人，正是恩愛良緣，哪裡再尋合適的去？你不要推辭了，我和內子算計不是一天了。這段良緣，我一定要給你們作成。你不要拿娶過親作辭，你當我不知道麼？前年你就斷弦了，你難道還要守三年男寡不成？」

楊華跺著腳，在屋中打旋道：「我又訂了婚，又訂了婚呢！今天來找我的，就是我的岳父。」

李季庵一愣道：「真的麼？」

楊華道：「我冤你做什麼？我有我的難處，家岳這次來找我，就是催我成婚。你想我怎好再答應這個？」

李季庵搔著頭皮說道：「哦，原來還有這一層，你何時續訂的婚，是誰家的姑娘？」

楊華說道：「姓柳，訂婚兩年多了。」

李季庵尋思了一會，把那封信重新拾起，說道：「這可就難了！這可是一件麻煩事，等我進去和內子商量商量。」

李季庵進了內宅，楊華獨自坐在燈影下，心亂如麻，反覆籌畫。直過了好久，丫頭挑燈進來，李夫人拉著李映霞李氏姑娘，一齊來到內客廳。李季庵也換上長衣服，相陪進來。

楊華忙起身，讓座說道：「嫂嫂還沒有歇著？」又向李映霞點了點頭，虛把手一伸道：「請坐！」

李映霞睜著一雙幽怨的眼看著楊華，萬分悽楚，半晌才說了一句話：「華哥，可是要走麼？」

楊華囁嚅說道：「是的，李姑娘盡可放心住在嫂嫂這裡。容得你那表舅回來，再投他去。你們究竟是親戚，總比外人強。」

李映霞低頭無言，瞟了楊華一眼繼續說道：「華哥，我李映霞弱質薄命，遭這大難。蒙華哥捨身涉險，把我救出，我一個女子漂零無歸，心感大德，不能酬報。現在華哥要走，我這表舅又不是什麼慷慨人。恩哥既然援手相救於前，可忍心讓我再陷於絕地麼？可恨那夥惡賊把我全家殺害，我恨不得變為男子報仇雪恨。我若投到表舅家，他豈肯長久容養我？我這血海深仇，可就畢生不能報了。我只求恩哥可憐我這薄命人，好歹攜帶著我。我粉身碎骨，也忘不了大恩。」說著嗚咽起來，楊華搔首無措。

李夫人見李映霞有話說不出口，便把映霞攬在身旁，對楊華說道：「仲英兄弟，你不要多顧慮了。你的情形，剛才我聽你大哥說過，我也告訴李家姐姐了。李家姐姐實在不願投奔她那親戚去。賢弟你想，她那表舅母既然那麼不講情理，就算她表舅回來，將來相待之情，也就不言而喻了。

「李家姐姐如今已經十七歲了，他們必定好好歹歹把她聘出去，他們豈會長久留養她。那一來李姐姐這一生可就完了，什麼仇也不能報了。剛才我和李家姐姐商量過，誰讓賢弟你早不說實話來呢？如今把事情都弄明了，我兩口子給你保媒的話，說了不知多少次，現在可怎麼好呢？既然賢弟已訂過婚，李姐姐情願給你做個側室。……」

李夫人滔滔地說著。楊華偷看李映霞，李映霞滿面紅暈，也正在偷看著楊華，已露出情甘意願的神色來。楊華心頭怦然一動，急收斂感情道：「這可使不得。那不是我一番義舉變成私心了麼？大哥、嫂嫂請想，我救了一位閨秀姑娘，我反圖娶她為妾，這可像話麼？」說著，看定李映霞，把她看得低下頭來，撫弄衣襟。

李季庵在旁看著二人眼光對射，含情無語，便悄悄溜出去。內客廳只剩下楊華、李夫人和李映霞。李夫人再三勸說楊華道：「仲英，你不要淨想你那一面理。你要曉得，人家李姐姐情願嫁給你做個側室，乃是人家一番苦心。一來是對你報恩，二來是要倚你報仇，三來你不該瞞著我們，才鬧出這岔錯來。我們當初見你親自攜來李姐姐，到我們舍下暫住。我們夫妻只當你沒有續弦，中饋還虛著呢。

「我們聽說你深夜搭救李姐姐，人家又孤苦無依，身世可憐，我們這才一力撮合。說出來的話，如今是咽不回去了。你必得將錯就錯，成全了這件事。還有一層，李家姐姐和你非親非故，一個少女，一個孤男，你二人患難相共，已經三個來月了；雖然說是玉潔冰清，問心無愧，可是人家乃是閨秀千金。

「老弟呀，你想人家不嫁你，還能嫁誰呀！你不該鑽在死葫蘆裡，你也要替我們做女人的想一想。如今你要走，一定是回去結婚去了；那也不要緊，你何不先同李姐姐證了婚盟？人家三房四妾有的是，難道還怕那位繼夫人不願意麼？再不然，還有一個法子，你可以把李姐姐先接回你家去；等你那位繼室夫人過門時，你們三口兒一同拜堂成婚，也是一段佳話。」

李夫人如此說法，楊華心中越發麻亂。如今是李映霞一定要嫁他，而柳研青又找來了；新歡舊盟兩下夾攻，真有些陷入情網，擺脫不開了。楊華方在支吾著，一個小丫環掀簾走進來，對李夫人悄言數語。李夫人望著楊、李二人笑了笑，站起來說：「哪裡的事，黑更半夜，找帽子做什麼？我給他找找去。」竟扶著小丫環，向內宅去了。這裡只剩下楊華和李映霞二人。

楊華四顧無人，便站了起來，走到李映霞面前；想了想才說：「李家妹妹不要悲苦，你聽我說，這都是李大哥、李大嫂兩口子鬧的，教你我都很難為情。其實像賢妹這樣玉貌堅貞，我楊華衷心敬愛。人非草木，豈能無動於衷？只是在大理上太說不過去。我也明白賢妹一片苦心。賢妹不惜垂青於我，是存酬德之心，又盼望我能替你報仇。

「賢妹你想開了點；我呢，決不願賢妹這樣冰心玉質，竟以千金之軀作為酬恩之具。賢妹顧盼的意思，我已心領，將來替賢妹雪冤復仇，全交在我身上。你盡請放心，我必不袖手。皇天在上，此心可表。至於賢妹婚配大事，我也一力承擔……」

李映霞聽到此處，不由眉目含情，向楊華一笑。不想楊華卻接著說：「我必為你留心物色一個年貌相當的英俊少年，決不耽誤賢妹的終身。至於我，我已二十八歲了，而賢妹年方十七，齊大非偶，況且我又已別娶。我實不敢、也不忍誤賢妹。」

李映霞不禁臉色一變，神銷氣沮，搖了搖頭，睜開俊眼，向楊華看著，半晌吐出幾個字：「我不……另嫁人了！華哥，我只願給你……我只願給你的那位繼室夫人，那位恩嫂為奴為婢。」

說到此處，李映霞羞澀萬狀；卻又低下頭來，囁嚅道：「事到如今，我的心也不能不說了。我是個不祥的女子，已經無家可歸，無親可投。既蒙恩哥從患難中把我搭救出來，只望你憐惜我。要是不嫌棄我，我情願服侍恩哥、恩嫂一輩子，我也甘心，恩哥如果為難，怕對不起繼室嫂嫂，妹子可以跪求她收留我，只求她拿我當個婢女，我想繼室嫂嫂也不會不答應的。這只在恩哥你的意思了。恩哥一定要走，把我丟在這裡，那也是我的命。我左右也不過是一死，覆巢之下，我還有什麼偷活的意味！早死晚死，還不是一樣！」說時淚流滿面，姍姍地扶著桌子站起來，看意思似要趨前下跪。

楊華好生不忍，用手一攔道：「這可使不得！賢妹你不知道，我這繼室夫人不比尋常女子，她乃是當代一個江湖女俠客，眨眼就殺人的，她豈肯收留你？不是我不憐惜賢妹，只是在這裡面形隔勢禁，我有好些難處。」

正講到此處，突然，一聲裂帛的呼聲：「好哇，你們！」緊跟著後窗「刮」的一聲暴響，窗櫺驀地橫飛，倏地竄進一條人影來。……

玉旛杆楊華大吃一驚。李映霞劫後餘生，心虛膽怯，一聲驚叫，整個身子撲向楊華懷裡。楊華急將李映霞一把抱起，雙足一頓，「嗖」的一個箭步，竄入內室。他急將李映霞放在床上，回身搶取牆上的鋼鞭、彈弓，大喝：「紅花埠的走狗，敢來送死！」一語未了，忽見前窗悠悠飄起，如一團輕絮浮煙，由上往下，倒捲進一條人影來；真個是落地無聲，形如鬼魅。

就在這時候，猛聽得院外一個女子跌撲驚叫之聲：「哎喲，什麼？嚇死我了！」就在這時候，又有一個男子驚惶失聲地大喊：「不好，有賊！」

玉旛杆楊華急掄豹尾鞭，挺身阻住內室門口。那破窗闖入的第一人已然撲到，那掀窗入的第二人也跟蹤入室。玉旛杆楊華凝眸一看，吃了一驚，這一驚，更賽過紅花埠惡人的襲來。

只見前邊一人，身穿墨綠色綢短裝，青皮淺腰窄靴，頭勒絹帕，腰繫絲巾，背插青萍劍，左挎豹皮囊。這人雙手插腰，當門一站，橫睜著一雙星眼，惡狠狠地盯住楊華。在此人身後站定的那人，一身米色短裝，白髮飄飄，進屋後把將綠衣人一隻胳膊抓住。

來的這二人，頭一個正是楊華未過門的繼室夫人，男裝的柳葉青；後一人正是楊華的師父和岳父，鐵蓮子柳兆鴻。

楊華大驚失色，手中弓鞭不覺墜落，玉面通紅，張惶失措，失口叫道：「哎呀！我當是誰，原來是師妹！」又叫道：「師父也來了！」

第十二章　悲燕投環

鐵蓮子柳兆鴻微微一笑道：「我們來得不巧，對不住，請裡面坐。」

柳兆鴻反客為主，向楊華一拱手，率先邁步便入內室，卻回手拉著柳研青低聲說了兩句話。

楊華羞慚無地隨了進來。柳兆鴻更不客氣，到內室昂然高坐，眼望床頭嚇做一團的李映霞，向楊華冷然詢問：「這位小姐是你什麼人？煩你引見引見。」

楊華連忙道：「李姑娘快來見見，這是我的岳父。」

李映霞戰抖抖地下床，腿一軟，撲登跪倒；忙又掙扎著起來，搖搖欲倒拜了下去，口中說：「老老……伯，難女李映霞給你老磕頭。」

柳兆鴻道：「不敢當。」

楊華又向柳研青一指道：「這是我師妹。」

李映霞抬頭一看，見是個美貌少年男子，滿面含嗔，立在那裡巍然不動。李映霞愕然向楊華看看，楊華忙補足一句說道：「這就是我的賤內，快過來見見。」李映霞上下打量一眼，慌忙下拜。

柳研青銳聲叫道：「啐，什麼賤內！誰是賤內？我就是殺人不眨眼的那個壞女人，我……我殺了你的什麼人了，我問問你？」說著把手一探，回身拔劍；嚇得李映霞撲登登地坐倒地上。

柳兆鴻把柳研青往懷裡一帶，說道：「青兒，有話慢慢說，來！仲英，明白人不必多說，我要聽聽你的！」

楊華垂手恭立在柳兆鴻面前，正要說話。忽然間外面一陣大亂，火光照窗，人聲喧雜，大喊著：「拿賊！」又有一人叫道：「楊二爺，快起來，你那屋裡進去賊了！」這些人正是李紳士府中的男僕、水夫等人，是李紳士叫起來捉賊的。

李季庵夫妻力勸楊華納娶李映霞，因見楊華推三阻四，又見李映霞含睇不語，柔情欲吐不吐。這夫婦倆托故先後退出，好讓楊華、李映霞背地私語，吐露衷情。他倆卻悄悄溜回來，兩口子拉著手立在窗根下，偷聽楊、李二人的私語。只要楊華口氣稍稍鬆動，他倆便要闖進去道喜，給他一個硬拍硬架，教他再也不得有托詞拒絕的餘地。

不想他夫妻正在窗前，含笑竊聽之際，也就是柳氏父女潛伏房簷底、含忿暗窺之時。楊華、李映霞這一男一女，一個坐一個立，對著臉噥噥私語；把個性如烈火的柳研青早氣得忍耐不住，突然破窗而入。這李季庵夫妻嚇了一跳，更嚇人的就是在他夫妻立身處不遠，忽從房簷底下翻出一個人來，頭下腳上，推窗內竄，一點聲息也沒有，把個李夫人頓時嚇倒。

李季庵到底是男子，架起夫人來，且跑且叫，把僕人喚來，棍棒齊上，特來吆喝拿賊。柳研青把她父親的手一甩，就要抽劍搶出去。柳兆鴻忙道：「青兒不要魯莽，這是本宅一時的誤會。仲英，你快快攔住他們，等你回來，我再問你。」

楊華站起來，急到房外，攔住僕人，又告知李季庵，說是：「我的岳父帶著我的未婚妻來了。」

李季庵錯愕道：「這可糟了，他們看見你和李姐姐說話沒有？」

楊華道：「他們特意來刺探我的，怎麼看不見？李大哥，都是你們倆口子鬧的，家岳分明是問罪來了！」

楊華匆匆說了幾句，慌忙入內。李季庵急忙回去，告訴他的夫人。李夫人也不勝著忙。夫妻倆彼此相顧說道：「此刻楊二弟必然受窘，咱們快給他解圍去吧。他這岳父不知是幹什麼的，怎麼像妖精似地飛進來了？」

李季庵急命一個年紀大些的丫環，扶著李夫人，一個書童挑著燈籠，夫妻二人又從內宅重來到內客廳院內。李季庵和夫人在室外已聽見廳內人聲喧成一片。一個南方口音的女子，高一聲低一聲的叱吒，可是聽不清說的是什麼。——這說話的正是柳研青。

李映霞這時心神稍定，已經揣摩出實情來了。她先是害怕，不敢言語，容得楊華進來，李映霞整了整衣裙，羞羞怯怯，遠遠站在柳研青面前，先叫了一聲：「楊恩嫂！」輕啟朱唇，徐徐說道：「難女李映霞，久聞楊恩兄說過恩嫂，不想今日得見。我李映霞全家被仇人殺害，自身被擄。蒙楊恩兄陌路仗義，把我救出惡人之手，保全了貞節。我一生感念，沒的為報，我給恩嫂磕個頭吧。」

柳研青氣忿忿坐在椅子上，看這李映霞，竟是生得異常嬌豔。櫻唇一點，粉面凝脂，兩隻手臂似雪藕般的嫩白，腰支婀娜，體態輕盈，裙下雙鉤纖小如青菱。這更是柳研青最不願看，而最要看的。李映霞穿著一身灰布孝服，短衫長裙，自然樸素，越襯得淡雅不俗。看年紀也不過十六七歲，另有一種嬌怯婉媚的風姿。把個柳研青看得心中說不出是愛是妒。

柳研青又是個黃花女兒，怎聽人家叫她楊恩嫂，很覺不受聽；不由朱顏越紅，雙眉微蹙道：「什麼楊恩嫂，我是姓楊的什麼人？我柳家姑娘又成了哪一門子的恩嫂了！」說著忽又將手一招道：「過來，我問問你，你們到底是怎麼回事？」

李映霞嚇得倒退，眼望柳研青背後那把劍，不敢上前。柳研青怒道：「我是老虎，看吃了你！你們就躲吧！躲我一輩子，看我多咱死了，你們就不用躲了，也不用溜了，也就都趁了心了。」把個楊華罵得臉上紅一陣，白一陣，一時無話可答。聽著這些不尷不尬的話，李映霞更是羞懼交迸，抬不起頭來。

柳研青滿腔恚怒，想起自己兩年離愁，千里跋涉，本來自怨自艾，背人彈淚。她父親說是她把楊華氣走的，她，也以為是自己把楊華氣走的。她此時正是滿心悔歉，不惜賠情；如何想到遇見楊華，別戀新歡！此刻她的眼淚是一滴也沒有了，緊咬銀牙，戟指對著楊華斥問：「姓楊的，我算認得你了！怨不得你推三阻四，不肯跟我們一起回鎮江，原來這裡有拴頭啊！我只問你一句話，你打算怎麼對付我吧？」

楊華陪笑道：「師妹還是這個急脾氣。」一語未了，柳研青又嚷起來：「急脾氣，天生成的秉性！你也拍著良心想想，我哪點對不過你？你一溜兩年多，你到底安著什麼心？你當我姓柳的姑娘非賴給你不可麼？我柳研青就憑這一口劍也能自生自活，不是非嫁人不可。你要退婚，你倒說呀！可憐我父女，不知道哪點得罪你了，東一頭，西一頭，找了你兩年。恨不得見了面，磕頭禮拜，向你告饒！好麼，你倒沒事人似的，早又弄上一個了。」

說著，柳研青「刷」的把那口劍抽出來，往琴桌上一拍道：「可是我姓柳的姑娘有哪點不地道，讓你看不上了？你只管明講，我若有一點對不過你，這不是劍，我當著你的面自刎！你可說呀，裝啞巴行麼？」

玉旛杆楊華情知理虧，欲訴衷情。而柳研青的話像暴炭似的，高一聲，低一聲，夾七夾八，叱吒不已，前情新怨攪在一起。柳研青一味催楊華說話，可自己又滔滔不斷地詰問，不容楊華開口。楊華眼望著柳兆鴻，露出求援的神氣。鐵蓮子柳兆鴻手撚白鬚，只看定柳研青，防備她拿刀動劍。

柳研青在那裡含嗔斥罵，柳兆鴻並不攔阻，卻暗地察言觀色，看楊華的神氣。柳兆鴻也覺得這兩年多，女兒太受委屈了，每每地見她鬱鬱寡歡，背人發呆。柳老暗恨東床無情。此時教女兒鬧一鬧，出口氣也好，必窘得楊華告饒，那時再趁勢收篷。

楊華唯恐柳研青動武，見她越說越急，只得連連作揖道：「師妹，師妹！師妹消消氣，你聽我說。」柳研青還是瞪著眼嚷。楊華只得央告柳兆鴻道：「師父，你老快勸勸師妹吧，也不怪師妹著急，實在是弟子的錯，但是弟子沒法。……」

柳兆鴻高居上座，把大腿放在二腿上，手撚著白鬚，哈哈地笑道：「你沒有法，我可有法。兩條道任你走，你要退婚，趁早明說，可得說出理來。你要是看小女還配得過你，那麼三個字：『跟我走！』你不要黏纏，咱們好漢做事，一刀兩斷。」

楊華說道：「師父，你老人家息怒。皇天在上，弟子決無退婚之心；弟子不立刻跟師父、師妹回去。……」手指著李映霞說道：「就是為了這位李姑娘，沒處安插。這位李姑娘落在惡人手中，是弟子一時動了仗義之心，把她從虎口中救出，保全了她的貞節。我本想救人救徹，送她到家也就完了。誰知她已全家都被害死，無家可歸，親戚也不敢收留。弟子無奈，問明此地有她一個表舅，所以才大老遠地奔到淮安。而她這表舅母又托詞拒絕，弟子正在這裡進退為難。……」

柳研青看了李映霞一眼，道：「少揀好聽的說吧，憑你那點玩藝，你又能殺惡霸，救烈女了！救來救去，不用說，這位烈女一定要跟你團圓了，是不是？」這一句話刻毒非常，說得楊華雙睛冒火，李映霞更是羞恥萬分，如利刃刺心一般，眼淚像決了江河似地流了下來。

玉旛杆楊華「咕登」一聲，跪在地上，厲聲道：「蒼天在上，我楊華陌路搭救這李姑娘，乃是受了友人蕭承澤的邀請，全為義氣份上。我若稍存一點私心，教我天誅地滅，非為人類！……」

楊華起罷誓言，站了起來，浩然長歎道：「師妹呀，我負氣出走，一別二年，實是我錯了。但我決沒有別的心思。師父在上，我知道師父、師妹對我起了疑心。實對師父說吧，我這一耽擱兩年，乃是往青苔關跑了一趟。我起初的居心，不過是賭氣躲一躲，決沒有悔婚的意思。」

柳研青一時無話可駁。柳兆鴻卻道：「仲英，你既然問心無愧，怎麼白天你不說明？直到此刻教我父女碰見，你才說出來，這又是怎的？」

楊華含愧道：「師父，這是我一時糊塗。我白天不是瞞著，因為知道師父正怪著我，我恐怕說出救了一個女子的話，反招師妹猜疑。我當時盤算，趕緊想法把李姑娘交給她表舅，我就立刻南下，親迎師妹過門，那時一切誤會皆釋。想不到師父、師妹來踩探我。……」

楊華說到此，忽然想起一事，忙道：「師父、師妹，若不信我的話，現在我有證據。我已經寫了一封信，給李姑娘的表舅。現時此信未發，正在本宅主人手裡，待我取來，師父一看就明白了。我說的句句都是真情實話。」楊華立刻要轉身出去，不想李季庵已在門外咳嗽一聲，隨聲答話道：「楊賢弟，聽說你來了親戚？」小童打起門簾，李季庵夫妻走了進來。

李季庵入室，已然看明：一個白鬚老者冷笑高坐，一個男裝少年扶著琴桌，按劍含嗔。李季庵未等楊華引見，早對著柳兆鴻深深一揖道：「老前輩！」

柳兆鴻起身還禮道：「這位想是本宅主人李兄了！我父女深夜打攪，很覺對不住。我和小婿說幾句話，這就告辭。」

李季庵連忙陪笑道：「老前輩不要這樣說，晚生和仲英是從小的朋友，彼此都不是外人。老前輩乃是當代豪傑，我早聽楊賢弟說過，正是請也請不來的。今日光臨，寒舍生輝。請這邊坐，晚生正要請教。」又回身引見道：「這就是賤內。快過來見見，這一位想是令嬡小姐了？」

李夫人向柳氏父女含笑施禮，端詳著柳研青，說道：「這位姐姐請坐吧。四兒倒茶來。」

李季庵是個老於世故的紳士，拿出了慕名已久、自來廝熟的態度，極力敷衍著柳兆鴻。一口一個老前輩、老英雄。其實匆忙中楊華未及言明他這岳父的身分，李氏夫妻直到這時，僅曉得柳家父女姓柳，此外身世性行，一點也不知道。

李夫人試著和柳研青攀談，她的口才差得很多。她本是大家閨秀，揣不透柳研青的脾性，談了些客氣話，總是覺得格格不入。李季庵卻和柳兆鴻談得很投合。

柳兆鴻說道：「不怕李兄見笑，我這次尋找仲英，因他婚期將到，突然不辭而別，把小女一耽誤兩年多。這回將他尋找，他既然不是悔婚，又不同我回去，戀戀此地，請問他究竟安著什麼心？還有這位姑娘……李兄，年輕人免不了荒唐，我管不了許多。我只請問他打算怎樣安置小女，我這小女已經二十三歲了。」

李季庵暗想，怪不得楊華不允納娶李映霞為妾，原來還有這等窘事！當下忙說：「柳老前輩，這個我敢擔保楊賢弟品端行潔，決無他意。至於李姐姐這件事，正是一言難盡，我倒頗知一二。」李季庵便把楊、李邂逅相遇情事，大概解說一遍。

柳兆鴻很耐煩地聽著。楊華插言道：「大哥，那封信呢？」

李季庵道：「可不是，這裡有一封信，老前輩一看就明白了。」他忙吩咐小童把信取來，雙手遞給柳兆鴻。

柳兆鴻從頭至尾，把信看了一遍，暗暗點頭。冷眼看楊華，楊華側坐下首，不住拭汗。那李映霞則在李夫人身旁坐著。任憑李夫人跟柳研青講話，她眼含痛淚，只在那裡深思發怔；和木偶似的，動也不動，模樣兒煞是十分可憐。

柳兆鴻手拿著信，沉吟半晌才說：「原來是這麼一回事……但是，青兒，把那條手絹拿出來。」

柳兆鴻從柳研青手裡接過手絹，把手絹展開，指著上面繡的。「楊柳岸邊映晚霞，並蒂蓮底棲雙鴛」的彩繡和那張紙條，正色對楊華說道：「仲英，你起初救人，或許是純出義舉。但年輕人有什麼把握？聽說你搭救李姑娘，已經兩三個月了。這兩三個月的悠久時光……」說到這裡，覺得有些礙口，改轉話鋒道：「我問你，像這條手絹，這個紙條，又是怎麼一回事呢？」

楊華頓時面紅耳赤，看了看那手絹，又看了看李映霞，竟回答不出；心中越加著急，暗道：「怎麼此物竟到了柳老頭子手呢？」

卻幸李夫人在那邊看見，忙走過來解圍，笑向李季庵說道：「這件東西可得問我。老爺子不要多疑，這個字條原是我寫的，這條手絹倒是李家姐姐親手繡的，可是我出的花樣。季庵，你快把真情對老爺子說說吧，別屈了人家楊兄弟和李姐姐的一片義氣堅貞。人家這兩人真是一個英雄，一個烈女哩！」

這話說得不小心，柳研青立刻從鼻孔裡哼了一聲冷笑，臉上又籠罩起秋霜。李映霞被嚇得一哆嗦，抬頭看了看，忽又把頭低下。

李季庵夫妻都不曾理會，只對著鐵蓮子柳兆鴻，將他夫妻不知楊華已續訂繼室，誤代李映霞一力撮合的話，原原本本說出。李季庵很抱歉地說：「這全是怪我夫妻之過，不干仲英之事；人家李姐姐一片守貞感德之心，更沒有別的意思。是我夫妻憐惜她零丁弱質，無家可歸；又因為楊賢弟對她有救命全節之恩，我又錯認楊華兄弟正在悼亡，以致誤提親事，鑄成大錯。

「其實楊兄弟拒絕不止一次了。就是今天，楊兄弟剛一回來，就張羅著要走。教我拿著這封信，把李姐姐送到她表舅家。若不然，就教我夫妻收留下她，替她擇配。足見仲英光明磊落，對你老這段親情，斷無什麼翻悔之意。老前輩要責罰，就責罰我李季庵，這實怪我冒昧。你老務必原諒我這個傻兄弟吧！他實在有魯男子之風。老前輩得婿如此，足堪自慰，愚夫婦真替令嬡小姐慶幸啊！」

李季庵這番解說，說得頭頭是道，盡情盡理。柳兆鴻聽了，捋著長髯，把前後情形，瞑目揣度一回；又看楊華那惶恐的神氣，心裡開解了許多；心中暗想：「此子果然如此，倒也罷了。」再看自己女兒，上眼下眼地打量李映霞，把個李映霞看得低垂粉頸，不敢仰視，傷心之淚滴滴地落下來，把件灰色布衫的大襟濕了一大塊。

鐵蓮子也不由得心下惻然，思索了一回，對柳研青說道：「青兒，怎麼樣呢？」說著，手一指李映霞。柳研青扭頭說：「誰信他那些詭話，爹爹看著辦，反正是你老的女婿，我也不管。」

鐵蓮子暗想：「這位李姑娘真是可憐，只是我們青兒的脾性，我是知道的，怎麼辦呢？」想著，不覺眼光一掃楊華。偏巧楊華此時的眼光，剛從柳研青這邊，移到李映霞那邊，被柳兆鴻瞥見了。柳兆鴻立刻說：「真也罷，假也罷！仲英，我這小女反正是教你耽誤了兩年多了，你現在說句痛快話吧！是跟我父女回鎮江呢？還是在此地流連呢？」

箭在弦上，不得不發。玉旛杆楊華咳了一聲道：「師父，你老怎的還是這樣說？這位李姑娘已有季庵大哥大嫂照應，我救人救徹的一段心事已了。師父說什麼時候走，我就跟你老什麼時候走。」回頭對著柳研青陪笑道：「師妹還介意我麼？我都認錯了，也跟師父同道走了，師妹還生氣麼？」

柳研青把一雙星眼睜了睜，卻又扭著臉說道：「你當人家非逼著你回去不行麼？愛走不走！」說著話，臉上不知不覺，露出稱心如意的神色來。

鐵蓮子柳兆鴻道：「青兒少廢話，仲英你可同我走？」

楊華應道：「我剛才說過了。」

鐵蓮子微微一笑，站起身來，一指門口，說道：「那麼，咱們就走。」

楊華愕然說：「現在就走麼？」

鐵蓮子道：「打攪人家李兄已經多半夜了，還打攪麼？也該請人家歇息了。」

楊華眼向李映霞看著，又向李氏夫妻看了看，不禁遲疑起來。

李季庵忙攔道：「老前輩何必匆忙？就是要走，何妨先在舍下盤桓幾天，稍慰晚生欽慕之忱。」

李夫人也插言說：「老爺子可別忙，我還要留令嬡小姐多住幾天呢。仲英兄弟和我們季庵跟親兄弟一樣，令嬡小姐就是我的弟婦了，我還要送給她一點添妝呢？」

鐵蓮子舉手稱謝道：「不敢當，小婿已在尊府打攪多日，哪能再添上我們父女呢？那就更過意不去了。盛情拜領，改日再謝。趁此時剛過三更，我們回店收拾收拾，明早也好動身。」

李季庵、楊華都著了忙，想不到鐵蓮子如此老辣！李季庵也顧不得許多，忙湊近楊華，暗指李映霞道：「她怎麼安插呢？」

楊華皺眉道：「大哥費心，看在小弟面上，照信行事就是了。」

李季庵搔頭道：「但是，賢弟是不知道賀寧先的為人的，我是本鄉本土的人，我卻知道的很清楚，弄不好他還許訛詐我呢。依我說你還是對令岳……」

楊華急向李季庵施眼色禁住，李季庵改口道：「還是留令岳寬住一天吧。」轉過來，又向柳兆鴻拱手道：「老前輩，無論如何，今天也得賞臉。舍下有的是房子，務請賢父女屈尊下榻。明天晚上還要給老英雄接風，一面還要給楊賢弟餞別。今天夜太深了，實在走不得。」

鐵蓮子還未及答言，柳研青已從琴桌上，將自己那把劍取來，插在背後，對楊華一努嘴道：「拿著你的那彈弓、鋼鞭。」這就要邁步出室。

楊華到此，更無說話餘地，只有低頭老實跟著走為是。李季庵卻有好多話，要和楊華商量。他夫婦深知李映霞一番苦心深情，本想要問妥了楊華，暗把李映霞送到永城楊華家中，教楊華的寡母把她收為義女，慢慢再想辦法。柳研青就是一個殺人不眨眼的女俠，也不能說做新娘，不准婆母收留乾閨女。這是李季庵一時想到的辦法，只是當著柳氏父女的面，此言不好出口；唯有極力挽留他們寬住一夜，便有空和楊華私議了。

無奈他的這樣打算，豈能瞞得過久涉江湖的鐵蓮子？柳兆鴻立催楊華一同回店，正是一種試探。李季庵越挽留得緊，柳兆鴻越推辭得堅。那李夫人站在李映霞的身邊，也很著急，低問李映霞：「你這表舅到底可以依靠麼？」

李映霞眼見楊華父女詰責，話裡話外，暗有所指。她又是個聰慧女子，焉能聽不出來？想到自己遭際奇慘，還連累了拯救自己的恩人，大受岳家指謫。自己一個處女，本已背如負芒，無地自容。現在人家力逼楊華回去完婚，把自己擬托終身的恩人，生生揪走。人家本來是正正經經的婚姻，卻把自己丟在李季庵家中，非親非故；李家又口口聲聲推託。就是表舅賀寧先肯收留自己，可是自己在患難中，教楊華一個青年男子背負荒郊之外，相處三月之久，李季庵夫妻又公開給自己撮合過親事，如今弄得一場話柄，憑空招來一番猜疑。反覆想來，自己果然是個不祥之物，如斷梗浮萍一般，連個安身之處，依靠之人都沒有。一念及此，肝腸欲裂；人生到此，尚有何戀！

李映霞滿眼痛淚，如泉湧似地流下來。又看見楊華拾弓、取鞭，當下就要分手。李映霞將頭點了點，立刻想出一個辦法。頓時收涕止淚，面帶毅然之色，先向李夫人說：「恩嫂不要為難，難女自有辦法。」忽地立起身來，姍姍地走了幾步，叫了聲：「楊恩兄！」

楊華回轉頭來，不由紅了臉，忙說：「李姑娘，安心在這裡吧。李大哥、李大嫂都是厚道人，熱心腸。你可以等你那令表舅回來。」

李映霞搖頭慘笑道：「楊恩兄，不用管我了，小妹自有安身立命之處。」停了停，又正色說：「楊恩兄，蒙你搭救，使我這個薄命女子，得脫仇人之手，不致有玷門楣。這大恩不但我李映霞至死感激，就是我李門祖先地下有靈，也要銜感大德的。可恨我是個無能的女子，只能感德，不能報恩。但願楊恩兄和嫂夫人疑團盡去，即日成婚，白首齊眉！今當永別，大德無以為報，我磕一個頭吧！」恭恭敬敬拜下去。

楊華急待攔阻，覺得背後柳研青一雙星眼緊盯著自己；楊華也不好相扶，也不好答拜；只得側著身子，在旁躬身道：「不要如此。」

李映霞拜罷，又向柳兆鴻、柳研青說：「老爺子，小姐，難女實在對不住！因為難女的緣故，險些教你們翁婿、夫妻失和，這都是薄命人命運惹的，難女只有自怨自愧，非常的不安。難女被仇人擄去，承楊公子一片血心仗義，無非是除惡救困，實無別意；望小姐看開一點，不要疑他有何私心。楊公子真的有一絲一毫的不正氣、不莊重的地方，那就是乘人之危，難女還能感激他麼？小姐，楊公子實在是個有義氣的奇男子，望小姐不要再疑惑他。這誤會都是由我而起，我給你老賠個禮吧！」說著下拜。柳研青睜大眼睛聽著，一伸手把她架住道：「做什麼？不要磕頭。」

李映霞擺脫不開，斂衽拜了拜；又轉向李夫人和李季庵道：「難女在尊府寄寓月余，深蒙垂憐。至於賢夫妻替難女一番打算，無微不至；人非草木，誰能無動？我李映霞也只有衷心感激，我謝謝吧！」說罷行禮。

李夫人忙扶住道：「李姐姐，你這等貞烈，我們無不欽敬，快不要多禮了。」

李映霞不答，伸手捫著自己的額角，向李夫人道：「我先行一步了。」又回頭向楊華、柳研青看了看，點點頭，便要挑簾出去。

李季庵忙說：「李姐姐，你上哪裡去？」

李映霞秋波一轉，回頭微笑道：「我回屋歇息一下，我有點頭痛。」說著竟飄然出去了。

鐵蓮子愕然注意，李季庵忙對李夫人說：「我說喂！你快陪著李姐姐到裡邊去。」李夫人說：「哦！」忙命小丫環挑燈，一同跟了去。走到門口，李季庵急向李夫人耳邊，囑咐了一兩句話；李夫人答應著，慌忙追著李映霞回內室去了。

李季庵回轉身來，向鐵蓮子說道：「老前輩，不是晚生堅留你老人家，今天實在太晚了。無論如何，你老要賞臉。」說著，吩咐小童快去收拾床鋪，又命僕人趕緊預備酒食菜餚。

柳研青已準備告辭。只是她父鐵蓮子第一個鬧著要回店的，此時卻眉峰緊蹙，眼望客廳門外，面色深沉，似有所思。柳研青道：「爹爹，咱們走吧！」

鐵蓮子「唔」了一聲，衝口說出：「這事還是沒了！」

柳研青道：「什麼？」

鐵蓮子如夢初醒，說道：「哦！……天是真不早了，李兄盛意難卻。青兒，仲英，要不咱們今晚就打攪李兄一夜吧。」

李季庵大喜，吩咐小童立刻將菜餚端上來，讓鐵蓮子父女重新落座，敷衍了幾句話，陪著略進酒食。李季庵說道：「仲英還是住在這間屋吧。老前輩和小姐可以到東院下榻，我教內人收拾去。」李季庵說罷，借此告辭出來，忙回內室，找到李夫人。只見李夫人一個人正在倚燈坐著，打呵欠呢。

李季庵發急道：「你看你這個人，我教你看著李姑娘點，你怎一個人在這裡；李姑娘呢？」

李夫人道：「李姑娘頭疼，脫衣裳睡了。」

李季庵急說：「咳，你好聰明！你沒見她神色不對麼！這半晌，她和你說什麼後話沒有？」

李夫人也著了忙，說道：「她什麼也沒說，一進屋就說頭腦發脹，要歇一會兒。我看著她脫了衣裳我才走的。」

李季庵急命丫環挑燈，催著李夫人再到李映霞寢室。李季庵不便入內，站在窗外等著。李夫人急忙進屋，這才發現床帳空設，被褥掀開。李映霞當著李夫人的面寬衣解帶，此時卻已人衣俱渺。

李季庵在外面叫道：「怎麼樣了？」

李夫人道：「她又起來了，不知哪裡去了？」

李季庵頓足道：「你這個糊塗娘，快找找吧！我原怕她一時心窄，尋了短見！」

夫妻倆急急地吩咐丫環們，打著燈籠各處尋找。別院、女廁，俱沒有李映霞的蹤影；直尋到後角門，只見角門虛掩；這角門本是掌燈時候就拴起來的，現在門閂已經拔下。

李季庵道：「糟了！」踉踉蹌蹌，跑到前面，叫道：「李順！」僕人李順應聲出來聽命。李季庵忽又轉念道：「不叫你了。」轉身來到內客廳，先把小童喊出去，然後對楊華、柳兆鴻小聲說道：「李姑娘剛才私開後門走了，她神氣很不對！……」

楊華大驚，頓時變色。柳兆鴻面向柳研青，把手一拍道：「怎麼樣？我就料到有這一著。」立刻推杯站起來，叫楊華：「咱們快快找她回來，可憐一個好女子，命運竟這麼低？李兄，她何時走的？打哪裡走的？煩你頭前引路。」

李季庵只說一句道：「走的工夫不大。」頓時幾個人奔向後院，開了角門，分路尋去。

柳兆鴻借燈光，先驗看腳跡；但李映霞腳步很輕，一點痕跡沒有。柳兆鴻要了一隻燈籠，帶著柳研青，一路尋找；卻將紙燈交給柳研青，自己聳身一躍，上了高處，向四面一望，略將四周路線、地形辨清，急忙跳下來，與柳研青分兩路搜尋過去。楊華與李季庵也各自一路尋找。

這事情又是很湊巧，幾個人分道奔尋，都沒有尋見李映霞。柳家父女地理不熟，李季庵是個走四方步的紳士，獨有楊華熟知近處哪裡有井，哪裡有河，哪裡最僻靜；他一路尋來，走出不遠，便看見一個苗條人影，在僻巷一棵柳樹之下蠕動。楊華撲向前一看，這人身穿灰色衣裳，正是李映霞。

上吊尋死也非容易事。把套拴高了，沒本領的不登凳子，套不上脖頸。拴得低了，腳又沾著地，吊不死。李映霞傷心斷望，不願死在李家，恩將仇報，委禍於人，特地穩住了李夫人，拿著一根衣帶奔出來，就遇見這棵歪脖老柳樹。她將衣帶挽上一個死扣，費了很大力氣，才引頸入縊。

玉旛杆楊華喊了一聲，急急奔過去；李映霞已然手足亂動，懸掛在繩套上了。倉皇之際，楊華身邊沒有帶刀，急一彎腰，抱住李映霞下身，往上一托。

楊華長身玉立，有名叫玉旛杆的；李映霞嬌小苗條，身輕如葉，身高剛剛夠上他的肩頭；若是手法俐落，很易解救。偏偏楊華是面對面地抱住李映霞的，掙命的人頭腦昏亂，李映霞春蔥般的一雙手，已然狠命抓來，楊華側頭急閃，險被抓破了臉。弄得楊華擺脫不開，急忙又鬆了手，改從背後彎下腰，伸左臂把映霞下身抱住；然後直起身子，衣帶套鬆落下來，楊華這才伸手摘套。

楊華費了很大的事，才把李映霞救下來，放到地上。這時候李映霞喉頭套解，氣已通順。但肢體綿軟，隨手俯仰，人已閉氣過去。楊華不甚懂得救法，驚忙自疚之際，把映霞攬抱在懷，替她盤上腿，托頭，摩項，撫胸，順氣，亂擺佈一陣。幸虧上吊的時間極短，只聽李映霞喉頭發響，漸漸緩過氣來，楊華這才放了心。對著李映霞耳畔，低低叫喚道：「李姑娘、李妹妹！……」

李映霞唇吻闔張，呼吸微弱，慢慢地手腳能動了。經一陣嘔吐，半晌，低呼道：「娘啊！」李映霞將頭緊緊靠著楊華。哽咽說：「哥哥呀，你不來管你這苦命妹妹了！」

楊華不由得耳根發燒，忙低聲叫道：「李家妹妹，是我，我是楊華。」李映霞依然如癡如迷，垂頭至胸，口中喃喃地說出一些話來。那無力的手抬了又抬，攬住了楊華的脖頸，抽抽噎噎地說：「依靠誰呀？……三個月了！……教我怎麼辦？……」

兩個人相挨至近，氣息微通，體溫相偎，隱隱覺出李映霞胸坎起伏的心音。玉旛杆楊華心中突突亂跳，本想撤身起立。李映霞的整個身子仍然搖搖欲倒。楊華無可奈何，蹲在一邊，拉住了李映霞的雙手，一面搖撼她，一面連連低叫道：「李妹妹醒來！李妹妹醒醒！不要尋短見，我一定給你想法，決不能不管！……」

又過了一會兒，李映霞神智漸漸清醒，聽出楊華的語音來，覺得喉頭火燒也似疼痛。漸漸記憶恢復，想起剛才望斷援絕的自盡事情來了。李映霞將眼皮微微睜開，見楊華正扶著自己，不由一陣悲苦，如見了親人一樣，「哇」的一聲哭出聲來。李映霞將楊華狠命抓著，哭訴道：「是華哥你呀，你教我怎麼活下去呀？頭一次，你救我，我感激。這一次，你可就白費心了。你想我家滅人亡，四鄰不靠，我一個女孩子家，還有活路麼？華哥，你教我乾乾淨淨地死吧！」兩隻纖手抓著楊華的胳臂，哭個不停。

楊華輕輕將李映霞的手扶開，對她耳畔低聲說道：「霞妹，快不要這麼拙想，我自有辦法。不要哭了，來，我攙著你，快回李家去。我一定囑咐李大哥、李大嫂，好好照應你。你要明白李大哥不是不收留你，乃是故意逼我，才說出推託的話來。你容我把岳父送回去，辦完那件事，他們的疑心也去了；多則一年，我一定給你想個善處之法。我家母沒有女兒，等我稟明她老人家……」

李映霞搖頭不願，斷續哭道：「晚了！我一個女孩兒，教人家那麼猜想……若再那樣，我真成了賴不著了。……我就怕聽這三個月，三個月呀，跳在河裡，也洗不清！……恩兄，像我這命如草芥的人，你救了我，我呢，反正是命中註定；卻反害得你犯險難，被嫌疑，末了還落下一場閒話。」

李映霞說至此，忽然聲轉悲憤道：「我不是恬不知恥的人，我有何顏面偷活人世啊！華哥，不要顧念我了；你快跟令岳和繼室嫂嫂回去吧！我決不是負氣自盡，我也曾反覆盤算過，我只有兩條道好走。華哥，事到如今，我不能不表明心跡了。我就是只有兩條道：一條道是跟從你，一條道就是死，再沒有第三條道讓我走了。不幸小妹命薄，恩兄已有明媒正娶的繼室嫂嫂，嫂嫂又因為我疑心你，我不能恩將仇報，攪壞你們的好姻緣。我再三再四的想，只有死了最乾淨，保全了我李家的門楣，也報答了恩兄的情誼。恩兄，你丈夫做事，不要濡戀；你要成全我，正如你搭救我一樣。上次你救我活，是恩；今天你放我死，更是大恩啊！」

李映霞聲轉激烈，慘白的面孔泛出紅霞，帶出一種懍然的神氣，將手一擺，發出命令似的口吻道：「你走吧！」突然拉住楊華的手，自己慨然站起來。噫！無奈力不從心，頭重腳輕，又栽倒在地上了。

玉旛杆如巨石當胸，想不到這個怯弱女子竟如此剛烈。他急忙俯身，將映霞抱起吃吃地說：「李妹妹，李妹妹！你可懂得『留得青山在，不怕沒柴燒』？」事已至此，楊華顧不得許多，極力拿好話安慰李映霞；勸她快快回去，一切從長計議，短見是決計行不得的。楊華道：「霞妹，你想想，你若真個自盡去了，我這一生一世，可就永遠不能饒恕自己了。」

李映霞一陣激昂，早已支持不住，四肢如散了一樣，任憑楊華扶抱，精神又陷入半昏迷狀態。定醒移時，李映霞方才緩過來，用力推開楊華，正色道：「華哥，你要小心細想，我不能累害你了。我固不惜微軀，願侍衾裯，為奴為婢，皆所心甘。但是，繼室嫂嫂……我不能……」

楊華再三勸解，勸映霞回去，映霞堅決不答應。他們兩人就在柳樹之下，一勸一拒，耽誤了很長時候，那條衣帶依然懸掛在樹上，忘了解下。

楊華實在沒有辦法，要想拉起李映霞來，李映霞只是不走。楊華頓足道：「好吧，勸你回去，你一定不走！怎麼辦呢？你一定要死。咱們一塊兒死！你上吊，我也上吊吧！」說時，楊華將自己的淡青腰帶解下來，就往樹上拴。

李映霞大驚，慌不迭地把楊華兩腿抱住，放聲大哭起來，道：「你，你這是做什麼？你同我一塊尋死，你成了什麼人了？我成了什麼人了？」

楊華道：「那有什麼辦法？勸你回去，你一定不回去，耗在這裡，算怎麼回事呢？你想，豈有看著活人尋死的人麼？真是你說的話了，死了倒乾淨！」

楊華這一反逼，李映霞倒沒法了，掙命似地揪著楊華，哭道：「你你你……你教我怎麼樣呢？」

楊華說道：「我教你回去。」

李映霞道：「我回去？」

楊華道：「回去，你不回去，咱們就一塊死！」

李映霞發恨說：「華哥你呀……」把頭伏在楊華胸前，心緒如焚，反覆籌思，沒有主見。忽然下了一個決心，毅然說道：「華哥好了，你不要為難了。你要我怎麼樣，我就怎樣。我可就是不投我那表舅去。我一個女子，遭到這種窮途，我還講廉恥品節做什麼？我就鬼混罷了！這麼辦，我的終身結局不必管它，愛怎麼著，就怎麼著。我的全家仇恨卻要非報不可。華哥，只要你能替我報仇，你教我怎樣就怎樣。你說你要我，我就跟你；你說不要我，我就不跟你。你教我嫁給姓王的，我就姓王；你教我嫁給姓張的，我就姓張。反正我的心是交給你了，你也知道了！就是這樣！我就是你的一隻貓兒，一隻狗兒。你願意留養我，你願意送人，都隨你的便。就有一節，你可得替我報仇，行不行？華哥，我只聽你一句話，死個什麼勁呢！」說著，過去就要解樹上的繩套。

李映霞感情激變，已有豁出去的神氣，把閨秀的溫柔矜穩之氣一洗而去。她從此要為復仇而活著，情緣貞操一切都不管了。而她這些話像火箭般地、熱刺刺地打中了楊華的心坎，楊華竟錯愕起來，不知如何是好。

李映霞反而勇敢起來，追問楊華道：「華哥你說，報仇的事，你到底管不管？」

楊華皺眉道：「我不是早答應過你了麼？」

李映霞道：「好，我就跟你回去。只要李季庵肯收留我，我就留在淮安府，等你三年。三年你如不來，我可只好一死謝絕。」她亭亭地立起來，說：「華哥，我們就走，把那帶子解下來吧。」

玉旛杆楊華把兩條衣帶全解下來，把李映霞的白衣帶給映霞。李映霞搖頭道：「我不要這根，把那根淡青的衣帶給我。」楊華猶豫起來。李映霞如不勝情似地唏噓道：「華哥，連這點念想也不肯留給我麼？」楊華紅著臉，將自己的淡青綢帶遞給映霞。李映霞便將自己那條白衣帶遞給楊華，道：「你繫上這根。」楊華只得依言，繫在底衣裡面。李映霞淒然說道：「華哥，你走後，我見了這條帶子，就跟見了你一樣了！咱們走吧。」

楊華在前，李映霞在後，一路重返李宅。李映霞仗著一股激越之氣，倒也走了一段路。無奈蓮步細碎，早已虛汗如雨，喘息有聲。李映霞道：「華哥慢些，我實在走不動了。」

楊華只得放緩腳步，捉著李映霞一隻胳臂，半攙半扶，慢慢地扶著她走。走出不遠，忽見對面燈影低昂，一個人迎頭叫道：「李姑娘，李姑娘！」李映霞急將楊華推開。楊華也已聽出，來的是李季庵；忙答聲道：「李大哥！李姑娘找著了，在這裡呢。」

李映霞暗捏了楊華一把，低聲說：「不要提剛才的事。」

說時李季庵已急急走來，道：「是仲英麼？教我好找，李姑娘在哪裡了！」他提起燈籠照看，見李映霞垂頭站在楊華身邊。李季庵看了看二人的神氣，說道：「我的李姐姐，你可嚇死我了！三更半夜教我們好找。快回去吧，李姐姐千萬不要心窄，我們一定給你想個善處之法。」

李季庵說得很有分寸，明知李映霞出來，必是要尋短見；既已尋著，便揭過去，一字不提。他只詢問楊華，在何處尋著的李映霞；楊華說：「就在那邊剪子巷拐角，她正一個人坐著發怔呢。」

李季庵抹去頭上的汗，向李映霞看了一眼。李映霞說道：「我頭腦脹疼，想出來過過風，倒驚動李大哥了。」

李季庵裝作不理會，只說：「天可真不早了，快回去歇歇吧！」

三個人緩緩走著，李季庵且行且說，輕描淡寫地開解李映霞。李季庵又湊到楊華身邊，暗問楊華：「李姑娘的事作何了局？」楊華到此，也不隱瞞；便將李映霞倚他報仇的話說出，懇請李季庵務必收留李映霞。楊華還說：「容我回去完婚之後，至遲一年，我必然稟明家母，再來迎接李姑娘，教李姑娘拜在家母膝下，做個義女，就由家母替她物色婚配。如此兩面周全，也不致久累大哥。我剛才已將此意對李姑娘說了。」

李季庵暗暗點頭，連聲說好，對二人說道：「仲英老弟，李家姐姐，你們要明白，我不是不肯收留李姐姐。我夫妻本意，原不知賢弟已訂續配夫人，故此才有那番誤會。現在既生波折，老實說，李姐姐儘管放心住在我家，十年八年，都養得起……楊賢弟，只是你這位續室夫人還沒有過門，竟這麼大醋勁，可是倒也直率得很。真格的，令岳究竟是怎樣一個人物？你們怎麼訂的婚？是誰保的媒？」

原來李季庵疑心柳氏父女是綠林中人物，只是不便直說，故此繞著彎子探問楊華。楊華便將他岳父鐵蓮子和繼室柳研青的為人，以及拜師訂婚的經過，草草說了。李季庵這才明白柳研青就是鼎鼎有名的江東女俠柳葉青，不禁吐舌道：「怪不得他父女二人飛簷走壁，有這大能耐，原來令岳就是鐵蓮子柳老英雄啊！可是求婚既出賢弟心願，為什麼你又逃婚出走呢！」

楊華笑了笑，不肯回答。李季庵和李映霞再三詰問，楊華方才說出：他和柳研青曾經兩度嘔氣，把柳研青的性格也說了。

李季庵笑道：「那就是了，怨不得她咄咄逼人的鬧騰，這本來怪賢弟你呀，哪有婚期將近，突然走得沒影的道理！一擱兩年多，也無怪令岳、令正著急了。」

楊華道：「我不是早就說過了，我不是上了一個大當，受一塵道人支使，往青苔關去了一趟麼？」

三人且行且語，倒將剛才的緊張空氣鬆緩了許多。李映霞還是走不動，楊華只得攙扶著她。不一時，來到李宅。李季庵說：「李姑娘這一過風不要緊，把我們全嚇壞了。我和楊賢弟不用說，就是人家柳老英雄、柳小姐，也很著急，爺兒兩個也分頭找你去了。如今還不知道回來沒有呢？」

三人說著，從後院進入內宅；詢問僕從，方知柳氏父女已經回來。三人行經內宅上房，上房燈光明亮，早有丫環迎了出來，報告說：「太太現在內客廳，陪著那位柳小姐說話呢。」

李季庵回顧楊華、李映霞道：「咱們就到內客廳去吧。」李映霞這時忽又羞澀起來，剛才那股勇氣不知哪裡去了，囁嚅道：「我……要歇歇了。」她本意原想這番既下決心，要找柳研青侃侃而談；此時又不知怎的，怕見柳研青的面。自殺中止的人好像虧了心似的，有點羞見他人。李季庵、楊華只好將她送入了私室，安慰了幾句，又叫來了一個丫環陪著；然後楊、李二人相偕來到內客廳。

楊華和李季庵才到客廳門前，已聽見柳研青清脆的語言和柳兆鴻沉著的談吐，夾雜著李夫人的陪笑聲。只聽柳研青說道：「就只他們好，就只他們難，我算什麼！我可憐人家，人家可憐我麼？」

李季庵忙把楊華一拉，吐了吐舌頭，一同掀簾進去。只見柳研青坐在床頭，李夫人陪坐在一旁，正在委婉哄勸。楊、李二人一進屋，柳兆鴻很客氣地站了起來。柳研青抬頭看了看楊華，哼了一聲，冷笑道：「尋死的人救回來了吧！」

李季庵忙說道：「李姑娘沒有尋死，她出去過過風，是我和楊賢弟把她找回來了。」

柳研青盯著楊華，嘻嘻地笑道：「尋死做什麼？『留得青山在，不怕沒柴燒。』傻子才尋死呢。」

楊華心中一動，滿面通紅，偷看柳氏父女。柳兆鴻也正在注視著自己呢。楊華很忸怩地坐在一邊。

李季庵已經聽出話中有刺，可是還不知道話中有事，這中間只有柳兆鴻是曉得的。鐵蓮子柳兆鴻飽經世故，深諳人情，楊、李二人的難言之隱，他已揣透；此時揣情度勢，要想用一個兩全其美的辦法，和柳研青一味負氣不同。柳兆鴻朗然說道：「李姑娘找回來了，很好，她現在哪裡呢？」

李季庵道：「已回臥室去了。」

柳兆鴻道：「就只她一個人麼？」

李季庵道：「有丫環陪伴著呢。」

柳兆鴻點了點頭，說道：「最好煩李夫人去開解她。李仁兄，我們豈能見死不救，況且又是個好女子。不過，仲英，剛才我們先回來一步，跟李夫人已經說了一會子話了。李姑娘勢難別嫁的苦處，我父女已然明白，仲英，你不要難為情，你心上自有個打算，可以說出來，和我商量。你現在還是跟我回鎮江麼？」

楊華起身答道：「師父放心，什麼時候走都行。」

柳兆鴻笑道：「我有什麼不放心，現在的難處，就是怎麼安置李姑娘，你有話快直說，不要繞彎子。」

鐵蓮子一掃閑文，竟直攻上來。

楊華默然半晌才說：「我的委屈之處，既蒙師父垂諒……我已經和李大哥說好，就請他收留這位李姑娘。」

柳兆鴻眼望李季庵，李季庵忙說：「李姑娘實在有礙難處，她不能投奔她表舅去。剛才李姑娘一再對我說，要求我收留她。我不是不答應，也不是養不起，實在是她那表舅不是好惹的。如今我也想過了，為人為到底，她既然無家可歸，那就拋開她表舅這一層，晚生只好收留她，就認她為義妹。將來她的終身再慢慢想法，現在就由晚生夫妻擔起這副擔子來。楊盟弟算是沒事了，就教他跟老前輩回去，擇吉完婚。一天雲霧俱皆消散，柳小姐也不用誤會了。」

柳研青說道：「什麼，我不用誤會了？」轉過臉來，詰問楊華道：「我問問你，什麼叫『留得青山在，不怕沒柴燒』？打諒我是木頭人麼？繞來繞去，就只多心我一個人呀。不行！」

玉旛杆楊華眉峰一蹙，眼光掃射到柳研青。柳研青大怒，陡然站起來，銳聲說：「你們搗的鬼，當我不知麼？你衝我瞪眼，你……」柳研青天生負氣的性格，心知楊華背著她和別人密有商量，正是拿著外人當了內人，拿著內人當了外人了，她怎麼能不恚怒？楊華自問情有獨鍾，而柳研青相逼過甚，不竟也激起火來；兩個人對瞪著眼，又要吵嘴。

鐵蓮子柳兆鴻斷喝道：「你們不要鬧！仲英，我告訴你，什麼事也用不著瞞我，三個月以前是如何？一年以後又怎樣？我都知道。你們不是耽心救人救不徹底麼？來，我老頭子成全成全你們。李仁兄，煩你教人把李姑娘請出來，我老頭子要替她想個法。我老頭子年逾六旬，還有什麼嫌疑；我要收她為義女，把她帶回鎮江，你們看怎麼樣？」

鐵蓮子一口氣說出來，鬚眉皆張，立起身來，看定楊華、李季庵；李季庵倒吸一口冷氣。柳兆鴻大聲問楊華道：「仲英，這麼辦，怎麼樣？你看可行？你看可好？」

楊華怔了一怔。柳兆鴻一疊聲催問，臉上隱隱露出冷笑來。

楊華憬然躬身說道：「師父，這麼辦很好。李家姑娘正有血海深仇，再三央告弟子替她想法。憑弟子的能力，如何辦得到？師父既肯出頭，這正是她的造化，也是弟子求之不得的……」

一語未了，柳研青勃然道：「好哇，求之不得，你敢情願意麼！你們天天可以湊到一塊了，守著青山，就有柴燒了！哼，那不行！爹爹，你老人家越老越糊塗了……」

柳兆鴻恚怒起來，手指著柳研青，斥道：「你你你，渾ㄚ頭，你看你放肆到什麼份上了！你爹爹的話，你也挑剔。你不要犯渾了！糊塗蟲，依著爹爹的主意，錯不了。」

柳研青倒噎了一口氣，頓時朱顏泛黃，轉身來，向著柳兆鴻哭聲說：「怎麼來不來就罵人！教我看他們的眉眼，那不成，我死了也不幹！」

鐵蓮子越發生氣道：「不許你說話！難為你也二十三歲了，連香臭好歹都不知道。」對李季庵、楊華說：「就是這樣，李仁兄以為如何？」

李季庵暗替楊華作勁道：「這樣辦好極了，到底是老英雄如此熱腸。不過，這件事是李姑娘本身的事，晚生不好代籌，不知道李姑娘意下究竟怎樣？今天太晚了，明天叫出李姑娘來，當面商量如何？」

柳兆鴻冷笑道：「可不是，打擾李兄多半夜了。其實我這也是一種兩面周到的打算。既然李兄關礙著什麼賀寧先，安插李姑娘，大家都覺為難，所以我老頭子多此一舉。我想年輕人收留她，怕有嫌疑；我老頭子怕什麼？只要你們大家都願意，我就把李姑娘領到鎮江去。我只有研青這一個傻丫頭。她嫁出去以後，我也寂寞；我若收認了李姑娘，我沒事時就教她練練功夫，也是一舉兩得。這只看你們大家願意不願意了？本來人家是十七八歲的大閨女……」這些話說得李季庵、楊華都很忸怩，簡直就不能拒絕。

鐵蓮子這一番打算，自有深意，可惜柳研青一點也體貼不出來。依照柳研青的心思，恨不得立逼楊華返回鎮江，把李映霞丟在淮安府，那就隔開了。殊不知柳兆鴻正因防嫌楊、李，這才定要親攜映霞，同返鎮江。

這老兒想到徒孫白鶴鄭捷也二十歲了，和李映霞年貌相當；將來不管楊華對李映霞是否有情，自己硬拿大道理一拘，把映霞遣嫁出去，楊華自然斷念。這是鐵蓮子做父母的，為了女兒終身，所下的一番苦心。而柳研青直脖子老虎的性格，乍聽她父要認映霞為義女，又要把她攜回鎮江；那麼，自己的未婚夫婿豈不是更有機會，可與映霞朝夕見面了？

彼女我見猶憐，臥榻旁邊豈容他人鼾睡？柳研青顧慮到這層，所以喃喃不悅。柳兆鴻深惱女兒太不曉事，不禁數罵她幾句；罵得柳研青面色發青，氣哼哼坐在床上，咬著嘴唇，一言不發。

李季庵夫妻是做主人的，見他父女吵起來，他翁婿又暗中較勁，只好兩頭勸解。李夫人仍來安慰柳研青，柳研青仰著頭不言語。直亂了半夜，到底將李映霞叫了起來，李夫人暗把柳老的意思，對李映霞說了，問她怎樣：「你是願留在我這裡，還是拜柳老為義父，跟他翁婿父女三人同回鎮江呢？」

這一舉又出於李映霞的意外！但她是個聰慧女子，左思右想，掉了幾點眼淚，便不再遲疑，答應了願隨柳老。李映霞立刻一洗嬌怯之容，提起精神，重到客廳；站在柳老面前，滿面堆歡地說道：「剛才李大嫂說：你老憐我無依，要收我為義女，這真是難女的造化。」說著，竟改口稱呼：「義父在上，女兒給你老叩頭。」插花燭般地拜了下去。

柳兆鴻微微笑著，說道：「姑娘，你就是我的女兒了。你的為人，實在令人愛惜，我一定慢慢想法給你報仇。你的終身也交給我了，我必定好好替你打算，總對得起你，讓你趁心。」這末一句話大有意味。柳兆鴻又說：「好吧，乾女兒，過來見過你的傻姐姐。」

李映霞忙向柳研青，斂衽下拜，叫了聲：「姐姐！」柳研青不敢執拗，只得勉強還禮，坐在一邊生氣。柳兆鴻又拿出義父的身分來，命映霞拜見姐夫楊華，拜見宅主人李季庵夫妻，並向他們致謝。

直亂到四更將盡，方才把一場糾葛撕捋清楚。李氏夫妻打著呵欠，把這些不速之客的宿處安置好了，這才分別歸寢。

轉瞬天明。楊華略一闔眼，便起來，到柳兆鴻的住處扣門。不想門扇虛掩，柳兆鴻、柳研青俱已不見。楊華非常驚訝，自知攪了李季庵一通夜，此時不好再來聲張。想了想，他穿上長衣服，悄悄去到店房去找。

那店中也正鬧著六號房內老少兩位客人通曉未歸，後廄牆頹壞了一角，馬卻丟了一匹。今早那個年老客人匆匆來了一趟，又匆匆走了。楊華越發惴惴，到各處訪了一圈，城內鏢局也打聽了一趟，俱無下落，只得重回李宅。直到傍午，李季庵方才睡醒，出來問道：「你們上哪裡去了？你那位令岳和令繼配又哪裡去了？」楊華道：「咳，真教大哥見笑了。」

李季庵說：「賢弟，你我弟兄還有什麼說的，不要介意。只要你們翁婿夫妻不生枝節，和好如初，就很好了，誰家不鬧彆扭呢？令岳可是回店收拾行李去了麼？你們哪天動身呢？」

楊華皺眉道：「我也不知道啊。」遂將柳氏父女不知何時已走，以及店中沒有他父女行蹤的事說了。

李季庵失驚道：「這又是怎的了？令岳在此地可有親友麼？」

楊華道：「我也知不清。」

李季庵道：「他父女也許找人去了。只是我看令岳忽然要認李姐姐為義女，此中恐怕另有用意。」

楊華強笑了笑道：「那不過是疑心我，防嫌我罷了。我不虧心，我也不在意。只是昨天不瞞大哥說，李姑娘真是尋自盡了。我救下她來，曾經勸解她幾句話，其實都是權詞安慰她的，大概這些話又教內人和家岳聽了去。總而言之，我現在是無私有弊。家岳既然要把李姑娘收認了去，這好極了。日久見人心，看看楊某可是貪色忘舊之徒不是？」說時忿然。李季庵勸解了他一回，便回到內宅，告訴了李夫人，又轉告了李映霞。大家紛紛猜議，正不知柳氏父女又耍玩何花樣。

午飯後，楊華再到店房去一趟，柳氏父女依然未返。李季庵等俱各驚疑起來，楊華、李映霞更是忐忑不安。直到第二天傍晚，鐵蓮子柳兆鴻方才重到李宅，尋找楊華。楊華道：「師父上哪裡去了？師妹呢？」

鐵蓮子道：「咳，你那師妹她負氣走了！」

玉旛杆楊華駭然道：「什麼？真的麼？」不由著起急來，道：「這可怎好？她那脾氣，不致有意外吧？」楊華搔頭抓耳地追問柳兆鴻：「她什麼時候走的？可說什麼話沒有？」

鐵蓮子恨恨地說：「她說什麼？她什麼也沒有說，悄悄地溜了！你們這些年輕人，真是長了腿了，來不來地拿腿就走！想不到我老頭子縱橫四十年，無人敢惹，任氣不受；老了，老了，竟受起你們的拿捏。」

李季庵、李夫人和李映霞，都知道柳研青負氣走了，也全出來探問。李映霞更是惶急，心知由她而起，趕著柳兆鴻，叫著義父道：「義姐這一走，我實在過意不去。你老看是怎麼辦呢？義姐臨走時，可說什麼沒有？她要是不願意我到鎮江去，我還留在這裡，可使得麼？」言下淒然，很表歉意。

李季庵也說：「令嬡也許徑回鎮江去了。老前輩，我們想什麼法找找她去？不知淮安府城內可有老前輩的親友麼？何不先去問問？我這裡有的是人，你老只管支派。」

柳兆鴻搖頭道：「近處我已經找過了。」柳老便與楊華商量，料想她也許含忿返回鎮江，打算立刻動身追趕下去。李映霞自己看到尹邢避面，勢難並立，很傷心地暗向李夫人打聽：近處有無尼姑庵、女道士觀。

鐵蓮子默籌此事，早已打定主意。當著李氏夫妻的面，對楊華、李映霞說：「小女性子太滯，一時負氣，總有個回心轉意。親女兒是女兒，乾女兒也是女兒；映霞姑娘你不要擔心，你不要顧慮她，我們還是先回鎮江，沿路上找找她。我想她一定是先回鎮江，找她大師哥、大師嫂去了。她沒有別的地方可去。」

鐵蓮子一定要依原議，偕帶楊華、李映霞同回鎮江。研青出走，情勢生變，李映霞徬徨歧路，莫知所從。楊華看著柳兆鴻的面色，很是惴惴；李氏夫妻也很不放心，竟欲留下李映霞，又怕鐵蓮子生疑。

映霞無可奈何，暗向楊華泣訴問計；楊華長歎一聲，一籌莫展，轉向柳兆鴻討教。李映霞也向鐵蓮子哭訴下情，誠恐她這一路跟去，越發惹得柳研青惱怒，懇求柳兆鴻垂矜絕路，替她打算一個較為妥當的辦法。

鐵蓮子道：「姑娘，你放心吧，我這傻丫頭好辦。她是直性人，一時想不開，惱著楊華，遷怒及你。她這一走，又是跟我嘔氣。她素來孝順，肯聽我的話的。你只管跟我走，我鐵蓮子從無虛諾，辦事有始有終。姑娘，只要你信得過我，我自有善處之法，放心吧，不要為難！」

當下整備行裝，在淮安候了兩天，又分頭查找一回，柳研青依然不見。鐵蓮子決然說道：「咱們明天動身吧！」

第十三章　鴛侶好合

李宅擺上餞別之宴，可是大家個個心裡不安。李季庵暗向楊華道：「萬一事有波折，老弟盡可設法將李姐姐仍送到我這裡，我決無推辭。」李夫人也暗暗安慰李映霞：「千萬不要拙想，如果柳老那裡不可久居，你還可以投奔我們來。」

次晨，柳兆鴻、楊華、李映霞，相偕登車南下。登車前，李映霞握著李夫人的手，灑淚而別。楊華也向李季庵申謝道歉。李季庵囑咐楊華：「到了家千萬來信。」又向柳兆鴻道：「令嬡小姐，如果已經回到鎮江，或已有下落，千萬賞個信來。」當下也就別過了。

一行三人沿著運河，登上行程，一路上逢尖遇站，打聽有沒有一個異樣少年，騎馬佩劍，單人獨行。只走了一天半，在寶應縣一家客店內，居然打聽到一點蹤跡來。一路訪下去，到達高郵地方，忽見魯鎮雄騎著馬，率領他的四個弟子，迎面而來。一見面，魯鎮雄忙翻身下馬道：「師父，師妹可有下落麼？」

柳兆鴻皺眉道：「沒有，你師妹竟沒有回鎮江麼？」

魯鎮雄道：「沒有。所以我一接到師父的信，立刻稟明家父，就趕來了。師妹到底為什麼事出走的呢？」說著，楊華過來相見。魯鎮雄拉著楊華的手，拍著肩頭說：「好呀，二師弟，你一走兩年多，上哪裡去了？教師父好找。現在卻好，把你找回來了，師妹又不見了。你們倆口子是怎麼回事？」又指著車中的李映霞，問道：「這位小姐是誰？」

柳兆鴻道：「是我新認的乾女兒。」

原來鐵蓮子在淮安找不見柳研青，已然發了一封急信，托淮安鏢局的人，捎給魯鎮雄。只說柳研青負氣出走，如到鎮江，教魯鎮雄把她留住；如未到鎮江，教魯鎮雄立刻派小徒孫白鶴鄭捷和柴本棟，從速迎頭趕來，幫助尋找柳研青下落。魯鎮雄師門情重，特稟明父親，竟親自出馬，把四個弟子鄭捷、柴本棟、羅善林、嚴天祿一齊帶來。

當下這幾個人並成一路，落店止宿。

柳兆鴻問魯鎮雄：「沿站可曾打聽過沒有？」

魯鎮雄道：「弟子著急趕路，沿途只略略問了幾家店房，倒沒聽說什麼。」柳兆鴻就將在寶應縣店房內，打聽得一人騎馬佩劍少年獨自落店的話，告訴了魯鎮雄。他又說：「你師妹走得慌，身上沒帶盤纏。我們留神打聽，想來還容易。」柳兆鴻遂命魯鎮雄、楊華和白鶴鄭捷等，到高郵縣各家大些的店房分別仔細打聽。打聽的結果，正如海底撈月；一過寶應縣，更訪不著消息了。大家只好分散開橫搜下去，就在高郵縣、寶應縣，到淮安府這一段路上，下心細訪。

這一條路本是運河道，走水道的人最多，騎著馬走旱道的人很少，佩劍的更格外眼生。柳研青負氣出走，一時忘情，不覺得走上南赴鎮江的路。走了一半，這才想起回到鎮江也很無味，竟又賭氣折回，在寶應湖、洪澤湖一帶，信步亂闖起來。沒有路費，她就攔路打劫，這一來行跡越發暴露了。

在她出走的第一天上，柳研青依然男裝，縱馬亂走，越想越生氣。她固然惱恨楊華薄倖，更抱怨她父親不替她打算，反而把她一個情敵認了乾閨女，引到家來。她想，她父真是老糊塗了！

一路沉思，任聽馬馱著她亂走，忽然前面「哎呀」一聲，柳研青抬頭一看，如蓐方醒。她那馬竟把一個賣菜的老人險些撞倒。那馬餓了，竟搶吃了人家菜筐中的菜。賣菜老人攔住大鬧。柳研青見他可憐，就說：「吃了你的菜不要緊，我賠。」便伸手掏錢，身上一個錢也沒有！柳研青朱顏一紅，便發起賴來，將馬一拍，豁剌剌地跑了。

柳研青到寶應縣住店，吃了飯，身上沒錢。到半夜換上短衣，就到鄰近人家，偷了十幾兩銀子，把人家的鎖也擰壞了，把睡覺的人也驚醒了。就在狂呼「捉賊」的聲中，她竄上了房，臨走時，還把失主斥罵了一頓。一舉一動，滿不是江湖道上的規矩。

回店時又險些被打更的人看見，仗她身法俐落，倒也避開了。她回到房間睡下，心裡琢磨：「我從此要單闖一回，管他姓楊的、姓李的呢！」

次早，柳研青開發店錢，策馬離店。卻也僥倖，店家聽見鄰舍鬧賊，對柳研青已有幾分猜疑，巴不得她走，倒也沒敢聲張。柳研青自己也很明白，氣頭上滿不在乎。過後，柳研青心裡盤算：「做賊我算不行。做賊的偷偷摸摸，實在是麻煩事，還是公然打劫俐落，搶了錢，騎馬一跑便完。只是住店不太方便，只好找荒宅古廟歇息。」

柳研青由寶應縣往西遊蕩下去。在第四天頭上，找到一處寺院，寺裡只有不多幾個僧人。柳研青進去借寓，付了香資，住了一夜。柳研青心裡總是淒淒涼涼的，與往日不同，很悶得慌。她把馬寄放在廟中，獨自出去閒逛了一天，傍晚回來，次日又出去逛。

寺院僧人覺得她可疑；她若沒有馬，一個空身人還好說些。一個騎馬的人投到廟中，一住數日不走，說不清是幹什麼的?寺僧便留了神。起初以為她是私訪的官人，可是一切舉止很嫩，又不像辦案的捕快。

忽然柳研青有兩天一夜沒有回廟。廟中眾僧人越發驚疑，趕緊將這可疑情形密報給鄉長、地保。鄉長帶了人來，潛開了房門鎖，進房搜查。他們在房裡竟翻出一身女衣、一雙女鞋來；此外還有幾十兩散碎銀子，是柳研青新近弄來的。偏巧近處鬧過盜案，人們都猜疑柳研青是個少年賊人。這女衣女鞋料是柳研青偷盜來的；不然，就是採花賊剝取被害女子的衣服。

鄉長、地保密令寺僧留神，先不便報官，暗中地集聚壯丁，打算活捉住賊人，訊明實情再往縣裡解送。鄉長既想立功，又怕抓錯或者賊人逃跑，而被官府反咬敲詐。

鄉長、保長回去召集鄉丁，命寺院僧人監視柳研青的動靜。這些和尚候了一天，才見柳研青提著一個包裹，從外面慢慢走來。寺僧過來搭訕問話，柳研青信口支吾著進了屋。那鄉長、地保已得了密報，立刻假做燒香，前來窺探。此時柳研青完全是男裝，已買了長衣服穿著。鄉長、地保藉故探頭看明，回到方丈室密議。那鄉長看到柳研青的相貌，斷定她必是高來高去的採花淫賊。他們暗中商議，要趁她夜間熟睡時掩捕他；須防他武藝高強，告訴動手的人，抓住他要先砸斷他的腿。

當天晚上，鄉長、地保指揮著十來個壯漢，前來拿賊。他們悄悄地藏伏著，滿望柳研青必不曉得。哪知柳研青究是名家之女，她的不檢點，一來是氣頭上不管不顧，二來是藝高人膽大。她兩夜未歸，包袱中的東西被人翻動，一回廟便被她看出來。那包袱上新繫的扣，與她的手法截然不同。鄉長、地保伸頭探腦，她更覺著不對。到了半夜，眾人撲進房門，進內一搜，柳研青早已不見。大家滿處亂找，只有那匹馬尚在。這些人見神見鬼地鬧了一陣，反倒後怕起來。

過了兩天，柳研青突然白晝回廟，圓睜兩目，抓住了廟中的老方丈，喝問：「我的馬呢？」

老和尚左臂奇痛，嚇得臉都黃了，連連央告說：「馬叫鄉長牽走了。」

柳研青立逼方丈同她去討馬，一直尋到鄉長家中。鄉長還想恃強，柳研青抽出劍來，只一劍，把院中一棵槐樹砍斷，厲聲斥道：「你大概不知道我是什麼人！告訴你，人不犯我，我不犯人！把馬好好送出來，善罷甘休。不然，你一家子休想得活！好大的膽子，你真敢老虎嘴上拔毛。」一陣威稜將鄉長鎮住，慌忙把馬牽出來。

柳研青怒容滿面，走出門外。一抖韁，飛身上馬，回頭道：「你要小心了！」門前十幾個人睜著大眼，看著柳研青走了。

柳研青心中有事，不然的話，寺僧和鄉長還要吃大虧。

柳研青連日到各處遊逛，逢人打聽近處有沒有強人出沒？有沒有惡霸盤踞？柳研青幾天沒有回廟，她竟訪得附近有一個惡霸。柳研青決計要懲治這個惡霸。於是，她把馬寄存在廟內，自己踩訪下去，不想惹起了寺僧的疑心，橫生枝節。多虧這番枝節，白鶴鄭捷才得追蹤尋著柳研青的下落。

這一天，柳研青在高良澗近處，誤打誤撞，遇見一群人，從一家小門內，抬出雙手倒捆著的一對男女。在喧嘩聲裡，看那被捆的男子，只有二十四五歲，赤膊無衣，臉上有血跡。那個女子有二十六七歲，也露出雪白的胸臂，倒縛著，像殺豬杠似的，教人抬著。還有一個中年男子，垂頭喪氣跟隨在後面。男男女女許多人擁繞著，七言八語，喧作一團。

柳研青覺得奇怪，便向看熱鬧的人打聽。看熱鬧的人看了看柳研青，儘管笑，不肯說。連問了好幾個人，才略略問出一點頭緒來。說是：「捉的是姦夫淫婦。那後面跟著的中年男子就是本夫。本夫是軟蓋忘八，沒有本領捉姦，甘受其氣；因此，惹動村裡人的公憤，白晝替他捉姦。現在是押到鄉長那裡去了，要歸官。」又有的說：「不歸官，是要活埋。」

柳研青勾起心中不快來，暗想：「這樣狗男女，活埋了不多！」她就在近處尋了個客店住下。這店中院隅長凳上坐著幾個人，喝茶閒談，正好談論這件事。就聽一個蒼老的聲音歎息說：「你們不要看一面，哪座廟裡沒有屈死鬼？那個女人本來不正經，死了也不多。可惜張連春年輕輕的一條漢子，竟這麼糊裡糊塗地毀了！」

又一個人做著手勢說：「他們也太歹毒了，也不過為那一所房、二十幾畝地。我們早知道是要出事的。張連春這小夥子也該死，怎麼就會上這個圈套？還有那個活忘八，怎麼就聽人家擺佈？」

這老人歎道：「人為財死，鳥為食亡麼！」

柳研青聽了好久，加以揣度，好像這姦夫淫婦似是被人誣陷的。柳研青一躍而起，也湊到院中，過來攀談。好像談話的人，因她是生人，招呼一聲：「客人喝茶！」不再談起了。

柳研青打起精神，設法套問。人們多是好奇，慣講論閒是閒非的。柳研青費了一番水磨的工夫，居然把大致情況探聽出來。

被捆的男子叫張連春。女子褚趙氏，小名叫白妮。她的丈夫褚二福，是個瓦匠。褚趙氏姿色平常，卻生得皮膚潔白，打扮很是風流。據說做閨女時，便不很正派。人們都說她跟外鄉人賣布的小黃有染。出嫁以後，越發放蕩了。

那個張連春，是個教書的先生。家中薄有資產，和本地土豪田四爺，因為墳地風水上的事，從上輩起便結了怨。張連春的一個本家兄弟叫張連貴的，又因覬覦本族一支絕戶產沒有到手，反教張連春由於近支的關係承繼了去，因此也結下怨仇。這兩個仇家合謀陷害張連春，已非一日。張連春也非弱者，提防得很嚴，他們總沒有得手。

這一次安排下美人計，要誘張連春入彀。田四爺和張連貴秘密安排，騙張連春到褚瓦匠家中。原本買通了褚趙氏，最初說只不過借此一端，嚇詐張連春。許了褚趙氏二百吊錢，一副銀鐲子。女人家貪財忘害，就答應了。哪知道這個田四爺心狠意毒，自己不出面，隱藏在背後，布下牢籠，支使出別人來，陰勸褚瓦匠捉姦。褚瓦匠兀自捨不得。他們做下圈套，哄騙褚瓦匠上當。一旦捉住姦，便大家鬧哄起來，要利用群眾妒姦的心理，弄假成真，立刻就要活埋這男女二人。——柳研青碰見的時候，就是他們捉姦得手的時候。

張連春一時失算，被誘入褚瓦匠家內；瓦匠不在家，只有褚趙氏一人。張連春剛進屋門，立刻伏兵四起，把他捉住，硬將張連春的衣服剝脫下來。褚趙氏自己也把上衫脫了，便要眼看他們這些人，怎樣訛詐張連春。

哪知變生意外，這夥假捉姦的真捉起姦來！不但捆了張連春，連褚趙氏也綁上了。褚趙氏害怕起來，大聲吆喝。張連春起初冷笑喝破姦謀，被眾人打破嘴，還是喊罵不休。這些人公然把張連春、褚趙氏雙雙綁上，把嘴也堵上了。褚瓦匠越看越害怕，反而央告眾人道：「眾位叔叔、大爺，嚇嚇她，警戒她下次不敢就行，嚇嚇她就完了！」眾人喧成一片，把褚瓦匠亂推亂搡，誰也不聽他那一套。

這便是前後真情。柳研青只打聽出一半，還不知道主使的人是誰，只曉得是誣陷罷了。柳研青早已怒火沖天，陡然立起身來，問道：「他們要抬這男女到哪裡去埋？」

閒談的一個人，看了看柳研青道：「客人抱打不平麼？聽說他們就在那邊斜坡樹林子後面。」說著冷笑。柳研青也冷笑著，立起來，徑行離店，急奔到林中。林中只有一座空坑，卻沒有一個人。柳研青又納悶又著急，不知所措，又不甘心不管。

張連春原是個不第秀才，他在鄰村被誣，本村的鄉長忽然得信，大為驚奇。鄉長一知道，本村的人也知道了。立即聚集許多人，急急趕了去，只見眾人正在刨坑。所謂姦夫淫婦倒縛著扔擲在地邊，兩人一聲也不哼。本夫褚二福掙命地要跑出來喊救，被田四爺的黨羽圍住，不教他動。

褚瓦匠正在急得嚎啕大哭，一見鄉長來了，就大喊救人！鄉長連忙止住眾人。大家定要活埋姦夫淫婦，維持風化。鄉長再三攔阻，田四爺的黨羽還要爭執。張連春本村的人越聚越多，雙方爭吵起來。有一個人說：「我們這村出了個姦夫，你們那村出了個淫婦，一定要辦他們，可是不能淨聽你們的。鄉長在這裡呢，咱們聽他的公斷。現有王法，該殺該剮，咱們稟官辦理。」

那田四爺只在暗中操縱，並沒有露面。鄉下人一見鄉長出頭，銳氣頓挫，秘密地派人給田四爺、張連貴送信去了。當下，只好依著鄉長，把這一對姦夫淫婦抬到鄉公所。

柳研青一步來遲，這一夥人都走了。柳研青在林邊徘徊了一回，要找人打聽。忽聽背後一聲叫道：「師姑！……」柳研青回頭一看，是自己的師侄白鶴鄭捷。鄭捷趕忙過來行禮。

柳研青道：「你怎麼在這裡？」

鄭捷四顧無人，忙說：「師姑，我找你老人家來了。」

柳研青道：「什麼，你找我？」

鄭捷道：「是的，你老人家別生氣啦，快回去吧。」

柳研青道：「誰教你找我？你都知道了麼？」

鄭捷道：「師姑，你老不用問了，快翻了天啦。如今我師祖、二師叔和我師父，還有我們哥幾個，全來了。再找不著你老，可就了不得啦。」鄭捷便將柳兆鴻、楊華囑咐的話，告訴了柳研青，極力安慰她，請她立刻回去。

柳研青道：「那個姓李的女子呢？」

鄭捷脫口說出：「也等著你老呢。」

柳研青道：「哦，她也來了？」

鄭捷道：「不是師祖認她做乾閨女了麼？」

柳研青怒道：「我回去？我死在外頭也不回去了。現在先不管那個。來，鄭捷，跟我跑跑腿，辦點事，此刻我正忙著哩，我要搭救兩個冤死鬼。」她將目睹耳聞之事，一一告訴了鄭捷，力逼鄭捷幫著她動手，先救那一男一女，再殺死那主使陷害的人。

鄭捷不敢違拗，立刻一同尋找下去。在路上走著，鄭捷問柳研青：「那個主使人姓什麼？住在哪裡？咱們先探好了道，才好下手。」

柳研青愕然道：「我也知不很清，咱們救了那一男一女，可不就問出來了麼？」

鄭捷心中暗笑柳研青做事沒有成竹，嘴上急忙連聲誇好。他們一路尋問，才知所謂姦夫淫婦，已被鄉長出頭攔住，不活埋了，現在押在公所裡訊問。

柳研青和鄭捷打聽明白，知道兩個人短時間不致於被活埋。鄭捷是很機警的，用了點詭計，騙得真情，便與柳研青找一隱僻地點，商量打救方法。他們已曉得姦夫淫婦被禁在公所裡，將由鄉長打稟帖，明日送縣究問。

柳研青便要半夜直入公所，解救這兩個人。叫鄭捷背救男子，自己要背救女子。

鄭捷道：「救出來以後怎麼辦呢？」

柳研青道：「救出來就送他們回家。咱們再去殺那個什麼田四爺。那個張連春的本家，那個東西也不可留，也該殺。咱們連殺帶打搶，趁今天一夜全辦完了。殺死這兩個小人，在壁上題書，咱們一走了事。」

鄭捷搖頭笑道：「師姑這辦法真是大快人心！可有一節，那個張連春和那個褚趙氏，可就要打罣誤官司了。你老想，出了人命，人家不猜疑到他們身上麼？」

柳研青瞪著眼說：「怎麼猜疑到他們身上？他們不會武藝，又不會竄房越脊。我的意思，定要把那兩個狗才殺了，再把他兩顆狗頭，找一座廟，懸掛在廟前旗杆上示眾，標上罪狀，教人一看，就知道是俠客幹的。」

鄭捷抿著嘴笑道：「你老專會打如意算盤。你老再想想吧，那一來更壞！況且你老就把那一男一女救出來，也不行。一出人命，他倆再脫不乾淨。姦情再加上離奇命案、盜案，那一來更吃不住。除非他們一男一女從此棄家亡命，可是這又怕他們走不脫。」

柳研青怫然不悅道：「鄭捷，你懂得什麼？瞧我的吧，哪裡這些蠍蠍螫螫的顧慮！走，咱們先找個地方歇歇，今晚上一定這麼辦。你這孩子沒膽，我只教你專管背人就結了，別害怕。」

鄭捷想了想，笑道：「你老看著辦吧，可是……」說到這裡，鄭捷忍住了，沒往下說。原來這田四爺和張連貴的住處，柳研青剛才雖派鄭捷打聽過了。可是這兩個壞蛋的長相如何，卻忘了問，就想進宅搜殺，也苦於認不得。故此鄭捷要說，又怕惹得柳研青不高興，方才咽回去了。

當下柳研青和鄭捷先找飯館吃飯，然後投店，開了兩個房間。其時天色尚早，鄭捷又想了一個主意，對柳研青悄悄說：「師姑，你老先在店裡等我。我出去一趟，等一會就回來。」

柳研青道：「你要溜麼？」

鄭捷忙低聲解說道：「不是溜，你老不是要救良民、除惡霸麼？我的夜行衣和兵刃，都放在李家集店裡了，我去取來。」

柳研青道：「快去快來，限你半個時辰。」

鄭捷點頭應允，立刻出店。出了門，卻又折回來，皺眉對柳研青說：「李家集離這裡十多里地呢，我還得緊跑，一個時辰怕趕不回來。大概不到二更，我準趕回來，你老可等著我呀。」

柳研青道：「多麻煩，那豈不兩三個時辰了，我等不了。那麼遠，你不用去了，我看你不用兵刃也行，反正有我呢。」

鄭捷道：「不行，店中還有柴本棟等著我呢。我們倆一塊來的，我把他也叫來，多一個人到底好些。我們學了能耐，從來還沒有施展過，跟著你老也學一學。」

柳研青欣然點頭道：「孩子，你就學吧。快著點，一過二更，我可就不等你們了。」

鄭捷一番詭話，把個柳研青騙得很高興。柳研青為了要夜間救人，容得鄭捷去後，便在店房和衣睡下，閉目養神。漸漸暮煙四合，到了初更時分，柳研青起來漱口，出店房轉了一周；又看了看她那匹馬，重又回屋，吹熄燈，躺下歇著。到了二更時分，白鶴鄭捷還沒有回來。

柳研青漸漸焦躁，心說：「這孩子太蘑菇！」又候了半個時辰，已然是夜行人的活動時候了，鄭捷還是沒回來。柳研青很生氣，聽四壁人聲早寂，野外蟲吟蛙鳴，便裝束停當，惱恨道：「不等他了，我自己也救得出來。」

柳研青立刻悄悄開了房門，將門倒帶，輕輕走到院中。四顧無人，「嗖」的竄上房，跳出店房後牆，將身一伏，急馳而去。

柳研青轉瞬到了公所之前，按原定主意，先救人，後誅凶。她繞到公所後面，略一頓足，早上了牆頭。循牆入內，向院內一望，公所昏昏沉沉，沒有燈火。柳研青驚訝道：「怎麼沒有人？」將問路石子投入院中，依然沒有動靜。她暗想：「監守那兩個男女的人，白天查看時有好幾個人，這時難道全睡了不成？」

柳研青即從房上溜下來，到了平地，各處一聽。咦，連個鼾睡聲也沒有，柳研青心中疑惑，竟忍耐不住，試將後窗重重一拍，急隱身暗處。半晌，也不見答聲。研青到此，更不遲延，掀窗入內，晃火折照看，公所內竟一個人也沒有了。她檢點床鋪，明明有著四副臥具。柳研青想：「真是怪道！」又細心一搜，這才發覺房門虛掩，大門卻倒鎖著了。

柳研青站在院中，心想：「難道他們連夜把男女解走了？再不，又變了卦，仍給活埋了？」復一聳身，竄出公所，繞著外牆巡視了一遍。忽見半箭地外，牆角黑影中，似蹲著一人。柳研青哼了一聲，倏地把劍拔出，撚一粒鐵蓮子，抖手打出去。只聽「哎喲」一聲，黑影中跌出一人。柳研青掄劍撲過去。那人跪倒在地，大叫：「舵主饒命！我沒敢偷看，我在這裡解溲哩。」

柳研青摸不著頭腦，只持劍威嚇那人，問他：「公所裡捆著的一男一女，現在哪裡去了？可是解縣了，還是活埋了？」

那人道：「我，我不知道。」原來此人其實就是公所裡看門的。鄉長把那所謂姦夫、淫婦帶到公所之後，先把姦夫、淫婦口中塞的東西掏出來，略略問了一遍。褚趙氏到此害起怕來，張連春也極口訴冤。鄉長道：「有話你們到縣裡說去，我不敢擔這沉重。」他吩咐壯丁小心看守，明早套車送縣，便回家去了。

誰想鄉長走過之後，到二更將近的時候，公所裡點著明燈，看守人打著呵欠，看住這一男一女。忽然後窗「啪」的一聲暴響，桌上燈光忽滅，屋門也倏然大開。嚇得眾人怪叫道：「怎的了？怎的了？」正亂著找火，又聽桌上「啪」的響了一大聲。屋中三個壯丁，每人臉上重重挨了一兩掌。就中便有人罵道：「誰打我了？」話還沒有罵出口，只聽房上有人大聲喝道：「呔，公所裡的人聽真！我乃洪澤湖紅鬍子薛老舵主手下的幫友。我們老舵主要借你們這裡會一個朋友，一切人等立刻給我滾蛋！遲了，小心你們的腦袋。」

紅鬍子薛兆的威名久已遠震；更可怕的是房上人喝聲才罷，立刻有許多磚石碎瓦，由外面高處，亂向屋內拋打進來。嚇得眾人要想跑又不敢出屋，不跑又怕進來砍頭。幸而磚石拋了一陣，便不拋了。

眾人奔出來，忙給鄉長送信。鄉長大駭，加派幾個人，打著燈籠，重入公所。這夥人到屋內一看，桌子上明晃晃插著一把刀。那個淫婦褚趙氏，仍然捆在那裡，已嚇昏過去。姦夫張連春卻已綁繩割斷，散落在地，人已不在。眾人越發駭異，只得架起褚趙氏，將公所大門倒鎖，一齊退出來，把褚趙氏送到鄉長家中。

一樁姦情案子，最講究捉姦要雙，如今只剩一個了。然而鄉長和眾人此刻心中最惴惴不安的倒是紅鬍子的光臨，所以眾人都鬧著要回家，想老早地關門上鎖，熄燈光，聽動靜。鄉長強逼著公所看門的壯丁，在公所附近暗處觀望風色。這個看門的壯丁藏了一個更次，也沒有見紅鬍子的江湖幫友有人來，方才放了心，卻偏偏教柳研青遇見。

柳研青持劍喝問：「那一男一女，可是活埋了，還是解縣去了？」

那壯丁戰戰抖抖地說：「沒有活埋，他跑了！」

柳研青愕然道：「跑了！怎麼跑的？」

柳研青正在追問，忽見公所牆頭有個人影一探，又縮回去了。

柳研青喝道：「什麼人？」那人只一晃，便不再見。柳研青低喝那壯丁道：「老實在這裡等我，不許你躲，不許你動，動就宰了你。」

柳研青急握寶劍在手，又掏出一粒鐵蓮子，拔步急追過去。追過牆頭，那人影已渺然不見。柳研青急繞牆一看，又跳上牆，向四面一望；只見那條人影身法倒也俐落，已然飛跑到曠野去了，相隔已經很遠。

柳研青飛身竄下牆來，急急地趕下去，大叫：「前面人站住！」那人似回頭望了望，腳下依然不停地跑。柳研青大怒，腳下用力，如流星趕月，火速地跟綴下去，漸漸越追越近。忽然一道斜坡當前；斜坡之後，黑影沉沉，一片叢林遮住了視線。那人越過斜坡，竟沒入黑影之中。

夜行人的要訣是逢林莫追，為的是我明敵暗，恐遭暗算。柳研青一肚皮忿火，想到她隨著父親鐵蓮子到處遊俠，從來有勝算，無敗著，遇上事不管則已，一管就得手。如今自己匹馬單槍地獨闖，竟這麼糟糕。她不想自己是有勇無謀，只怪事情不順手，自己反給自己嘔上氣來。她竟抖擻精神，一撲到林邊，氣恨恨對著林子叫罵道：「什麼東西，給我滾出來！」圍著林子繞了一圈，罵了一陣，林中並無迴響。

耗了一會，柳研青不耐煩起來，心裡正自盤算。忽然遙聞犬吠，夾雜著人聲。柳研青登上斜坡一望，遠遠又奔來一條黑影。柳研青「哦」了一聲道：「這個許是！」急隱身在斜坡後面，心想：「我要掩擊他，我先藏在暗處，就不會讓他跑脫了。」果然藏好之後，那人已一路狂奔，搶上斜坡。柳研青「嗖」地竄出來，亮寶劍截住，喝問不應，雙方動手，被柳研青一劍刺倒。——這個被刺倒地的人，就是那仗著三寸鏽釘，斬關脫鎖，逃出盜窟的鏢師——九股煙喬茂。

九股煙喬茂項拖鐵鍊，在這高良澗荒林斜坡遇見柳研青。他自稱是逃出匪窟的肉票。柳研青獨戰群獒，殺退群盜，再找喬茂；他一番謊話，早已脫逃。柳研青唯恐喬茂再被匪徒擒殺，當時很是著急。她登上大樹一望，遙見遠處似有人影，忙仗劍追去。柳研青才走，斜坡另一棵樹上便跳下一個人來，也跟蹤追了去，此人就是柳研青的師侄白鶴鄭捷。在公所內喬裝紅鬍子薛兆，驚退公所的壯丁，潛自放走了橫被誣陷的姦夫張連春，這全是鄭捷和他的師弟柴本棟兩個人玩的把戲。

鄭捷情知柳研青的主意不妥，又不敢違背她。白鶴鄭捷年紀雖小，詭計多端，頗有心計，當下連聲誇好，暗中卻藉口回店取兵刃、邀同伴，預留了地步。對柳研青說，須三個時辰才能回來。其實，他的住處很近，才五六里地，鄭捷回到住處，候至傍晚時候，柴本棟回店；鄭捷把尋著師姑柳研青的話，告訴了柴本棟。

兩個少年暗暗搗鬼，挨到初更過後，便改裝搶先來到公所，喬裝紅鬍子薛兆，把眾人嚇散，割斷了張連春的綁繩，救出他來。他們密囑張連春，暫且躲避十天半月，案情自會消釋。鄭捷便教柴本棟趕快給師祖鐵蓮子、師父魯鎮雄送信，說是師姑找著了，就怕勸她不回，催師祖趕快自己來。

白鶴鄭捷秘密地安排好了，這才悄悄地綴著柳研青，恐怕她走了；又恐怕她萬一真去殺田四爺和張連貴，鬧出人命來，反倒害了好人。鄭捷年才二十歲，卻打算得異常周到。柳研青一衝的性格，論年紀二十三歲，論輩分是師姑，論本領更遠遠超過鄭捷，卻是一鬥上機智，反為鄭捷所愚。

當天夜間，鄭捷追上柳研青，柳研青斥責他耽誤了時間。鄭捷卻推說：「師姑不用提了，柴本棟那孩子太廢物。我在店中直候了他半天，也不知他哪裡去了，真耽誤事！」

原來鄭捷已偷偷窺見柳研青搭救喬茂，也看見喬茂偷偷溜走。鄭捷設計轉移柳研青的注意。果然柳研青一心要搭救喬茂，搜殺那綁票的惡賊，且不暇再追究那被陷害的姦夫淫婦了。鄭捷便道：「弟子來時，碰見一個脖頸拖鐵鍊的人，好像是越獄的逃囚。」

柳研青忙問：「在何處看見的？」

鄭捷用手一指前村道：「就在那邊，我看見他溜溜失失地跑了。」

柳研青不禁大生其氣，道：「難道那個姓喬的，不是又被匪人擒去，是他自己溜了？好東西，他原來騙我！」便催鄭捷與她一同找去。這一來正中鄭捷下懷。鄭捷暗笑，引著柳研青尋找喬茂。果然在那小雜貨店中，窺見喬茂偷東西。柳研青就要跳下房來，捉拿喬茂。鄭捷攔住道：「師姑先別動，看看他到底是幹什麼的？」喬茂藏在空屋中，設法開鎖；那空屋的門閂被倒扣，掛上，便是鄭捷使壞。鄭捷悄對柳研青說：「師姑，別著急捉他，咱們何不耍耍他？」

喬茂假裝拾糞的溜到看青棚子內換衣服。柳研青、鄭捷緊綴在後面。於是重將喬茂捉住，一頓毆辱，問出了實話，遂解縛贈銀把喬茂放走——喬茂直奔向海州送信。半途中，在淮安府地方，竟得與俞劍平、胡孟剛相遇，喬茂便報告踩訪鏢銀、犯險被囚的經過。俞、胡二人欣得一線光明，糾集同道，預備大舉討鏢。

這一邊，白鶴鄭捷苦苦地央告柳研青，請她回去。柳研青只肯暫回寶應縣。卻喜柴本棟已把魯鎮雄找來。就在寶應縣店中，魯鎮雄力勸柳研青同回鎮江。柳研青從小就在魯鎮雄面前長大的，對這大師兄的話，倒還肯聽，但卻鬧著先去探賊窯。柳研青對魯、鄭二人說：「訪聞高良澗附近，窩藏著劫去二十萬鏢銀的大盜。」她要先去探匪窟，鬥群賊，把這二十萬鏢銀設法弄出來。

白鶴鄭捷在旁插言道：「師姑沒聽那九股煙喬茂說麼？憑安平、振通兩家鏢店的七八位鏢頭和百十名夥計、官兵，都敗在群賊手裡。可見群賊黨羽不少，聲勢很大。憑姑娘的能耐，前去探莊，自然綽綽有餘。但要奪回鏢銀，可就不是一個人的事了。二十萬現銀，一個人搬三天，搬得完麼？」

魯鎮雄笑著說：「師妹要想幫幫俞劍平、胡孟剛，也是咱們江湖上應有的義氣。回去見了師父，請他老人家盤算一下，咱們大家來個熱鬧的，你看好不好？」

魯鎮雄和鄭捷專找那可心如意的話，順著柳研青說，暗中早遣羅善林和柴本棟，分頭去找鐵蓮子柳兆鴻和玉旛杆楊華。鐵蓮子眾人聽說柳研青已經尋到，俱各大喜。李映霞向鐵蓮子委婉地說出，自己要落髮為尼。

鐵蓮子靄然道：「姑娘儘管放心，年輕輕的不要想這種拙道。我知道姑娘的心，是怕我那傻丫頭心裡掛勁。但是這決不要緊，我自有安排，斷不教你失所，也必教你趁心。」

柳兆鴻又對楊華說：「仲英，我告訴你一句話，你不要笑話。你和青兒是沒過門的夫妻，你們倆又都算是我的徒弟；咱們武林門風，不像人家那麼做作。現在你們兩口子是鬧點彆扭，這也無可諱言。我那小女是個直性人，半傻子，擱不住三句好話。你先去見她，我隨後再陪李姑娘去。你見了她，哄一哄她，誰教你比她大呢。」便又低低地囑咐了楊華一番話。楊華紅著臉聽了，立刻穿上長衣服，先奔向寶應縣店房。

柳研青那時正盤腿坐在床鋪上，向魯鎮雄問了許多話。師兄妹有說有笑，談得正熱鬧。楊華進了房門，先叫了聲：「師妹找回來了麼？哎呀，師妹，你可把我急壞了！」

柳研青抬頭見是楊華，心裡一跳，頓時不言語了；半晌才說：「我不過自己個出去溜了這麼幾天，又不是頭疼，也不是過風，就會把人急壞了！人家一溜一兩年，那還不把人急死了麼？好在我們是什麼下流之人，著急又值幾個錢！」

楊華滿臉陪笑地走過來，坐在床邊說：「師妹，還跟我生氣麼？不要跟楊華傻小子一般見識了！」

柳研青說：「傻小子才會拾柴禾呢，我們傻丫頭就不懂得什麼『留得青山在，不怕沒柴燒』！現在好了，你們就燒柴禾吧，找我幹什麼，我不過是殺人不眨眼的壞女人。沒有我這個礙眼物，柴火燒的更旺，多趁心啊！」

楊華哈哈大笑，轉頭來對大師兄魯鎮雄，故意搖頭說：「大師兄你看，咱們師父真有先見之明。他老人家就知道師妹最惱我這句話。實對你說了吧，師妹，我這句話乃是特意安慰那個李姑娘的。師妹你想想，一個尋死的女子，我們一個男子漢怎麼救她？只好拿話哄住她就是了。真格的，有看著活人上吊的麼？師妹總疑我跟她有私心。師妹哪裡知道，這位李姑娘簡直是賴不著！

「我當初搭救她，原來是我們武林中一時的義舉。誰想她竟跟定我，非要我給她想法不可，把我膩得什麼似的，她竟拿尋死覓活來要脅人。師妹你是很聰明的，你想我怎能聽她那一套？要尋死，活該！不過她到底是一條性命，哪能見死不救呢？當真一激，就許磨不開真尋了死。我知道這件事擱著師妹，也得著急。那天晚上，我只想做好做歹哄哄她，便悄悄跟師父同師妹趕快回鎮江，一走了事，就把她賴給李季庵了。誰知道師父他老人家，又憑空多此一舉，反把她認為義女。我一開頭，也很不以為然，這兩天在道上，才曉得師父早有一番打算。」

說到這裡，故意低下聲音，對著柳研青耳畔，悄悄說：「告訴師妹，師父他老人家的意思，是一到鎮江，就把這位李姑娘嫁出去，這不就一刀兩斷，省了許多麻煩了麼？師父的意思，是想把她嫁給……妹妹明白了麼？」

楊華受了鐵蓮子的教導，故意把李映霞說得一文不值，借此消解柳研青那種好勝妒強的心腸。柳研青果然氣平了許多。楊華極力地陪笑哄她，她不禁也破顏一笑。魯鎮雄更是湊趣，只在一旁敲了幾句邊鼓，便藉詞要看看牲口餵料沒有，帶著鄭捷躲出去了。

店房中只剩下楊、柳二人，一燈相對，門簾低垂。楊華緊緊靠著柳研青的身邊，溫情柔語，細敘兩年來的離情別緒和所遭遇的事情。

楊華笑道：「師妹，我知你一定很生氣，人同此心，心同此理。師妹你還記得上次咱們那回嘔氣麼？師妹打我一個嘴巴，我都沒惱。妹妹幾句閒話，可就教我心上很擱不住。為什麼呢？就因咱們夫妻之間，越是關切得深，越是吃醋的厲害……」

柳研青把身子一扭道：「你才吃醋呢，我好好的人，我才犯不上吃你們的醋！鬧了半天，我又吃醋了！」

楊華道：「師妹，你又來了，我沒說你吃醋，我是說我吃醋啊。妹妹忘了，妹妹那年只誇獎呼延生，我聽了就很不舒服，我自認我是吃醋；可是我吃醋，正是我愛你呀。妹妹怪我一躲兩年多，我為什麼躲呢？老實說吧，我就是為了你誇獎別人，我心裡受不住，便一賭氣溜出去了，偏偏遇見一塵道人被人暗算，命在垂危。他許下我給他送信報仇，他就贈給我一把削金斷玉的寒光寶劍。我貪得寶劍，就乖乖地答應了，乖乖地給他送信去。那把寶劍，他居然在絕命時，親手送給我。」

柳研青是使用劍的，聽到這裡，不禁拿眼看楊華，又忍不住問道：「那劍呢？」

楊華道：「咳，那就提不得了，提起來活活氣煞人，也活活丟煞人！我本想此劍師妹正用得著，我就送給師妹，也算是聘禮。哪知我找到一塵道人的弟子之後，他們這群東西毫不顧他師父的遺命，竟倚眾恃強，硬把寒光劍奪了去！……」

柳研青很詫異，道：「他們怎麼強奪了去？難道你一個男子漢，就讓他奪麼？」

楊華很羞慚地說：「那總怪愚兄無能，但是我當時也不服氣，已和他們擊掌立誓，訂在三月之內，把劍盜回。我本想立刻到鎮江，找師父和師妹，設法子用武力把這寶物奪回。不意中途遇見故友蕭承澤，力逼我助他搭救李映霞，才生出這些枝節來。我那朋友拒敵斷後，教我保著李映霞夜走荒郊，逃出虎口。至今我沒有遇見我那位朋友，也不知是生是死。」楊華遂將前後經過情形，詳詳細細都告訴了柳研青。

當楊、柳二人正在屋中喁喁私語之時，魯鎮雄和鄭捷都藏在外間偷聽。不大工夫，鐵蓮子柳兆鴻，帶著李映霞來到店房。鄭捷慌忙迎上去，裝著一副正經面孔，暗打手勢，低告鐵蓮子，說楊、柳二人正自談得高興：「師祖最好不要進去打岔。」

鐵蓮子笑了笑，罵了一句：「淘氣的孩子！」鐵蓮子也就停留在外間，屏息靜聽。聽得楊華和柳研青說話的聲音，越說越低，忽然楊華不言語了，只聽柳研青失聲道：「幹什麼，不許胡鬧！」跟著楊華只是嘻嘻地笑，不知說了句什麼話，柳研青叫了起來道：「嗳喲，你要作死，我可要踢你了！」

白鶴鄭捷忍俊不禁，嗤地笑了出來，魯鎮雄瞪了他一眼，恐怕楊、柳二人忘其所以，教師父臉上掛不住，魯鎮雄就故意哈哈大笑，在外面接聲道：「師妹踢不得呀，楊師弟可會鐵腿的功夫啊。」笑著放重了腳步，走到門前，說：「師父來了。」

鐵蓮子看了李映霞一眼。李映霞將心中的感情極力遏住，臉上裝出淡然自若的神情來，說道：「義姐和姐夫，你們和好了，這好極了。」鐵蓮子咳嗽了一聲，和魯鎮雄掀簾進去，卻將李映霞另留在別一個房間內。

柳研青這時側臥在床上，楊華卻側坐在一邊，兩個人笑容未斂。柳研青一見她父，驀地滿面緋紅，忙坐起來，低下頭叫了一聲：「爹爹！」楊華也慌不迭地站起來，看見魯鎮雄面含微笑，看著自己，也不由忸怩起來，忙向鐵蓮子行禮：「師父來了。」

鐵蓮子裝作沒看見，坐在床上，把手一擺，含笑皺眉說道：「你們坐下說話。」對柳研青道：「傻丫頭，你就急死我吧！現在好了，你們兩口子又說又笑了。」於是，楊、柳二人從此和好如初。就在店中，商量著同回鎮江，擇期成婚。

當晚翁婿夫妻談說往事，商量吉期，鐵蓮子柳兆鴻將自己的打算，告訴了柳研青。柳研青對於李映霞的疑慮，至此已稍釋然。柳兆鴻又囑咐柳研青，見了李映霞，不要再說別的話，要好好安慰她，要顧念她末路依人，情甚可憫。談話裡又講到寒光劍得而復失，和二十萬鏢銀被劫，柳研青夜遇喬茂的話。這二十萬鹽課，在胡孟剛、俞劍平心目中，自然認為關切重大；但在柳氏翁婿眼中，卻最看重那把寒光劍。

玉旛杆楊華說：「這一把寒光劍，師妹最用得著，師父何不想個法子，把它重奪回來？」

鐵蓮子笑道：「你們這些小孩子，懂得什麼！那寒光劍乃是一塵道人隨身的至寶，憑你們那點能耐，硬要覬覦人家的防身利器，那豈是易事？就算你們弄一點詭計，把人家的東西，不管明偷暗奪，騙弄到手，你們方以為得寶為喜，人家豈不以失寶為忿麼？況且一塵道人威鎮南荒，豈是受欺的人？寶劍就弄到你們手中，你們也未必保得住不再被奪。」

柳研青道：「爹爹，你老還不知道怎麼回事呢，你老就講了這麼一大套道理。剛才他說了，一塵道人早教人給害死啦。」

鐵蓮子道：「奇怪，憑一塵道人一身絕技，怎會教人害了？教誰害了，那寶劍現在誰手呢？」

柳研青道：「你老問他呀，他還上了人家一塵道人大當呢；寶劍生生教他們的門下弟子奪回去了。」

鐵蓮子驚訝道：「真是怪事！一塵道人雖然驕慢剛狠，可是從來不做虧理的事，他怎麼會給你當上呢！仲英，到底是怎麼一回事？你說給我聽聽。上回你提了個頭，我還不明白。」

玉旛杆楊華道：「剛才我已對師妹說了半天了。」

柳研青道：「還是你自己講吧，你自己的事，你自己講的明白。」

楊華便將自身遭遇，對著鐵蓮子、魯鎮雄等重說了一遍。

第十四章　探園窺技

當那一日，玉旛杆楊華負氣出走，想到柳研青故意稱讚呼延生，是不是瞧不起自己？論武功，自己確不如柳研青，這樣的婚配是不是美滿姻緣？柳研青說到那個呼延生，把他的品貌才藝讚不絕口，那情形是如何尷尬。究竟是女孩兒口沒遮攔，還是有別的意思？起初，自己心羨她英姿絕技，造次訂婚，畢竟柳研青的為人如何？而她又是個浪遊江湖的女子……

想到這一點，楊華由妒生疑，由疑生妒。可是，他再想到鐵蓮子柳兆鴻一世威名，他的女兒豈能品行有玷？就一年來相處的情形來看，她性子倔強是有的，好像一派天真，心上沒有別的，對呼延生未必就有不檢點的地方。

雖然這麼想，楊華心裡總是不快。若要從此割捨，把婚約作罷，楊華又有些戀戀捨不得。又想起柳研青自那次比武反目，經鐵蓮子一番訓戒之後，處處讓著自己，似乎已有夫唱婦隨的模樣，只不過耍小孩脾氣的時候總不能免。這樣想，楊華便有點回心轉意。但一想到柳研青誇說呼延生性子好，長相俊，武術可觀……這些話，真個的句句都刺耳鑽心。再加上楊華先從別處聽了些閒話；那話很閃爍，簡直令人猜不出柳研青和呼延生，究竟是怎的一回事。照那話推敲，就好像呼延生對柳研青有過什麼無禮的舉動，以致招惱了柳研青，才被她砍了一刀。而問起來，柳研青反說：呼延生是教他自己的師父魁星頭砍的，可是呼延生臨走又給柳研青磕過頭。及至問起大師兄魯鎮雄來，他居然張口就說不曉得，沒聽說。而師父鐵蓮子更是一向沒講過呼延生三個字，好像諱言其事似的。這內幕好教人猜疑。

玉旛杆楊華怏怏地出走，一開始只恐鐵蓮子追趕上來，遂連夜出離鎮江，不覺得北向河南永城故鄉走去。楊華走了兩天，忽想這回與柳家訂婚，全出自願。如今決裂了，實在不好立刻回家，還怕他岳父到家找他。在店房中尋思一回，決計要打聽柳研青和呼延生，究竟發生過什麼糾葛。

楊華一路問來，在武林中一提到鐵蓮子，真是人人皆知。問到江東女俠柳葉青，江湖上知道的人卻也不少。但人們多知柳葉青是個處女，別的閒話卻沒有；只不過有人說，在她擇婿時很鬧了些故事。說到柳氏父女和呼延生一段糾葛，竟沒一個人曉得。

楊華漫無目的地走，不覺來到商丘，見了他從前的師父懶和尚毛金鐘。毛金鐘酒醉懵懂地問他：「你不是要成婚了麼？有什麼事來找我？」

楊華隨口說：「現在家裡有事，要請師父通知家岳，把婚期展延半年。」

毛金鐘道：「早成婚早團圓，展期做什麼！回頭我給你寫封信，教令岳下半年再辦喜事。」談罷此事，楊華想探問未婚妻柳研青的為人到底如何，卻又不好意思開口。

怔了一會，楊華找到同門師兄弟，設詞問了一回。這些同門中，人盛誇柳氏父女的英名，反倒給楊華道喜，找他要喜酒喝；空費了許多話，所答並非所問。楊華實在憋不住了，就說：「我問的不是這個。我要打聽的是這位柳家姑娘素日為人究竟怎麼樣？好師哥們，你們要知道，請你們告訴我，我好放心。」

同門師兄弟越發哄笑起來，說道：「得了吧，老六，你們都快辦喜事了，怎的反倒打聽起新娘子的人才來？我告訴你，人家這位柳姑娘頭是頭，腳是腳，長得很好，就有一節，頭是頭，硬點；腳是腳，長點。小臉蛋子滾圓，像個鮮蘋果；身子骨很灑脫。功夫好極了，馬上、步下、床上、地下，老弟呀，人家可是殺法驍勇，就怕你不是對手；不要在合歡帳裡叫娘，便是你老弟有本領！」

玉旛杆楊華滿面通紅地說：「師兄們不要取笑，我問的是真格的！」

這些個師兄們便笑道：「誰說的不是真格的呀，怎麼你們眼看拜堂了，倒摸起新弟婦的底細來了，難道你沒看見過本人麼？令岳柳老英雄拿沙子迷了你的眼了麼？」楊華鬧得無法，只好找二師兄悄悄打聽。

這二師兄名叫入雲龍史浩，為人老誠，不好取笑，對楊華說：「賢弟，你忽然打聽新弟婦的為人，到底是什麼意思？」

楊華低頭囁嚅著說：「我聽人說，這柳姑娘好像風失點，所以我不大放心，要打聽打聽。二師兄可知道有個叫呼延生的麼？聽說他曾在家岳門下學藝，被家岳斷臂逐出門牆。」

二師兄史浩微微搖頭道：「我倒不知道這回事。我只曉得這呼延生，是陝邊大豪魁星頭譚九峰的門徒。賢弟你忽然說起這個，必有緣故。」

楊華極力遮掩道：「沒有什麼，我不過閑問問。」

二師兄史浩兩眼看住楊華，正色說道：「賢弟，令岳鐵蓮子柳老英雄乃是當代豪傑，武林前輩，多與綠林宵小結隙，至今兩湖劇賊恨之刺骨。那柳研青姑娘，也是一時有名的女俠，她常在江湖上仗義遊俠，自然與尋常女子不同，你當另眼看待她。她可以說是個巾幗丈夫，你若拿她來和深閨弱質女子相提並論，那可就錯了。你得以匹配這樣一個奇女子，正是可羨慕之事；不要聽那些閒話，人們是臭嘴的居多。何況柳氏父女縱橫江湖，多結怨仇呢？即如那個呼延生，我雖不詳知他的為人，可是他的師父魁星頭譚九峰，卻是個吃葷飯的惡霸。莫非你聽了呼延生師徒的冷言惡語了麼？」

楊華道：「沒有。」

二師兄這一席話，把楊華心中的不快，減去了許多。他也覺得自己得娶女俠柳研青為繼室，是件難得的奇遇；只是疑猜之情，還有些暗影在楊華心上作怪。因為柳研青那番惡謔，的確觸傷了楊華的自尊之心，勾起了嫉妒之情。楊華這時一定要把柳研青和呼延生那件事的真相，打聽明白，方才放心。

楊華在毛金鐘門下，停留了兩天，自己思索著，這件事該從呼延生那一面打聽才好。他當下決意，便告辭師門，奔赴潼關。

他在潼關掃聽呼延生的行藏，人人都知他是魁星頭譚九峰的得意弟子，而譚九峰果然是個無所不為的土豪。楊華更名改姓，到譚九峰住家風陵渡地方去訪問。事出意外，這譚九峰本在潼關是很有勢力的，卻早已於一二年前，忽然攜眷離陝，不知去向了。據說還是夜間走的，他門下的徒弟和黨羽，也是一哄而散，地面上也說不清譚九峰遇見了什麼事。

楊華在潼關住了幾天，慢慢地打聽。恰巧遇見了一個熟人。由這熟人幫忙，代為打聽出一點結果。據說：譚九峰是劣跡昭彰，被山陽醫隱彈指翁驅逐走的。可也有人說：是教兩湖大俠鐵蓮子柳兆鴻一路尋仇，趕上家門，把魁星頭譚九峰嚇走了。更有的說：這譚九峰栽了很大的跟頭，磕頭賠禮地告饒，才得攜眷逃走。至於譚九峰的弟子呼延生的下落，卻是沒有一個人知道。

楊華聽了，很是注意，便問：「這鐵蓮子登門來找魁星頭，可是自己來的，還是同著他的女兒柳研青一同來的？」

那個朋友道：「這卻說不清。」

楊華又問：「這個山陽醫隱彈指翁，又是何人？」

那個朋友吐舌道：「兄台，你一個練武的人，竟不知道彈指翁麼？提起這人，可真是在北方數一數二的人物。他乃是武當派的傑出人才，以點穴、三十六路擒拿法和五毒神砂，名震天下……」

楊華矍然道：「莫非就是山陽的彈指神通華雨蒼，別號風樓主人的華老英雄麼？」

那朋友道：「著，就是他！」

那朋友接著道：「這位風樓先生，不但武術精湛，而且醫道高明。可是這位老先生性情異常恬淡，久厭塵擾。他生平只收下兩個弟子，大徒弟幾乎盡得老師武術之妙，不知何故，忽被他老人家逐出門牆，這個人便由此失蹤。有人說：是犯了門規，教他老人家清理門戶，給處置了。

「這是早年的事，他老人家自此絕口不談武術。他那第二個弟子叫做段鵬年；聽說隨侍他十好幾年，尚沒把他的功夫得了去。老先生倒是殫心醫理，每每與人娓娓清談，言之不倦。近年來此老在故鄉懸壺問世，最擅長的是接骨拿穴，治癱瘓下痿；確有驚人的手術和神效的丹藥。這些年來，憑這外科的醫術，賺下了偌大的一份家私，一世也吃著不盡，越發地不願與聞外事了。他膝下只有一子，不幸短命早亡。現下有兩個孫兒，出門來恂恂有儒者風。還有一個女兒，年已及笄，至今擇婿未嫁。」

楊華很留心地聽著，忽然陡發奇想：據他從前的師父懶和尚曾經說過，他現在的岳父鐵蓮子柳兆鴻空手入白刃的功夫，也就是武當派裡的功夫，和這華風樓頗有淵源，只是說不清人家門戶詳細支派罷了。他想：「我楊華年將而立，習武有年；

師父懶和尚貪杯好賭，累得我除了一把彈弓，此外一技無成。我這些年習武，可算是白練了。動起手來，連柳研青還打不過，無怪人家瞧不起。岳父武功很好，可是學會了，也不過正趕上柳研青，跟她一樣罷了。我要想振起乾綱，不為妻子所輕，我須別練出超奇的技能來。……我久聞彈指神通的三十六路擒拿法，名震一時，但是人家現在又不肯收徒了，這卻怎好？」

楊華又想道：「這一回遠奔到潼關，總算沒有白來。柳研青和呼延生那番糾葛，大概其中並無可疑，柳研青必是故意嘔我的。我知道上次她給我賠禮，是被岳父硬按頭皮；她那性格必定不甘心，所以故意誇呼延生氣我。不過，我負氣出走，我若白白地再走回去，那可又落了她的話柄了，怎麼辦呢？」

玉旛杆楊華這時是有點反悔了。從各方面打聽的結果，沒有說過柳研青立品不貞的，只有誇她武功驚人的。而且魁星頭譚九峰攜眷逃走，正證實了柳研青前言不假。

楊華覺得自己不該冒冒失失地逃婚。可是少年人負氣，他又不好意思自己賭氣走出來，再自己轉回去。況且展延婚期的話，又已經煩托大媒、他的舊業師懶和尚，轉告鐵蓮子了；那麼，自己只好將錯就錯，在外面遊蕩半年才好。

楊華左思右想，打定主意，暗道：「人言不可盡信，我既來到潼關，總要不虛此行才好，這華風樓也許是擇徒甚苛，絕技不肯輕於傳授。我何不到山陽走一趟？虔誠獻贄，他也許把我收下。」當下楊華就由潼關動身，折赴山陽。

楊華是個闊公子，在旅途上花費很大，身邊路費已經快花光了。但是，他卻有赤金打造的一副箭環，一副包金的銀扣帶，還有一顆明珠帽正，以及翠指、玉牌子等物；原是預備出門，路費偶缺時，可以變錢使用。

楊華到了山陽，先找店房，歇息一晚，遂跟店夥打聽這位華老英雄的住處。楊華才說出華風樓的名字，這店夥便道：「你老大概是遠道來請華老先生出診的吧？」

楊華順口道：「不錯的。」

店夥道：「華老先生就住在本城縣衙門東，板井巷內。這位老先生可不大好請；錯非有來歷的，差點的人簡直不行。前幾年，他老先生有時候還不斷應酬應酬遠來接請的。近一兩年一心習靜，莫說是遠道不肯去，就連本地方也不常應酬了；平常的病症，只教他徒弟段鵬年——段二爺代診；除非是纏手的疑難大症，他老先生才肯親手診治呢。聽說這些日子，門診還由段二爺施治；尋常接請，就連段二爺也不肯出去了。」

楊華聽罷，嗒然失意；求診既然如此，請教怕更不易了。他尋思了一番，次日上街，把金箭環賣了，備下幾色重禮，一路尋來，到縣衙東街，打聽板井巷華老先生的住宅。果然此老名重鄉里，婦孺皆知，有人把路徑指告楊華。楊華才走進板井巷，便見板井巷內路北邊，停放著十幾輛車轎，還有一副人搭著的藤床。這倒省得挨門詢問了。

楊華尋上前去，見這街北一片瓦窯似的大宅院，虎座子門樓，門前兩邊牆上掛著新新舊舊的幾十塊匾，「功同良相」、「妙手回春」不一而足。來到門前，居然有些賣食物的小販，在那裡賣給轎夫、車夫們，大門之前簡直像個鬧市。

楊華暗笑，這一位高人醫隱，可真是「臣門如市，臣心似水」了。走上台階，只見過道內，有兩個僕人在春凳上坐著，兩三個穿長衣服的站在一旁，正自講話。他們一見楊華進門，便有一個年輕的僕人站起來道：「你老明天再來吧，今天號數齊了。」

楊華抱拳拱手道：「眾位辛苦了，在下不是來看病的，我是從江蘇省鎮江府，特來拜望華風樓先生的。……」

一語甫罷，忽聽背後有人接聲道：「哎喲，大叔，我們可是來看病的，勞你駕吧。」

楊華側身看時，只見兩個穿短衫的窮漢，扛著一副門板，直走進過道來。門板上揪舊棉被緊緊裹著一個病人，連頭臉手腳都蓋得很嚴；旁邊跟著一個中年婦人，眼睛哭得紅紅的，向那僕人拜了拜，道：「大叔，你老行好吧，給掛一號吧。」

年輕僕人搖手道：「大娘，你不要見怪，號數早滿了。這三位也是來晚了，沒法子，你老只好等明天吧。」

這僕人轉臉來對楊華道：「尊駕貴姓？你老要找誰？」

楊華道：「我姓楊，名叫楊華，是鎮江鐵蓮子柳老英雄的門徒，特意從鎮江來見華老英雄的。」

楊華說到這華老英雄四字，那個年長的僕人也站起來了，上眼下眼打量了楊華一遍，向楊華陪笑道：「你老可辛苦了，不過我們在宅裡當差，輕易也見不著老主人，他老人家靜養的西跨院，從來不許我們隨便進去。你老候一候，等我給你老回稟段二爺一聲。」

楊華道：「你費心吧。」

那僕人轉身要走，門道中那個中年婦人急急上前攔住，不住口地央告道：「老大爺，你老千萬行個好，給我們掛上號吧。」便將二百文大錢拿出來，雙手遞給老僕。

老僕皺眉道：「大嫂子，你也不是外鄉人，你難道不知這裡的規矩麼？三十號早滿了，我可怎麼給你老掛呢！你老明天再來吧。」

那婦人急得哭聲說道：「明天再來，我們當家的可就活不了啦，人現在都快沒氣啦！」她竟拉住老僕，跪下了。

那老僕急得無法，說道：「這可怎好，是病人都是急的！」說罷對那個年輕僕人道：「我說來壽，你先進去回一聲，就說鎮江柳老英雄，派這位楊大爺來拜望老主人來了。快去！」

那年輕僕人問楊華道：「你老有名帖，賞給我一張。」

楊華臉一紅道：「我來的慌促，沒有名帖，你就提鐵蓮子的門徒楊華求見好了。」

少年僕人道：「那麼，你老候一候吧。」轉身進去了。

這門道中，中年婦人還是哀求老僕，老僕咳了一聲道：「到底是什麼急症？等我看看吧。」說著走到門板之前，剛要手掀棉被，忽又住手道：「大嬸子，這病人是你老什麼人，患得是什麼病？」

那婦人抹了抹眼淚，面露喜容，忙答道：「這是我們當家的，是個瓦匠，今天給人們收拾房，倒摔下來了，栽了腔子，頓時不言語了。」

老僕皺眉道：「這可怎麼好？」將被角掀開一點，看了看道：「大嬸子別著急，我進去給你問問，要是段二爺肯的話……」

這老僕的話還沒說完，那旁邊早先站著的兩三個長衫男子，也搶過來接聲說：「我的老大爺，你老就一塊行好吧，我們得的也是急症，緩不得的呀！」

老僕著急道：「你們這是做什麼！你們那病明天再看，耽誤不了。要這麼一鬧，我全不管了。」

那婦人一聽，頓時急得兩眼如燈，向那長衫男子喊道：「我的行好的祖宗們，好容易我們才求好了，你們跟著一鬧，人家可就全不管了！你們行好積德，讓我們這一步吧；我們是指著身子吃飯，一家大小七八口子呢。」

玉旛杆楊華看見這種磕頭禮拜地求診，真是聞所未聞，見所未見。那兩三個長衫男子卻也非常惶急，齊圍著那個老僕，左一揖，右一揖的央告。那中年婦人就往後扯他們。

這幾人正亂在一處，忽見那少年僕人從裡面出來，把手一招道：「你老往裡請！」楊華眼望著這男女四個求診的，戀戀地想觀看個究竟。那少年僕人又重說了一句，楊華方才省悟過來；急忙舉步，隨著僕人來到東跨院。他進入屋中，落座獻茶，僕人退出去，在外面伺候。

楊華見這室中收拾的很簡雅，頗有世家風範。直候了一個多時辰，聽得外面輕輕的腳步聲音，隨著門簾一挑，那僕人說：「段二爺來了。」楊華站起身來，外面走進來的這人，年紀三十七八歲，眉疏目朗，白面微鬚，身材挺秀，滿面和光；穿著素羅長衫，白襪緞鞋，步履輕輕。這人進屋來向楊華打量了一眼，拱手行禮道：「這位就是楊仁兄麼？有勞久候，太已簡慢了。」

楊華還禮道：「豈敢豈敢，閣下可是華老英雄的高足段鵬年先生麼？」

段鵬年道：「不敢，正是小弟。楊仁兄台甫？」

楊華道：「賤字仲英。」

兩人敘禮落座，段鵬年隨即開言道：「小弟隨侍家師，碌碌無成。家師春秋已高，心思靜養，所以把應診以及一切酬應事務，都交給小弟。小弟才力有限，難免應付不周。聽小介說，仲英兄是柳老前輩的高足。令師柳老前輩名震江湖，小弟常聽家師稱揚；吾兄得師如此，深為慶幸。今日仰承先施，足快生平。不知吾兄遠涉關山，惠臨賤地，何事見教？」

楊華怔一怔道：「小弟忝列敝業師門牆，性暗才拙，一技無成。更兼敝業師終年浪跡江湖，無暇教誨。久仰華老英雄三十六路擒拿法絕技驚人，名滿南北；所以特遣小弟專誠獻贄，拜請華老前輩，不棄菲才，收錄門下。在下稍獲寸進，不但畢生感戴，就是敝業師也承情不盡。這裡略備一點不腆之敬，就請段師兄垂情後進，給我引見引見吧。」說著站了起來，那意思就要請段鵬年領他進去，獻贄拜師。

那段鵬年微微一笑，拿眼角瞟了瞟楊華所備禮物上的發單，略一點頭，隨即站起來，陪笑道：「楊兄請坐，家師現時不在家。今天早晨他老人家受了好友邀請，到城外給人看病去了。臨走時曾留下話，也許在那裡盤桓幾天。楊兄來得不湊巧了。」

楊華道：「哦，這樣說，小弟來的真不湊巧。……但是，我聽說華老師近幾年來早就不出診了。」

段鵬年將手一伸道：「楊兄請坐下談話。本來呢，家師老早就閉門謝客了，不但不應診，也不再與人談武了。只是本鄉本土，鄉親鄉鄰很多，到底有推辭不開的。」說到這裡，叫那僕人道：「來壽，你去看看十七號那個病人，出了汗沒有？」接著，又對楊華道：「楊兄，你我誼屬同道，一見如故，我決不是替家師推託。家師就是在家，依小弟看，也怕老人家不易收留楊兄。」

楊華皺眉道：「那是為何呢？」

段鵬年道：「楊兄如此英才，又是柳老前輩薦來的，我還能不把真情告訴你麼？這些年來，敝業師不知為什麼，竟絕口不談武事，就連小弟我，雖是他老人家掌門弟子，可是十天半月裡，輕易也得不著他老人家指教一兩處訣要。我應診餘閒，自己習練技功；他老人家高興時，或許看看，指點個一言半語的。很有些武林後進，經名人推薦，前來請益；雖然三招兩式，他老人家總是謝絕。楊兄你想：這時再教他老人家收徒，恐怕不易吧？」

楊華很是掃興，遂強作笑容道：「不過，小弟這回卻不比尋常。想小弟我奔波千里，遠道求師，又是受敝業師之命，教我務必請教華老師，把三十六路擒拿法和五毒神砂，指授一二。這其間還望師兄垂情格外，容得老師倦游歸來，師兄務必把小弟這番志誠委婉代達，也不虛小弟此番跋涉，和敝業師的殷望。」說著一揖到地。

段鵬年連忙還禮道：「楊兄不要如此客氣。家師回來，小弟一定將吾兄這番懇切的意思，竭力地代達。像吾兄這樣英才好學，小弟實在願意吾兄留下，早晚你我也好切磋觀摩，請放心吧，楊兄現時住在何處？請留下地名，家師回來時，也好專人奉請你。」

楊華聽到這裡，略略歡喜，忙將住處說明，這才勉強告辭。

段鵬年道：「吾兄慢走，這些重禮，小弟不敢代收，還求吾兄帶回，容家師回來再說。」楊華一定不肯收回，推讓再三，楊華逕自出來。段鵬年無法，只好收下，送至門外作別。

楊華回到店中，想這回拜師的事，似乎還有希望。就在店房中候了兩三天，誰想渺然毫無音息。楊華整頓衣冠，重到板井巷候問。

那門房僕人說：「老主人還沒有回來。」

楊華回店。到了次日，又去探問。

那門房說：「老主人還是沒有回來。」

楊華忍耐不住，便請那門房，給段二爺回一聲。

僕人向楊華看了兩眼道：「段二爺也沒在家。」

楊華至此，不覺動疑：「莫非他故意不見我麼？」看了看門口，還是擁擠著許多車轎，候診人依然不少。

楊華心說：「好大的架子，我成了求幫的了！」他本要揭穿質問，轉念一想，不可造次，垂頭喪氣地走了回去。

楊華一路上想：「我楊華初次投拜毛老師時，他老人家立刻就收下我了。等到我岳父鐵蓮子收我為徒，更是容易，連贄敬都沒有。怎的這位華老師收了我的贄敬，連面也不讓我一見？還有這位掌門師兄段鵬年，怎麼也不肯見我！」

玉旛杆楊華只想自己這一面，再沒有想到人家那一面，也起了疑心。楊華索性多挨過幾天，才重去探問。

這一回，段鵬年立刻把楊華請進去，一見面就說：「老先生已經為友所邀，遠遊蘇杭去了。他老人家臨行時還說，便道中要到鎮江，拜望鐵蓮子柳老英雄。這一次可就說不定三月五月才能回來。我想楊仁兄與其在這裡久候，倒不如先回鎮江。你閣下既有拜師這個心願，將來總能如意。楊仁兄身在客邊，如若旅囊不很充裕，小弟這裡還可略盡地主之誼。我們全是武林同道，絕不許客氣的。」遂向僕人一點手，那僕人應聲出去；不大工夫，將一個托盤托出一封銀子和一些禮物。

段鵬年親手接來，送到楊華面前道：「些許薄物，權充楊兄客邊零用吧。」

楊華一見這情形，不禁勾起少年脾氣來；看那托盤中，一封銀子約有五十兩，那些禮物原來就是楊華備的贄敬，現在原封退回來了。

楊華哈哈地笑道：「段仁兄，我楊華不是來打秋風的！我是一番至誠，要想在華老英雄門下獻贄求學。我楊華不才，舍下還有一點薄產；吾兄隆賜，愧不敢領……」

說到這裡，看見段鵬年眼含笑意，楊華也覺得話說得太過火了，急忙改口道：

「段兄的盛情，我已心領。至於小弟備的這點薄禮，乃是專誠奉獻給前輩老英雄華老師的。華老師收下我，我是他老的及門弟子；華老師就不收我為徒，我也是他老人家的私淑弟子；區區薄禮，還請段師兄代為收下吧。既然華老師南遊鎮江，小弟就連夜動身回去。容得敝業師鐵蓮子和華老師見了面，再替小弟當面代求好了。」說罷，堅辭贈銀；向段鵬年深深一揖，告辭而去。

楊華是闊公子出身，從來沒嘗過這種冷待；回到店中，越琢磨越不高興。他這次拜師大半由於嘔氣，冒著他岳父鐵蓮子的名號，其實他本無決心。可是這一來，他倒要非見見這位彈指翁不可了。「就憑我提著鐵蓮子的大名，他是大江南北有名的俠客，按江湖義氣，華老總不該拒不見我，我看他一定藏在家裡。這老頭子好大架子，哼哼，我偏要見見你，到底你是真出門，還是假搗鬼？姓段的這傢伙說話慢條斯理的，更是酸得厲害。我索性來個惡作劇，當面對出謊來。」

想罷，他叫來店夥，拿出三兩串錢，教店夥出去給他辦點事。過了兩個時辰，店夥回來，向楊華報告了幾句話。楊華冷笑一聲，心想：「果然不出我所料，我就給你一個硬闖，見了面我就客客氣氣、恭恭敬敬拜認老師。看你這個老師將何詞對我？」

楊華越想越有理，可就忘了利害。當晚，楊華耗到二更一過，自己趕緊的打扮，把小衣服全拾掇俐落，將長衫斜搭在肩頭，從左肋下抄過來，往胸前一繫。卻將隨身帶的彈弓、彈囊、豹尾鋼鞭和一把匕首，全留在店房內，收藏起來。他老早地熄了燈，等到院中沒人來往，立刻躡足走出；將門帶好，飛身竄出店房，攏了攏眼光，他登房越脊，徑奔縣衙東街。

相隔至近，楊華眨眼間已到板井巷華宅。楊華登上對面民房，先向華宅打望。只見街門緊閉，院落層層，這所宅子占地有好幾畝。他想：「若不是司閽對我說出華老在西跨院靜養，我還得費事尋找。」遂伏身急行，先圍著宅子前後轉了一周，踩好出入路線，然後繞奔西面大牆下。他抬頭相了相，牆高不足兩丈，看來竄上去不難。玉旛杆倒退數步，一提丹田氣，墊步擰腰，聳上兩丈來高；身軀往下一落，伸左臂挎牆頭，右手一扳，這便將身搭住。

楊華隨即凝神注目向牆內察看，緣山牆蓋起一排小廈，靜悄悄無人。玉旛杆好學務博，也粗通夜行人的手法，試仿著從牆頭揭起一塊灰片，往牆下一投。「啪達」的一聲響，下面是磚地的硬碰硬的聲音；他曉得下面不是花池子，也沒有司夜的猛犬。他又聽了聽，這才雙手用力一按牆頭，雙腿從右側向裡一悠，躬腰甩身，借勢把牆頭一推，飄身落在地上；微微地有點響動，這是楊華功夫不到之處。

楊華先順著夾道，向南北一看；然後伏身進步，細察這幾間小廈子；裡面並無人住，像是堆積雜物的地方。楊華雙足一點，已上了廈頂，再一換腰，到了前邊西房的後坡。他腳尖踩瓦壟，到得房脊前，急忙伏身房脊後，側眼往下一看：這一道畸形的院落，由南到北足有十丈長，由東到西才只五丈來寬；北面是兩間房，南面也是兩間；自己伏身所在，是三間西房。這院子原來沒有東房，東面是一面山牆；山牆後面自然又是一道院子的後房了。

楊華更仔細端詳，這哪裡是什麼醫隱先生靜養之所？老實說，是一座練功夫的場子。地上沒有漫磚，全用細沙鋪地。在東牆跟底下，一排的豎著五棵木樁，在東北角上，立著五尺高、二尺寬的一塊木板，隱約辨出上面畫著大小十幾個白點。楊華曉得這是練踢樁和打暗器用的設備。他閃眼再看，南北兩邊屋窗，全都黑昏昏沒有燈光，但看面前院子有隱隱浮光，猜想自己伏身的西房必有燈火。

玉旛杆楊華乃從後坡輕輕繞到北頭，小心在意，飄身落到下面；緊縱一步，來到北房前，擰身登上北房，趕緊隱身在房脊後面。反身再看西房，果然西房三間的窗上卻映著燈光。在兩邊簷下，全擺著兵器架子。楊華深幸自己沒有大意，這西屋內一定有人沒睡，只不知屋內住的是什麼人。楊華便要翻到西房上，用珍珠倒捲簾的功夫，向屋內探看。

楊華心裡打算著，正要挪身，猛然聽西屋裡咳嗽一聲，門簾一起，從裡邊走出一人，穿一身綢子褲褂，頭上沒打包頭，下面纏著裹腿，穿一雙搬尖魚鱗大掖跟沙鞋。楊華細辨認，原來正是那華老英雄的掌門弟子段鵬年。楊華心想：「他這時出來，定是練功夫了；我倒要看看這武當派的功夫，究竟是怎麼樣的驚人？」

果然那段鵬年先在院中轉了一圈；忽地把髮辮往脖頸上一繞，青絲線的辮穗往左肩後一搭，就在南房階前一站，臉正對著房上的楊華。楊華連大氣都不敢喘，屏息伏在北房脊後，微露出半個臉，用右臂袖子横遮頭頂，往下留神細看：只見段鵬年立好了門戶，施展開武當派的基本功夫：長拳十段錦。他練了十餘招，剛練到「陰風鐵扇」變招為「彎弓射虎」，這兩招本是由撥打化成劈拳；不意這段鵬年下盤功夫似乎不到，才往外一發招，身軀竟向前一栽，險些摔倒。楊華偷偷窺視，幾乎笑出聲來；他心想：「看起來聞名不如見面，就憑武當派名家的掌門弟子，居然練出這樣的功夫來，他那師父也就可想而知了！」

楊華竊笑著，看段鵬年把長拳練完，在場子上溜了兩個圈，似乎才把氣緩勻了。驀地見他走到兵器架前，楊華猜他必是要練器械；哪知段鵬年竟摘下一隻鏢囊，挎在身邊，旋即轉身站在南屋的階前。

楊華暗想：「你真要是能打三四丈見準，倒也算下過功夫。」他正在心中鬼念之間，那段鵬年竟自連連縱身，竄出有五丈多遠；一探手，拿出一支鏢來，並不換式子，用陰把往外一甩，「啪」的一聲，鏢打中那塊木牌的下側。

楊華心說：「好糟！這種鏢，難為他怎麼練的！」忽又見他一個鷂子翻身，「嗖」地又將第二支鏢發出來。「啪」的一聲響，又打在木牌邊側。楊華正在暗中不齒這段鵬年的本領，陡然覺得一股涼風迎面撲來。「啪」的一聲，下面也正將第三鏢發出來；楊華猛覺右手背火辣辣的疼痛，慌不迭地一縮手閃身，把腳下瓦蹬破一塊。幸而下面依然還在打鏢；看情形，好像沒聽見房上的響動。

楊華吃了一驚，忙舉目四面尋著，四面毫無動靜。

楊華心想：「怪道，這是哪裡來的暗器？」手捫傷處，隱隱腫起一個紫包，也不知是被什麼東西打的。可是手背卻正對著迎面房下，段鵬年正在一下一下的發鏢，絕沒見他向房上發出暗器。他心想：「錯非是他，哪會另有別人？我隱身屋脊後，直看到十丈外的南廂房，就是別有夜行人暗算我，也得有點蹤影呀。」又想：「若說是他看破我的行藏，故意警戒我，他現放著手中鏢不打，反倒打出別的暗器不成？況且他也沒有緩手的工夫啊，並且也未必有這麼遠的準頭吧？」

楊華滿腹猜疑，再往下偷看時，只見段鵬年緊一下，慢一下，已將十二支鏢打完。就把鏢囊摘下來，把木板上的鏢也起下來，仍放回到鏢槽之內，轉身仍將鏢囊掛在兵器架上。然後回身，轉向北面一站，雙手一伸，深深打了一個呵欠，自言自語地說：「天不早了，該回去歇著去了！」說完，徑向屋中走去。

玉旛杆楊華藏伏在脊後，不覺愕然。楊華想：「你歇著去了，我呢？」用手撫摸傷處，尚微微作疼；又遊目四望，肚裡尋思：「我難道白來一趟不成！就這一個小彈子，便半途畏難而退麼？」遂一轉身，向後面細看：往北去，連著兩層大院，俱都寂靜無人。

楊華立即挪身，連翻過兩層院落，往東又拐過一道寬大的院子。這和前面所見一層層的院落不同。這院子以北為上，北正房是明三暗五的房子，東西全是迴廊，院中方磚鋪地，北正房前出廊，後出廈，建築高大莊嚴。在東走廊下，有一座月洞門，走廊的欄杆上，擺著些花卉盆景。北上房燈光隱隱，似乎屋中人尚未睡著。

楊華此時身臨西面走廊上，心中暗想：「到底我總得看一看。」他趁著院中靜悄悄沒人出進，從廊簷上面，伏身蛇行。他到了簷口，一飄身，要往院中落下；猛覺得腳下一絆，不由得身失重心，往前一撲，整個身子翻落地面。他幸而趁勢雙手一伏地，把身軀挺然立起；立刻覺得背後一陣風聲掠過。楊華大驚，恐遭暗算；急忙往左一伏身，竄出數步。回頭急看身後，恍惚見到有條人影一閃，沒入廊後黑影中去了。

玉旛杆心知不妥，料想必有人暗中綴上自己了；這須得趕緊尋找倚靠之所，免得四面受敵。他想到此處，立即一縱身，竄向東廊下；不意身子才越欄而過，腳還未站穩，就覺得盤頂辮梢被人扯住。楊華夜探華府，本來沒存惡意，所以並不像夜行人那樣仔細；頭上也未纏包頭，只隨便將髮辮往脖頸一繞。這時，搭在肩頭上的辮梢，突被人從後揪住，他又是往前竄，兩下裡猛一扯緊，立刻咽喉被勒，險些失聲。

楊華急忙縮身，用手一捋辮梢，猛翻身一拳，卻打了個空。迎面「刷」的一下，灑過來一片細沙。楊華忙側身旁竄，弄得一臉是沙土，脖領也灌進不少。楊華急將勒緊的髮辮弄鬆緩了，又拭了拭眼，再看近處，早已沒有人了。

楊華又是驚疑，又是忿怒，急向四面尋找，連個人影也看不見。他心中暗罵道：「好一個華風樓，好一個段鵬年！我此來並無歹意，你們為何這等戲弄我？哼哼，你們想驚走了我，我偏不走，到底看看你們！我要是這麼離開此地，真顯得我太無能了。」

楊華一股拗脾氣衝上來了，他明知不敵，偏要探個究竟。他將身上的沙土抖落乾淨，這一回加倍提防；從東廊下貼著欄杆，循牆而行，走到廊子盡頭；往西一拐，就是北面正房的窗下。

楊華發恨道：「我到底要看看。」才待舉步，「啪」的一下，迎面又挨了一灰片。這回楊華早留了神，只見西廊上一條黑影，在簷頂將身一晃，似乎向自己這邊招手。楊華惱怒之下，更不深想，一擰身竄出廊外；腳下又一點地，直竄上西廊。再尋那條黑影，忽然又已不見。他四下尋看，隱約見靠北面六七丈外，似有一條人影，猛一探，又猛一伏，這分明是故意引逗楊華的。

玉旛杆楊華不顧一切，連連飛縱過去。那條黑影又一閃，只在五六丈外晃動。此追彼退，又越過兩層院落，只見前面境地一變，呈現出一片花園，花木叢雜，地勢寬展，黑影掩映。在不熟悉地形的人看來，實在是很容易遭受暗算的險地。

楊華不禁遲疑，及至追入這座花園內部，那條黑影又早已不知去向。到此境地，楊華更加躊躇起來，未免有點留也不得，退也不甘。就在一轉念之間，「啪」的一下，右額又著了一下土塊。楊華急順勢察看，果見右首數丈外，人影一冒，飛上了一塊太湖石上；挺然獨立，昂然不動，好像正等著自己。

這一來又激怒了楊華的少年公子脾氣，他不想自己來得無禮，轉恨自己來得大意：「我怎麼不把彈弓、彈丸帶來！我若有彈弓在手，哼哼，小子，且嘗嘗我的連珠彈，教你敢這麼戲弄我！」

楊華一咬牙，叫喊：「朋友，留步！」立刻施展出全身飛縱的本領，緊緊追將過去。忽然間，見迎面黑影突從太湖石上，使一招「白鶴沖天」。憑空騰起兩丈多高，飄飄地往左首一座花棚前落下。楊華搶步急追，相隔甚近，雙腳一使勁，奮身向花棚前一撲，道：「朋友，哪裡躲！」不想人影又已無蹤。

楊華冷笑道：「這一定從花棚鑽出去的。」楊華膽氣豪壯，腳尖點地，急襲花棚。猛聽背後喝一聲：「打！」

「呀，又要受暗算！」玉旛杆楊華霍地一伏身，「嗖」的一陣勁風，貼頭皮掠過；「啪」的一聲響，打著對面牆上，聲銳響暴，這決不是灰片土塊。楊華探身掃步，用腳一拔，竟是拳頭大的一塊石子。

玉旛杆暗想：「若不是他預先喊出聲來，這一石子正打在腦門上，不死也得重傷。」這好像是手下留情了，不意這更激出楊華的慚忿來。他急伏身拾起這塊石子，反身追出花棚。這一鬧，又不知那人躲藏到何處去了。

楊華急閃目搜尋，一叢叢樹葉搖風、一行行花枝弄影；玉旛杆楊華孑立園中，被人戲弄得遍體躁汗。他不由得灰心喪氣，漸生退志，卻又不免怒火時煽。他又往東走，見十數步外巍然立著一座茅亭。楊華心想：「竄到亭子上，就可以察看出全園的形勢來了。我卻再看一看，不然就自認晦氣，回去也罷。」

楊華來到亭前，一彎腰，身軀往上一拔，左腳找亭簷，右腳往上一換步，便好伸手扒住亭頂。哪知手還未到，突然對面黑忽忽的一物向自己這邊一撲。楊華失勢，急往後閃；腳下本未站穩，草軟亭斜，嗤溜溜地竟閃掉下來。幸而遍園都是細土地，自己究竟有些功夫；腰上一使勁，居然把身子挺住。雖跪坐在地上，並沒摔傷，但頓時嚇了一身冷汗。抬頭再看亭子上面的人影，又驀然不見；卻不知什麼時候，已繞到背後！楊華剛剛挺身站起，背後那人便發出話來，用一種譏諷的口吻道：「我可是睏啦，你怎麼還耍不夠麼？回去睡覺去吧。」

楊華急尋聲回顧，數丈外紫藤架下，站著一個人，黑影中辨不清面貌；但聽語音清脆，正像是十五六歲的孩童，身量也並不高。楊華已然心知此人必非段鵬年；又羞又怒，強捺忿火問道：「你是誰？你可是華老英雄的令高足麼？」

那人嘻嘻地笑道：「華老先生哪能要我這樣的笨貨。我說朋友，你也鬧了這半夜了，說賊不賊，說盜不盜的，在我們院裡來回亂竄，把我們的屋瓦都踩碎了，你是幹什麼的呢？要是想借盤川，我領你去見段老師去，三五吊錢，總能周濟周濟你；你要誠心顯白那點能耐，我們也領教過了，快回去跟你師娘吃奶去吧！」

楊華越加憤怒道：「休得胡言！我此來寸鐵不帶，並無惡意……」那人冷笑道：「知道你沒有惡意，你要安著別的壞心眼，還能容你喘氣到這時候麼？告訴你，黑更半夜，在人家房上瞎闖，就不是臭賊，也不是好貨。朋友，你就識相些，請回吧。不然的話，我可就對不住你，要放鷹撒狗了。」

楊華罵道：「好個小奴才，出言不遜，把你們家大人叫出來。」那小孩也還罵道：「有家裡大人，還教他出來撒野丟醜麼？」說時把手一揚，叫一聲：「著鏢！」

楊華急閃身，那人嗤的狂笑道：「別怕，沒有鏢，送給你一個小泥球玩玩吧，留神。」突將手一揚，楊華急閃不迭，一件暗器直打過來，貼耳根擦過，險些受傷。

楊華罵道：「看你狂到什麼地步，我不過沒有帶彈弓來，且還你一下嘗嘗！」也將手虛一揚，那人竟巍然不動；楊華忙拾來一塊石塊，抖手發出去。黑暗中但聞破空之聲，那人忽然往旁一栽，便聽喊道：「哎喲，你真打麼？」

楊華急縱步追過去，心想：「捉住他，教他領路。」不意那人忽然伏身，也一抖手，口中說：「沒打著，還送給你再嘗嘗吧！」那石塊「嗖」地一聲還打過來。這卻出其不意，楊華急往旁竄，下三路竟被掃了一下。

楊華怒吼一聲，飛撲過去；尚未近前，只見那人身軀微晃，騰身躍上花架。楊華不禁吃驚，心想：「莫怪他身手這等輕快，這藤蘿架，我要上去，怕不壓塌了？」楊華含忿追來，相臨切近，藤架微微一顫，那人已騰身飛躍下去。

楊華咬牙切齒，一定要追上他，跟他交手；當下，一步也不放鬆，緊緊追蹤奔逐。那人卻也有意在人前顯揚，只在花園中輕縱巧竄，翩若驚鴻、矯若遊龍，來回打圈地跳躍。楊華費盡氣力，又加上地勢不熟，還得處處提防暗算，直追了好幾個圈子，也沒有截住他。兩下僵持，楊華一面追，一面回顧，正要在園中尋找一件器械。忽然那人一聲長笑，竟自撲奔正南，轉眼間已經離開這座花園。

玉旛杆楊華抖擻精神，往前追趕。他連越過兩層院落，頓然疑慮起來。他剛要止步不追，那小孩竟站住向他招手。楊華不覺又生起氣來，一聳身仍追過去。那小孩忽然一溜煙似的，往一段院落跳下去。楊華趕過來看時，那小孩已然潛蹤不見。

楊華細看這所院落，原來正是適才自己踩探的那所帶迴廊的院子。此時聽街上梆鑼連敲，已交三更三點。他遂俯身探視院中，院中依然靜悄悄。那北正房還是燈光隱隱，只有靠西頭那一間窗櫺昏黑，屋中人似已熄燈安眠。

楊華遲疑了一會，忽然決意，竟躍下房來，輕輕躡足，徑奔北正房。他走到廈簷下，貼近了堂屋冰紋格扇。格扇交掩，楊華聽了聽裡面，沒有一點聲息。楊華猶豫了一陣，竟伸小指，沾著唾沫，把格扇輕輕點破小小一個孔洞；閉上左眼，用右眼往內窺看。只見屋中几案整潔，迎面方桌，兩旁兩把椅子，側首是茶几坐凳；椅子上一邊一個，坐著兩個書童模樣的小孩。右邊那個梳小辮，爬在桌上瞌睡；左邊這個梳沖天杵，卻端然正坐，面衝格扇。楊華剛一注視他，就見這小孩忽向自己一點頭，倒把楊華嚇了一跳。再注視他，他又往後一仰，雙睛微闔，又像是打瞌睡。

玉旛杆楊華心中疑惑，用手摸了摸斜搭的長衫，再往內窺；見這東西暗間都掛著茶青色的門簾，那兩個小孩好像瞌睡很深，並無可疑。楊華遂移身往東暗間窗下，仍然將窗紙濕破一個小孔，側目向內張望。

這間屋陳設得更加古雅，靠東牆橫著一架木床，床頭空空的沒有人睡。卻在對面一張醉翁椅上，坐著一個人。看此人身材不高，黃焦焦的一張瘦臉，額上皺紋重疊，兩道眉毛已呈灰色；蒜頭鼻子，四字口，短短的花白鬍鬚，頦下鬍較長，掩口鬚，似有若無；皮膚蒼老，好像帶著幾分病容。此人穿一身灰衣褲，盤膝坐在那椅子上，兩手心向下，搭在膝頭；這兩隻手瘦削得似雞爪一般，只有兩層皮包著骨頭似的；孤燈一盞，閉目危坐。

楊華端詳良久，詫異起來：「難道此人就是武當派大名鼎鼎的彈指神通華雨蒼華風樓麼？既然是武當派第一流人物，就該內外兼修，英華外露；怎的這個人坐在椅上，直和死人無異？內功果有根底的人，容色上斷不會這樣枯槁，這豈不是個癆病鬼麼？或者不是華雨蒼，也許是華雨蒼的親友，住在這裡養病的？」

玉旛杆楊華正在狐疑，忽然那瘦老人一抬，雙目一睜，把楊華嚇了一哆嗦。這老人枯瘦的面龐，深陷的眼眶，及至雙睛突然睜開，兩顆眸子閃閃，銳利得迥異常人，竟似兩把利劍一般，直注射到窗欞，冷然發話說：「何處小兒，敢來偷窺？你的膽子可算不小！」幾句話聲若洪鐘，頭微向門簾一側道：「雲兒把他帶進來。」

行藏已露，楊華正要解下長衫，披衣進見；忽然背後叫了一聲，突然有一隻手搭在楊華肩上，輕輕一推道：「進去。」楊華大吃一驚，擰身外竄，不意已被來人抓住。楊華回頭細看，這來的人正是堂屋中打瞌睡的那個梳沖杵的小孩。門扇依然交掩著，他竟沒留神人家什麼時候出來的。這小孩道：「跑什麼？叫你進去，就進去，宰不了你。這麼大個子，幹這個！沒膽子，別來呀？」

楊華怒道：「你休要誣辱人，我楊華是奉師命，前來拜見華老英雄的；想見見華老英雄，正是求之不得，等我穿上衣服。」便將長衫抖開，想要披好。那小孩冷笑道：「少要裝模作樣，來到我們這裡，實話實說，一哀告我們老祖爺，就許放了你；你要是搗鬼，哼哼！」伸手掌照楊華肩頭一拍，楊華幾乎禁受不住。楊華不願和他鬥口，自己正了正衣襟，大灑步來到屋門口，推門入內。再看堂屋中伏案而睡的那個梳小辮的小孩，果然不見了。

楊華沉了沉氣，心中暗想：「這個糟老頭子到底是不是華雨蒼？我得先問明白了。」扭頭來看那個小孩，正努著一雙青瞳，在後監視著自己呢。楊華沉下氣道：「小兄弟，這位老先生可是華雨蒼華老英雄麼？」

那小孩把嘴一撇道：「你到底是幹什麼來的！你不是說奉師命來拜見祖爺的麼？你還是矇頭轉向啊？快進去央告吧；多說好的，才能饒你不死！」

楊華面色一變，怒焰上騰，忍了又忍，逕自一掀門簾，進了東屋；肚裡已將話打點好了。他雙手一拱，對這枯瘦老頭，聲諾一句道：「老前輩可是華風樓華老英雄麼？弟子玉旛杆楊華，奉了業師鐵蓮子柳老先生之命，特來專誠叩見。老師請上，弟子拜見！」且說且磕下頭去。

在楊華想，自己這麼報名而進，此老如真是華風樓，關照著鐵蓮子的情面，一定欠身還禮，細問來由。他哪裡想到，事出意外！這老人兩眼炯炯，看定了楊華的雙手，半晌無言，只顧細細打量楊華。楊華叩頭已罷，赧赧地站起來，垂手而站，正要開言。

那老人突然發話：「看你年輕輕的，倒也像個會武的人。你既提起鐵蓮子柳老英雄，想必與柳老英雄有點淵源。那鐵蓮子乃是兩湖成名的英雄，他豈肯冒昧收徒，要你這樣的弟子！你居然膽敢夜入民宅，前後亂竄。俠義道的門徒，怎會有你這樣的敗類？姓楊的，我與你素不相識，你再一再二，來到我這裡蒙混打擾，你的用意究竟何在？我華某豈是容易受欺的？你趁早把實話說出來，我還可以諒情度理，饒你這遭初犯。若果還是胡言亂語，妄想假借鐵蓮子的名號，要到我門下偷學絕技，小夥子，我豈肯容你一廂情願？」說著把雙眼一瞪，如火焰一般，聲色俱厲地斥道：「說，到底你是為什麼來的？」

玉旛杆楊華不禁駭然，遂往老人面前一跪道：「老前輩，不要錯認我是來歷不明的人，弟子決不是下五門的匪類。弟子姓楊名華，先祖在日，曾任亡明副將。我是鎮江鐵蓮子柳兆鴻老英雄的弟子。這次實奉師命，千里投師，為求武功的深造，所有下情，已經向段鵬年師兄表白過了。委因家師浪跡江湖，碌碌少暇，所以特教弟子遠來山陽。一者是要求你老指點三十六路擒拿，二來是家師要求你老的五毒神砂的配法和解藥，所以打發弟子前來。……」

華風樓一聽此言，把眼一合，嘻嘻地笑了一陣道：「哦，原來如此！……你原來是要討我的五毒神砂藥方和解方。三十六路擒拿，怕不是你想學的吧？你師父他就會，你何必旁求？……你先站起來，我有話問你。」

楊華聽了末句話，更不肯起來，仍然說：「弟子千里迢迢，實懷著一片至誠；求老前輩垂青末學，破格收錄。」

華風樓哼了一聲道：「你把投師學藝，看得太易了。你我素昧生平，任憑你空口幾句話，我就能把你收在門下麼？我先問你幾件事，你答得對了，再講投師學藝不遲；站起來吧。」

楊華立起來，往旁一站。看這位風樓先生，手拈灰髯，面挾寒霜；沉默了片刻，冷笑道：「楊華，我問問你，你自稱是鐵蓮子的弟子，這話就靠不住。我卻曉得柳老英雄門下，僅僅有一個姓魯的徒弟。……你是從多大年紀拜的師？你序次第幾？學藝幾年了？在何地跟他學的藝？你學會了柳門中那幾種技藝？你為什麼遠涉關山，要投到我這裡來？」

楊華面泛紅雲，這才曉得人家動了疑心，便囁嚅地道：「弟子拜在柳老師門下，年限很短。入門功夫，是一無所得。」

華風樓說：「什麼，年限很短？」

楊華忙說：「老前輩容稟，弟子從前本在懶和尚毛金鐘毛師尊門下，先後學藝八年，學會了連珠彈法和劈掛掌。後來毛師尊與柳老師交深莫逆，因為柳老恩師有空手入白刃的絕技，又承柳老師垂青，我毛老師這才令弟子帶藝投師，轉拜在柳老恩師門下。弟子入柳老師門下，不過一兩年光景，尚未學會師門中的絕技。論師承次弟，那魯鎮雄魯大哥乃是弟子的大師兄，弟子名列第二。只因柳老師遊俠江湖，無暇指授門下，恐怕耽誤了弟子的前程；這才教弟子遠赴山陽，來投奔你老人家。……」

楊華還要往下說，華風樓突然截止道：「我問你，你柳老師有幾個兒子？」楊華不覺面含不悅，心說：「他是我的岳丈，我難道不曉得？你這老兒真是可惡！」便答道：「柳老英雄並無子嗣，只有一女。便是我的……師妹。」

華風樓兩眼註定楊華的面容，一點也不放鬆。楊華接著說：「我柳老師想著你老人家素來最重江湖義氣，定能收錄弟子。不意弟子登門叩謁，一連幾次，老前輩未予賜見。弟子迢迢千里投來，若這麼回轉江南，我柳老師一定責備弟子志不堅，意不誠；弟子有何顏面，重見我柳師尊？因弟子探聞得老前輩並未出門訪友，或是段師兄仰體師意，代為拒絕；是以弟子一時斗膽，這才冒昧深夜登門。不過是要當面叩求老前輩，推恩收錄，實在並無他意。老前輩如不相信，可以問那位段師兄，就知弟子前後登門拜訪過多少次了。」

楊華這一席話多半是實情，只有奉命投師的話，是他一時的矯飾。對於自己招贅柳門，以及與柳研青訂婚、閨謔反目、妒情出走的話，自然掩藏起來，不肯說出一字，因此情節上總有說不圓的地方。

華雨蒼傾聽良久，微微一笑道：「如此說來，你是奉師命而來的了？那麼，你師父鐵蓮子不遠千里，遣你來投，必有推薦的書信。你何以數次登門，總未拿出來？也許你是要當面交給我？你且把那信拿出來，讓我看看，到底他是怎麼說的？」

這一來，卻把個楊華問得張口結舌，倏地漲紅了臉。楊華把衣襟一摸，剛要說話。那華風樓早已面色一沉，呵呵地冷笑道：「你是把信丟了，是不是？再不然來得慌促，你師父沒給你寫？」

楊華羞慚無地地道：「老前輩不要多疑，我柳老師並沒有寫信。他老人家說，跟你老交誼素篤；教弟子到了，一提他老的名字，你老人家一定要收留的，弟子信以為實，所以也就忘了要推薦信了。」

那華風樓勃然變色道：「滿口胡言！你膽敢假冒鐵蓮子的旗號，來到這裡生心覬覦！這就該捆送山陽縣，往夜入民宅、盜案匪案裡問你。看你面色猶豫，定有難言之隱。我若把你押送到柳老英雄那裡，他那把雁翎刀一定更不輕饒你！只是老夫耄矣，久厭塵擾，不喜多事，這也算是你的造化。只恨你年輕輕的自甘下流，妄弄這種鬼狐伎倆。

「你卻不想想，老夫偌大年紀，飽經世故，深識人情鬼蜮，我面前豈容你挾詐弄詭？老夫掌武當派門戶，雖有絕技，可肯輕易傳予來歷不明之人？就算你說得句句是實情，只你這性情不堅，好高騖遠，我門中也不要你這種浮薄子弟。據你所說，你先投拜懶和尚為師；那懶和尚也非等閒之輩，你既入他門牆，就該尊師敬業，不得門內絕藝，不出師門才是。

「是你自己說的，在他門下學藝八年，已將連珠彈、劈掛掌學好，你毛師父已算待你不薄，你卻半途改轍，另投到鐵蓮子門下，這已經犯了武林大戒。但是你說曾得你毛師父的認許，這還情有可原。最可駭怪的，是你投拜鐵蓮子門才一兩年，入門時短，藝未學成，你又跑到我這裡來了。嘻嘻，你只顧滔滔自述，你可曉得前情不符後語麼？你說你師父跋涉江湖，無暇教導你，他既無暇教導你，怎麼又愛你，又要找毛金鐘，討你為徒？這是什麼話！況且我們武門中，師徒一同跋涉江湖，遊學習藝的很多，遊俠又礙著授徒什麼？再說老師無暇，由掌門師兄代授技藝的，更是不可勝計；你柳師父沒空，你魯師兄也沒空哪？你分明不是犯門規，見逐於柳老，就是好異思遷，背師偷來學藝！

「你這種行為，遇上你那些好說話的師父就是了，若是遇上我這個拙老師，你這就是蔑視本門武功，我一定要按本門中的門規處置你。像你這樣朝秦暮楚，就是走遍天下，也訪不著名師，練不出絕技來。你試想一想，就算你真是柳老的門徒，我也能收留你這樣的徒弟麼？何況你空口無憑，滿嘴謊話！你今夜竟敢私入我的住宅，各處窺伺，尤其辱我太甚。我年逾六旬，若果年衰技疏，一無覺察，經你這番恥辱，教你到處嘲笑我：『武當派名家，連進去一個人都不知道！』那時候，我將情何以堪？我若就這麼輕輕放你出去，顯得我太懦弱了吧！」

華雨蒼說到此處，把個楊華說得局天蹐地，慚汗交迸。華雨蒼忽然把語調一變，道：「我本當懲治你一番。姑念你身無寸鐵，又披著長衫，似乎情猶可諒。可是你既已列入名師門牆，就該懂得江湖道上的規矩；下次對待武林前輩，不可如此無禮，你不帶武器，這是你居心尚好的地方，也是你到我這裡佔便宜的地方。但是，就憑你身無一技之長，竟連防身之器，一點也不帶，萬一猝遇勁敵，或逢仇家，或深夜間遇見行俠的人，見你行跡可疑，驟然動起手來，你又沒有出奇制勝的本領，那時候，就許糊糊塗塗地喪了性命，豈不太冤？下次不可如此大意。良言盡此，快快回去吧。不要三心二意，還是找你那恩師，苦練功夫。就是你師父對你稍有薄待，你也不可負氣改投。你應以情感情，以義感義，工夫磨到，自然成功。不要在外面亂闖，給你那授業的師父丟人。『要學驚人藝，須下死功夫。』你若不聽老夫之言，盡在我山陽縣逗留；如再重逢，休怨老夫無情！」說到這裡，把手一揮道：「去吧！」

玉旛杆楊華雙眼直豎，怒氣沖天，當下還要聲辯。那個梳沖天杵的小孩早將門簾撩起，用手向外一指說：「請吧，還等祖爺送麼？」

楊華惡狠狠瞪了他一眼，將身微動，再向華雨蒼，深深一揖到地，大聲發言道：「老前輩，我楊華何幸，今夜承你老人家這麼成全我，我決計至死不忘。我究竟是鐵蓮子的什麼人，將來老前輩定可訪明。那時自然證出真假虛實來，此刻我也無須多辯。怨我來的冒昧，我楊華將來但有寸進，皆拜謝老前輩之賜。我總要報答老前輩這番恩待！告辭了，相逢有日！」又復一揖，倏然轉身，大灑步走出屋去。

那個小孩緊緊跟隨在後，直送到廈簷下，說道：「楊大爺你自己請吧，還用我開大門麼？」玉旛杆更不答言，緊行幾步，將長衫一捋，好歹掖起來。走下甬路，墊步擰腰，竄上南房。那個小孩笑了一聲，跑向東廊下便門去了。

請續看《十二金錢鏢》三　紅顏之劫

近代武俠經典復刻版

十二金錢鏢（二）夜脫秘窟

作者：白羽
發行人：陳曉林
出版所：風雲時代出版股份有限公司
地址：10576台北市民生東路五段178號7樓之3
電話：(02) 2756-0949
傳真：(02) 2765-3799
執行主編：劉宇青
美術設計：吳宗潔
業務總監：張瑋鳳

出版日期：2023年10月
ISBN：978-626-7303-95-5
風雲書網：http://www.eastbooks.com.tw
官方部落格：http://eastbooks.pixnet.net/blog
Facebook：http://www.facebook.com/h7560949
E-mail：h7560949@ms15.hinet.net
劃撥帳號：12043291
戶名：風雲時代出版股份有限公司

風雲發行所：33373桃園市龜山區公西村2鄰復興街304巷96號
電話：(03) 318-1378
傳真：(03) 318-1378
法律顧問：永然法律事務所 李永然律師
北辰著作權事務所 蕭雄淋律師

行政院新聞局局版台業字第3595號 營利事業統一編號22759935

定價：320元

國家圖書館出版品預行編目資料

十二金錢鏢 / 白羽著. -- 臺北市：風雲時代出版股份有限公司, 2023.08　冊；公分

近代武俠經典復刻版
ISBN 978-626-7303-94-8(第1冊：平裝). --　ISBN 978-626-7303-95-5(第2冊：平裝). --
ISBN 978-626-7303-96-2(第3冊：平裝). --　ISBN 978-626-7303-97-9(第4冊：平裝). --
ISBN 978-626-7303-98-6(第5冊：平裝). --　ISBN 978-626-7303-99-3(第6冊：平裝). --
ISBN 978-626-7369-00-5(第7冊：平裝). --　ISBN 978-626-7369-01-2(第8冊：平裝). --

857.9　112012216